AF238487

Zum Buch:

Der hoffnungsvolle Neuanfang in Yorkshire stürzt Post-Doc-Studenten Vincent in eine Krise. Alles in England ist kalt: die Menschen, das Wetter, die ganze Stimmung. Einzig der jährliche Weihnachtsdekowettbewerb verspricht, Abwechslung in seinen tristen Alltag zu bringen. Allerdings hat ausgerechnet seine neue Nachbarin etwas gegen eine Plastikpalme als Weihnachtsbaum im gemeinsamen Garten. Dabei sollten diese eine Hommage an die zu Weihnachten blühenden Flammenbäume seiner Heimat La Réunion sein. Doch je besser er Maggie kennenlernt, desto mehr fasziniert ihn die zurückgezogen lebende Frau mit ihrer Kreativität und inneren Stärke. Niemals hätte er gedacht, dass das, was als Streit beginnt, bald schon zu seinem persönlichen Weihnachtswunder wird.

Zur Autorin:

Julie Larsen, Jahrgang 1979, liebt ihre Familie, Hunde, Katzen, Vögel und das Reisen. Nach dem Abitur in England studierte sie in Prag und München Kommunikation. Wenn sie nicht gerade unterwegs ist, um neue Abenteuer zu erleben, träumt sie sich mit ihren romantischen Geschichten an die schönsten Fleckchen dieser Welt.

JULIE LARSEN

LICHTERZAUBER IN WHISPERING HEIGHTS

ROMAN

HarperCollins

1. Auflage 2024
Originalausgabe
© 2024 bei HarperCollins in der
Verlagsgruppe HarperCollins Deutschland GmbH, Hamburg
Umschlaggestaltung von zero Werbeagentur, München
Umschlagabbildung von KI Midjourney, Schneeflocken:
sunnyfrog/Shuttterstock
Gesetzt aus der Stempel Garamond
von GGP Media GmbH, Pößneck
Druck und Bindung von GGP Media GmbH, Pößneck
Printed in Germany
ISBN 978-3-365-00842-3
www.harpercollins.de

Für Lena

1

Es hatte geschneit! Maggie Thornton spürte es, bevor sie die Augen aufschlug. Die Luft war erfüllt von dieser besonderen Stille, die nur dann entstand, wenn Schnee die Welt in eine weiße Decke hüllte. Sie schlug die Bettdecke zurück, tappte zum Fenster. Nicht oft prickelte Vorfreude durch ihre Adern, wenn sie am Morgen die Vorhänge zurückzog, um die Welt auf der anderen Seite des Fensters in Augenschein zu nehmen, doch jetzt fühlte sie diese Vorahnung in sich, dass etwas Wunderbares geschehen sein musste.

Ein Ruck, ein Ratschen, und tatsächlich! Kaum versperrten die dicken Samtvorhänge nicht mehr Maggies Blick, breitete sich vor ihr ein verschneites Winterwunderland aus. Natürlich war es nicht viel Schnee, sie hatten gerade einmal Oktober, aber das wenige genügte, um die Stadt zu ihren Füßen vollkommen zu verändern. Eine feine weiße Zuckerschicht puderte die Hausdächer. Wo die Bäume noch Laub trugen, zierten nun winzige Stacheln aus Eis die Äste und Zweige. Kinderlachen drang durch ihr Fenster. Im Tal stach der Fluss aus dieser Welt in Weiß wie ein glänzender Onyx hervor. Schwarz schimmerte die Wasseroberfläche, die Lichter der Straßenlaternen, die immer noch angeschaltet waren, spiegelten sich darauf wie in einem

Zauberglas. Maggie lächelte. Was für ein wundervoller Tag! Von allen Jahreszeiten liebte sie den Winter am meisten. Es war die Zeit im Jahr, in der es nicht seltsam war, sich zu Hause einzuigeln und es sich mit einem guten Buch gemütlich zu machen, während im Kamin ein Feuerchen prasselte und der Duft der brennenden Scheite sich mit dem Aroma eines Wintertees mischte. Die richtige Mixtur für den Tee, der ihr vorschwebte, hatte sie bereits im Kopf: Sie würde getrocknete Apfelstücke, Zimt und Nelken mit einer Prise Muskatnuss mischen. Der Duft würde sie den ganzen Tag begleiten und die Vorfreude auf die kalte Jahreszeit, die sich beim Aufwachen in ihr breitgemacht hatte, über die nächsten Stunden retten. Wie gut, dass sie von zu Hause aus arbeitete. So konnte sie den Tag genießen, ohne nach draußen zu müssen und sich die Freude durch rutschige Straßen, Verkehrschaos oder eingefrorene Zehenspitzen trüben zu lassen.

Sie wollte sich gerade vom Fenster abwenden, da fiel ihr das zweite Wunder des heutigen Tages auf: Aus dem Schornstein des Nachbarhauses stieg Rauch! Nicht, dass es etwas Besonderes war, an einem frostigen Tag Anfang Oktober zu heizen. Gerade hatte sie selbst von einem knisternden Feuerchen geträumt – es war aber bemerkenswert, dass überhaupt jemand nebenan zu sein schien. Seit sie in Whispering Heights lebte, stand die andere Hälfte ihres Doppelhauses leer. Bei ihrem Einzug vor gut dreieinhalb Jahren hatte die Besitzerin des Nachbarhauses Maggie versichert, dass das höchstwahrscheinlich so bleiben würde. Whispering Heights war nicht die Art von Stadt, die viele Fremde anzog. Wer in den äußersten Norden Englands zog, ließ sich entweder in den größeren Städten oder gleich direkt auf dem Land nieder. Whispering Heights war keines von beidem – es war klein und beschaulich und gerade weit genug von York entfernt, um nicht mehr als Vorort durchzugehen. Die Menschen, die hier lebten, taten dies meist seit Generationen. Die Vorfahren der Vorfahren der Vorfahren hatten oft schon den Edelleuten gedient, die im dreizehnten Jahrhundert auf dem Gipfel des Hügels, der heute die Stadt war, die Burg erbaut hatten. Die alten Burggemäuer prägten noch heute das Stadtbild und verliehen ihm einen romantischen Touch. Die meisten Wohnhäuser von Whispering Heights stammten allerdings aus der Zeit der Industrialisierung. Damals erlebte das Städtchen dank einer mittlerweile zur Ruine verkommenen Baumwollmühle einen kurzen Aufschwung. Maggie hatte es hierhergezogen, weil es ruhiger war als York und Tante Anne ihr das Haus vermacht hatte. Ihr Cottage war ursprünglich ein Anbau zu dem etwas größeren Haus gewesen, mit dem sie sich nicht nur eine Mauer, sondern auch den Garten teilte. Genau das etwas größere Haus, aus dessen Schornstein auf einmal Rauch stieg!

Eine alte Legende aus dieser Gegend besagte, dass sich jedes Jahr am Tag des ersten Schnees ein Wunder ereignete. Dann brachte der Frost einen Engel in Menschengestalt auf die Erde, um Licht und Liebe in das Leben von jemandem zu bringen, dessen Seele in Traurigkeit versank.

Maggie schluckte schwer. Schon als Kind hatte sie aufgehört, an Wunder zu glauben. Zu grausam konnte die Welt außerhalb ihres sicheren Heims sein. Und dennoch – da gab es einen Ort tief in ihr, an dem lebte Hoffnung. Und

9

diese Hoffnung war es nun auch, die sie immer wieder veranlasste, aus dem Fenster zu schauen und nachzusehen, wer an diesem viel zu frühen Schneetag im Oktober am nördlichsten Zipfel Englands in ihr Leben treten würde.

Schon in der ersten Kurve schlitterte das Taxi. Vincent hielt die Luft an und klammerte sich an den Haltegriff in der Tür. Am Flughafen hatte er sich extra für eines der traditionellen schwarzen Fahrzeuge entschieden. Eines von denen, die eigentlich für London bekannt waren, die aber auch in York eine außerordentlich gute Figur machten – vor allem vor dem Hintergrund der pudrig verschneiten Landschaft. Schon beim Landeanflug hatte er sein Glück kaum fassen können. Seit über zwanzig Jahren – seit er als fünfjähriger Knirps eine illustrierte Ausgabe von Charles Dickens' Weihnachtsgeschichte geschenkt bekommen hatte – träumte er von einem Winter in England. Von tanzenden Flocken und knisterndem Schnee, von Kerzenduft und Lichterschein hinter viktorianischen Sprossenfenstern. Doch auf gar keinen Fall hatte er damit gerechnet, all diese Wunder schon am Tag seiner Anreise zu erleben. Das Trimester fing im September an. Unglücklicherweise hatte sich etwas mit seinem Arbeitsvisum verzögert. Er konnte von purem Glück sprechen, dass das Dekanat seine Stelle bis jetzt frei gehalten hatte. Aber auch zu diesem Zeitpunkt war Schnee auf der Insel eine absolute Seltenheit. Die zweite Sache, die er kolossal unterschätzt hatte, war, wie verdammt … kalt der Schnee war. Genauer gesagt, wie eisig die Luft war, wenn es kalt genug war, um zu schneien. Wie ein Biest mit spitzen Zähnen hatte sie ihm auf den wenigen Metern von der Flughafenhalle zum Taxi in die Haut an Wangen und Fingern gebissen. Bis in die Lunge hinein konnte er die Kälte spüren.

Er war so abgelenkt von der plötzlichen Herausforderung, einfach nur zu atmen, gewesen, dass er die Eisglätte auf dem Gehweg vollkommen unterschätzt hatte. Keine zwei Schritte auf englischem Boden, und er wäre um ein Haar unsanft auf dem Allerwertesten gelandet. Und jetzt geriet auch noch das Taxi auf der eisglatten Fahrbahn ins Schlingern?

»*Mince alors!*« Wenn sein Leben schon aufgrund einer sentimentalen Entscheidung im Begriff war, frühzeitig ein Ende auf den eisglatten Straßen Yorkshires zu nehmen, hatte er jedes Recht, in seiner Muttersprache zu fluchen.

Im Rückspiegel tauchten die Augen seines Taxifahrers auf. »Keine Sorge, hier in dem alten Mädchen passiert Ihnen nichts. Die Gute und ich passen schon auf Sie auf, versprochen.« Es dauerte einige Sekunden, bis Vincent erkannte, dass der Taxifahrer englisch sprach. Während die As in dem Englisch, das Vincent gelernt hatte, lang gezogen und weich waren, klangen sie bei diesem Mann, als würde als nächstes ein R folgen.

Der Fahrer stieß ein kehliges Lachen aus. »Das erste Mal in der Gegend, was? Nun, Junge, wirst dich schon dran gewöhnen. s' geht schneller als man anfangs glaubt. Wo kommst du denn her?«

Der Verkehr kam wieder in Gang. In einem Tempo, das, wenn es nach Vincent ging, alles andere als angemessen für die Witterungsverhältnisse war, ließ das Taxi den Flughafenzubringer hinter sich und fuhr auf die A59. Um seinen Händen etwas zu tun zu geben, nahm Vincent die Brille ab und putzte die Gläser. Für genau diesen Zweck steckte stets ein Stofftaschentuch in der Tasche seines Jacketts. Mit etwas Verspätung beantwortete er schließlich die Frage des Taxifahrers: »Aus La Réunion.«

Die Augen im Rückspiegel verengten sich zu fragenden Halbmonden.

»Das ist im Indischen Ozean. In der Nähe von Mauritius, wenn Ihnen das was sagt.«

»Ah.« Der Fahrer nahm eine Hand vom Lenkrad und kratzte sich das Kinn. »Das erste Mal in Europa?«

»Ja. Und nein.« Himmel, hatte die Kälte sein Hirn lahmgelegt? »Es kommt wohl darauf an, ob Sie Kontinentaleuropa oder Wirtschaftseuropa meinen. Wirtschaftlich gehört La Réunion zur Europäischen Union und damit streng genommen mehr zu Europa als Großbritannien. Rein geografisch gesehen …« Er stoppte sein Geplapper. Der Fahrer hörte ihm längst nicht mehr zu.

Den Rest der Fahrt verbrachten sie schweigend. Rechts und links der Autobahn wuchsen Hecken und Bäume und verdeckten den Blick auf die Landschaft. Sie kamen an ein paar Vororten vorbei. Backsteinhaussiedlungen, in denen sich die Gebäude nur durch die Hausnummern unterschieden. In einem kleinen Gewerbegebiet reihte sich ein Supermarkt an den nächsten. Ein paar Kurven noch, ein paar Kreisverkehre, dann verengte sich die Straße, führte zwischen zwei Häusern hindurch, und plötzlich war alles anders.

Vor ihm lag eine Stadt wie aus einer illustrierten Ausgabe von Charles Dickens' Weihnachtsgeschichte. Dicht an dicht drängten sich die Sandsteinhäuser in mehreren Reihen einen Hügel hinauf. Ganz oben thronte majestätisch eine Burg, während der Hügel nach unten hin von einem Fluss begrenzt wurde. An dessen Ufer führten Bahngleise entlang. Dieselben Bahngleise, die ihn ab Montag Tag für Tag in die Arbeit bringen würden. Schnee lag auf den Zinnen und Türmchen der Festung und bepuderte die Dächer der Häuser. Umgeben war die Stadt von dichtem, dunklem Wald. Nebel stieg zwischen den Bäumen auf, legte sich wie ein Schleier über die Szenerie, wirkte wie ein Spiegel der Wolkenstreifen auf dem cyanblauen Himmel.

Geräuschvoll schnappte Vincent nach Luft. Er hatte Bilder gesehen. Natürlich hatte er sich über die Gegend informiert, ehe er via Internet einen Mietvertrag unterzeichnet hatte. Doch kein Foto der Welt hatte ihn auf die Realität vorbereiten können. Auf das Gefühl, Teil von etwas Großem zu sein, das ihn überkam, als er auf dieses Städtchen blickte, in dem seit Jahrhunderten Menschen ihrem Leben nachgingen, liebten, lachten, stritten und sich wieder versöhnten. Für diese Idylle nahm er die tägliche Pendelei nach York gerne in Kauf.

Noch besser wurde das Ganze, als das Taxi vor dem pittoresken Cottage anhielt, das er von den Fotos auf der Immobilienwebseite kannte. Das Haus war aus Backstein errichtet, mit einem Spitzdach, aus dem gleich mehrere Kamine ragten. Ein weiß gerahmtes Giebelfenster blickte aus dem Dach zu ihnen hinab. Direkt darunter gab es ein zweites Fenster, ebenfalls weiß gerahmt und mit romantischen Sprossen im Glas. Die Haustür befand sich in einem nach vorne versetzten Windfang mit eigenem kleinen Spitzdach. Unter der dünnen Schneeschicht ragten Efeublätter hervor, und auch die großen Terracottatöpfe entlang der Wand und neben dem Eingang versanken unter einer Haube Schnee. Ein beinah baugleiches, etwas kleineres Cottage war leicht zurückversetzt direkt an sein Haus gebaut. Die beiden Gebäude teilten sich eine Mauer, doch während sich die Haustür zu seinem Domizil in Richtung Straße befand, lag die seiner Nachbarn auf der schmalen Seite des Gebäudes.

Das Navigationssystem des Fahrers verkündete die Ankunft am Ziel. Das Taxi wurde langsamer, direkt vor dem Gartentor blieb es stehen. Das Grundstück der Cottages wurde durch einen gemeinsamen Zaun von der Straße abgegrenzt. Dort, wo der Garten aufhörte, fiel der Hügel steil zum Fluss hin ab, während nicht einmal einhundert Meter hinter der Straße der Wald begann. In der Wohnungsannonce war von dem atemberaubenden Ausblick die Rede gewesen, der sich vor dem Küchen- und Schlafzimmerfenster ausbreitete. Was für eine Untertreibung! Schon jetzt erfüllte die Vorstellung, jeden Morgen zum Anblick der Stadt zu seinen Füßen aufzuwachen, mit kribbeliger Vorfreude.

Der Fahrer stoppte das Taxameter. »Das macht dann siebenunddreißig Pfund zwanzig.«

Aus seiner Aktentasche holte Vincent die Geldbörse. Noch zu Hause hatte er sich mit Britischen Pfund eingedeckt, doch die Scheine waren ihm fremd und seine kalt gefrorenen Finger ungeschickt. Es dauerte eine ganze Weile, ehe er die richtigen gefunden hatte.

Durch die Trennscheibe reichte ihm der Fahrer das Rückgeld. »Passen Sie beim Aussteigen auf, es ist glatt.«

»Mach ich. Natürlich.« Er schnappte seine Tasche und stieg aus. Von der anderen Seite des Taxis holte der Fahrer Vincents Trolley. Er fuhr den Griff aus und hielt ihn so in Vincents Richtung, dass er nur zugreifen musste. Was er machte. Ganz unfallfrei. Alles kein Problem.

»Danke.« Er nickte dem Fahrer zu. »Von hier aus komme ich allein zurecht. Wirklich, danke für Ihre Mühe.«

Mit dem Zeigefinger tippte sich der Fahrer an die nicht vorhandene Mütze und wandte sich um, um wieder einzusteigen.

Den Träger der Aktentasche über der Schulter und den Trolley im Griff, machte sich auch Vincent auf den Weg. Die Haustür zu seinem Cottage war vielleicht noch zwanzig Schritte entfernt. In genau demselben Moment, als eines der Trolleyräder in einem Klumpen Schnee stecken blieb, öffnete sich die Haustür. Vincent war abgelenkt, sein Blick schnellte nach oben. Er wollte sehen, wer aus seinem Haus kam, und achtete eine Sekunde lang nicht auf den Untergrund. Der stockende Trolley riss ihn nach hinten. Vincent verlor das Gleichgewicht, musste ausbalancieren. Auf dem nass gefrorenen Untergrund fanden die Ledersohlen seiner Schuhe keinen Halt. Gerade noch rechtzeitig fand er seine Balance wieder, doch bei seinem Tänzchen hatte er die Pfütze nicht bemerkt, die sich unter einer Schneeschicht mitten auf dem Weg befand. Das Eis, das die Wasseroberfläche schützte, brach. Bis zum Knöchel landete sein Fuß im Wasser. Augenblicklich strömte die Nässe in seinen Schuh, wanderte das Hosenbein empor und biss in seine Haut.

Auf den Laut, der ihm aus der Kehle kam, war Vincent nicht stolz. Es klang, als wäre er einer Katze auf den Schwanz getreten. Hektisch zog er den Fuß zurück. Dabei ließ er den Trolleygriff los. Beim Packen hatte er nicht auf eine gleichmäßige Gewichtsverteilung geachtet, was nun zur Folge hatte, dass das blöde Ding umfiel. Zum zweiten Mal innerhalb kürzester Zeit machte er sich zum absoluten Affen. Als Archetyp in romantischen Komödien mochte der zerstreute Professor funktionieren, als Hauptrolle in seinem eigenen Leben wäre Vincent tausendmal lieber souverän und cool statt hemmungslos tollpatschig.

Aus Richtung der Haustür ertönte ein herzhaftes Lachen. Das machte es nicht besser. Vincent kratzte das letzte bisschen Würde zusammen, das er aufbringen konnte. In seinem Nacken kribbelte es, als würde ihn jemand beobachten. Nicht die Frau in der Haustür, die aller Wahrscheinlichkeit nach seine Vermieterin war und die sich ganz ohne Scham über seinen Kampf mit Schnee und Eis amüsierte – sondern ein anderer Blick. Er sah sich um. Da war niemand. Das Taxi war abgefahren, die Straße war leer, im Nachbarhaus brannte Licht und … Moment. Hatte sich da nicht der Vorhang bewegt? Er kniff die Augen zusammen, um besser sehen zu können. Der Schemen hinter dem Glas verschwand. Alles, was Vincent hatte ausmachen können, war ein Schopf knallorangefarbener Locken und die Ahnung eines Lächelns gewesen.

Sein Herz machte einen Satz.

»Sie müssen Mr. Laurent sein.« Die Frau im Türrahmen sprach seinen Nachnamen auf die englische Art aus. Ihr *Lorrent* klang ungewohnt hart im Vergleich zu dem französischem *Lorohh*, das er von zu Hause kannte. Weil er neben ungeschickt nicht auch noch als besserwisserisch durchgehen wollte, korrigierte er sie nicht. Es war ohnehin besser, er gewöhnte sich schnell an diese Art der Aussprache. Sicher würde er von jetzt an öfter damit konfrontiert werden.

»Kommen Sie erst mal rein. Ich habe den Kamin angemacht, dann können Sie sich aufwärmen. Das ist ein verrücktes Wetterchen, das Sie da heute begrüßt, was?«

»Ja, danke. Ein Feuer klingt gut. Ich bin ganz durchgefroren.«

»Ich bin Beth Saunders.« Damit bestätigte sie seine Vermutung, seiner Vermieterin gegenüberzustehen. Sie machte einen Schritt rückwärts und bedeutete ihm, ihr zu folgen. »Nennen Sie mich gerne Beth.«

»Ich bin Vincent.« Er trat zu ihr in den Windfang und schüttelte sich Schneeflocken aus den Haaren. Wie weich sie sich an seinen Händen anfühlten! Pures Staunen verzog seine Lippen zu einem Lächeln. »Das ist mein erster Schnee.«

»Du hast noch nie Schnee gesehen? Sag bloß!« Beth machte große Augen.

»In der Nähe des Äquators schneit es nicht so oft.«

»Da hast du wohl recht.« Sie lachte. »Aber ganz ehrlich? So früh im Jahr ist Schnee auch bei uns alles andere als üblich. Willst du dir die Schuhe ausziehen? Sonst bringst du die ganze Nässe ins Haus. Die Kisten von der Spedition sind schon angekommen. Hoffentlich hast du da was Wärmeres zum Anziehen dabei.«

Wie ihm geheißen, streifte er sich die Lederslipper von den Füßen und hing seinen Trenchcoat an einen der Haken im Windfang. Prüfend sah er an sich herab. »Ich dachte eigentlich, mit Pullover und Hemd sei ich auf das Wetter vorbereitet.«

Diese Aussage würdigte Beth nur mit einem Schnauben.

Er folgte ihr ins Innere des Hauses. Er hatte es möbliert gemietet. Wie versprochen prasselte im Kamin im Wohnzimmer schon ein Feuer. Der Fußboden bestand aus in Schachbrettmuster verlegten Steinfliesen in Braun und Schwarz. Ein großer Teppich im persischen Stil sorgte für Gemütlichkeit. Die Möbel – ein dreisitziges Sofa, ein Ohrenbackensessel und ein Sofatisch aus dunklem Holz – wirkten wie aus der Zeit gefallen, passten aber gerade deshalb in das Haus. Der meiste freie Raum war mit seinen Umzugskisten vollgestellt. Während die anderen Einrichtungsgegenstände lediglich gemütlich aussahen, zog ihn das Bücherregal magisch an. Es füllte eine gesamte Wohnzimmerwand.

Er trat näher, strich mit einem Zeigefinger über die Buchrücken. Das meiste waren günstige Taschenbuchausgaben, aber auch ein altes, ledergebundenes Lexikon war dabei sowie etliche Sachbücher, deren Informationen zweifelsfrei heillos überholt waren.

»Da ist noch genug Platz für deine eigenen Bücher.« Beth nickte zu einem der Kartonstapel. »Bei manchen Kisten haben die Jungs von der Spedition ganz schön geflucht, weil die so schwer waren. In der Bewerbung für das Haus hast du geschrieben, du seist Literaturprofessor?«

»Post-Doc-Student«, korrigierte er. Die wenigsten Menschen wussten wirklich, was das zu bedeuten hatte, die akademische Welt war eine in sich abgeschottete Blase. »Aber dazu gehört auch, dass ich unterrichte. In gewisser Weise stimmt es also.«

Beth winkte ab und wandte sich wieder der Hausbesichtigung zu. »Der Rest der Kartons steht im Salon.« Ihm voran ging sie durch einen bogenförmigen Durchbruch ins nächste Zimmer. Auch hier stapelten sich Kisten. Ihm war nicht bewusst gewesen, dass er so viel eingepackt hatte. Die Stapel waren so hoch, dass sie beinah den Stutzflügel verdeckt hätten, der sich hinten im Raum befand. Noch mehr als das Bücherregal eben zog ihn nun das Instrument an.

Er klappte den Deckel hoch, entfernte den Klavierläufer von den Tasten.

»Wenn du willst, kannst du ruhig drauf spielen«, ermutigte ihn Beth. »Nur möglich, dass es schrecklich verstimmt ist. Sonst hätten es die Vormieter sicher nicht dagelassen.«

»Der Flügel stammt von den Vormietern?« Vincent traute seinen Ohren kaum.

»Ja, genauso wie die restliche Einrichtung. Das Haus stand jetzt eine ganze Weile leer. Zuletzt hat ein älteres Ehepaar hier gewohnt. Sie haben sich entschieden, ihren Lebensabend in Teneriffa zu verbringen, in einem Hotel. Angeblich ist das günstiger, als sich hier um alles kümmern zu müssen. Kann man so etwas glauben?«

Das war wohl keine echte Frage, also sparte sich Vincent eine Antwort.

»Na, jedenfalls findest du oben im Speicher auch noch allerhand von ihren Sachen. Dekozeug und Gebrauchsgegenstände. Ich wusste nicht, was du mitbringst, und hab deshalb alles einfach dagelassen.« Sie blieb stehen, fasste sich seitlich an die Stirn. »Ach, und bevor ich es vergesse:

Falls du bei dem Weihnachtslichterzauberwettbewerb mitmachen willst, wirst du auch im Speicher fündig. Martha und Arthur waren sehr fleißige Teilnehmer.«

»Entschuldige bitte, aber …« Er nahm die Brille ab, begann sie zu putzen. Langsam aber sicher holte die Anstrengung der Reise ihn ein. Von allem, was Beth sagte, verstand er höchstens die Hälfte. »Was ist ein Lichterzauberwettbewerb?«

»Oh, davon hast du noch nicht gehört? Das ist eine alte Tradition hier in Whispering Heights. Schon im November beginnen alle, ihre Häuser und Gärten weihnachtlich zu schmücken, damit unser Städtchen im Dezember dann ein richtiges Schmuckstück ist. Das hat sich mittlerweile so weit herumgesprochen, dass sogar das Fernsehen berichtet. An Weihnachten krönt ein Lokalsender jedes Jahr den Garten mit der inspirierendsten Dekoration.«

»Und da macht wirklich die ganze Stadt mit?«

Beth zuckte mit den Schultern. »Na ja, nicht absolut alle. Archibald Snickersby zum Beispiel nimmt den ganzen Wettbewerb Jahr für Jahr zum Anlass, nach Herzenslust zu meckern. Lichtverschmutzung, unnötiger Stromverbrauch und Müllverursachung – der findet an allem ein Haar in der Suppe. Aber die meisten haben Freude an dem Ganzen. Die Lichter und so, das sieht ja auch einfach wunderschön aus.«

»Und was ist der Preis? Wenn es ein Wettbewerb ist, gibt es doch sicher einen Preis.«

Beth winkte lächelnd ab. »Darüber mach dir keine Gedanken. Du wirst sowieso nicht gewinnen.« Wie freundlich. Ihr brüskes Urteil traf ihn unerwartet hart. Sie kannte ihn schließlich kaum. Gut, im Schnee hatte er sich ein bisschen ungeschickt angestellt, aber schließlich war das alles neu für ihn.

Er senkte den Kopf.

Sie musste seine Kränkung bemerken, denn augenblicklich ruderte sie zurück. »Das hat gar nichts mit dir zu tun«, versicherte sie ihm. »Seit drei Jahren haben wir immer dieselbe Gewinnerin.« Sie trat näher zu ihm heran, beugte sich zu ihm, sodass sie ihm ins Ohr flüstern konnte. »Manche behaupten, sie sei eine Hexe.«

Meinte sie das wirklich? Immerhin klang sie ernst.

»Andere sagen, sie sei ein Vampir. Weil sie doch immer nur aus dem Haus geht, wenn es dunkel ist. Ich halte von diesem Gerede ja nichts, aber ganz mit rechten Dingen geht es bei ihr womöglich wirklich nicht zu. Auch wenn ihre Weihnachtsdekorationen in der Tat jedes Jahr absolut einmalig sind.«

»Und wo wohnt diese vermeintliche Hexe? Nur, damit ich gerüstet bin.« Er zwinkerte ihr zu, doch Beth blieb ernst. Offenbar glaube sie mehr von dem Gerede, als sie zuzugeben bereit war.

»Direkt neben dir, Vincent. Sie ist deine Nachbarin.«

Sein Atem stockte. Ein Bild schoss ihm durch den Kopf. Feuerrote Haare, schneeblasse Haut und die Ahnung eines Lächelns. Auf einmal konnte er es noch viel weniger erwarten, seine neue Nachbarin kennenzulernen, als vor wenigen Sekunden.

Was vom Tage übrig blieb, nachdem Beth sich verabschiedet hatte, verbrachte Vincent damit, sich in seinem neuen

Zuhause einzugewöhnen. Er packte die ersten beiden Umzugskartons aus, nahm eine heiße Dusche, öffnete sich eine Dose Champignoncremesuppe aus den Vorräten, die Beth ihm freundlicherweise in die Küche gestellt hatte. Kaum setzte die Sättigung ein, schlug auch der Jetlag zu. Im Oktober war La Réuinion drei Stunden voraus. Was seine Eltern wohl gerade machten? Im Hotel war das Abendessen bereits serviert worden. Die meisten Gäste hatten sich mit Sicherheit entweder auf ihre Zimmer zurückgezogen oder genossen einen Drink an einer der Bars. Dort spielten Musikerinnen und Musiker Sega und Maloya für die Gäste. Egal, wo auf dem weitläufigen Gelände des Ferienresorts man sich befand, immer trug der Wind die Klänge der Insel vermischt mit dem Aroma wilder Vanille zu einem. In seinem neuen Haus hörte er nur seinen eigenen Atem, so still war es.

Eine plötzliche Sehnsucht ergriff ihn, trieb ihn aus der Küche ins Arbeitszimmer zu dem Klavier. Er klappte den Deckel auf, ließ die Finger vorsichtig über die Tasten gleiten, schob die Klavierbank zurecht. Die Noten kamen zu ihm, kaum, dass er die Augen schloss. »Habanéra« hieß das Stück aus den »Cinq mélodies populaires grecques« von Maurice Ravel, zu dem sich die Klänge formten. Sinnlich und fließend, exotisch und voller Sehnsucht. Lourdes hatte das Stück gemocht. Was dachte er da? Sie hatte alles gemocht, was er spielte. Stunde um Stunde hatte sie ihm zugehört, seit er als vierjähriger Knirps zum ersten Mal Unterricht genommen hatte. Sie hatte Tonleitern über sich ergehen lassen, endlose Fingerübungen und Wiederholungen. Wenn ihn als Teenager die Lust zum Üben verlassen hatte, hatte sie ihn daran erinnert, dass kein Erfolg ohne Preis kam, und später dann, als er zum ersten Mal ein Vorspiel in der Schule gewonnen hatte, war sie es gewesen, die eine Hand auf seine Schulter gelegt und gesagt hatte: »Es ist, wie es sein soll.«

Seine Finger stockten, stolperten über eine besonders heikle Tonfolge. Er spielte weiter. Ihretwegen und für sich. Weil er nicht wusste, wie er weiteratmen sollte, wenn er jetzt aufhörte zu spielen. Straucheln durfte ihn nicht aufhalten. Auch das hatte er von ihr gelernt. Er vermisste sie so sehr. Viel mehr als jeder Ort war seine alte Kinderfrau seine Heimat gewesen. Ein Leben ohne sie konnte er sich kaum vorstellen, auch noch Monate nach ihrem Tod. Sie war seine beste Zuhörerin gewesen, hatte alles über seine Forschung gewusst und ihn ermutigt, seinen Weg zu gehen. Seine Eltern waren viel beschäftigte Leute. Selbst als er noch ein Kind gewesen war, hatten sie selten Zeit für ihn gefunden. Bei Lourdes war das genaue Gegenteil der Fall gewesen. Auch als er erwachsen geworden und ihrer Fürsorge längst entwachsen war, hatte sie immer ein offenes Ohr für ihn gehabt und ihm niemals das Gefühl gegeben, mit Entscheidungen oder Problemen allein dazustehen. Doch er würde lernen müssen, ohne diesen Halt in seinem Leben auszukommen. Auch deshalb war er nach England gekommen. Vielleicht war genau dieser Ort der richtige Platz dafür.

2

Maggie lehnte sich zurück und betrachtete ihr Werk mit ein bisschen Abstand. Was sie auf dem Bildschirm sah, gefiel ihr. Aeliana Wintergalen hieß die Frostelfe, der sie für eine bekannte Autorin ein Gesicht verlieh. Ihre Auftraggeberin hatte Maggie ein umfangreiches Briefing geschrieben. Aeliana hatte rabenschwarzes Haar und Haut so weiß wie Schnee. Ihre Augen leuchteten blau wie der Winterhimmel an einem frostigen Sonnentag. Im Laufe des Romans würde Aeliana von einer Außenseiterin zur Königin der Frostelfen aufsteigen. Als Kind zu ihrer eigenen Sicherheit zu den Menschen gebracht, führte sie erst die Begegnung mit dem Prinzen des Sommerreichs, Valorian Sommerglanz, zurück in ihre eigene Welt, wo sich ihr Schicksal erfüllen konnte.

In ihrer Illustration hatte Maggie Aeliana eine reich mit schillernden Mondsteinen besetzte Knochenkrone aufgesetzt. Silberketten schmückten ihre Stirn und waren in ihr Haar geflochten. Wie ein Schal schmiegte sich ein Schneefuchs um ihren Hals. Nur über dem Schlüsselbein erkannte man Details ihrer Kleidung: eine cremeweiße Rüschenbluse, deren Spitzenmuster bei genauerer Betrachtung aus winzigen Schneeflocken und Eiskristallen bestand. Schneeverklebte Eibenzweige, auf denen zwei Rotkehlchen saßen, umrankten die Frostelfe. Das Federkleid der Vögel sowie die leuchtend roten Eibenbeeren brachten etwas Farbe in die ansonsten eher monochrome Illustration.

Vielleicht sollte Maggie noch ein paar Schneeflocken in den Hintergrund einfügen, um der Arbeit noch mehr Winterfeeling zu verleihen. Die meisten Winterwesen, die Maggie bisher für ihre Kundinnen und Kunden illustriert hatte, sollten silberweiße Haare haben. Ihr gefiel es, dass ihre momentane Auftraggeberin in dieser Beziehung einen anderen Weg einschlug. Es war immer wieder spannend, mit Konventionen brechen zu dürfen und wenigstens in der Welt der Fantasie Schönheit aus verschiedenen Perspektiven zu betrachten. Sie seufzte. Wie aufregend wäre es erst, wenn Maggies Kreativität nicht bei den dunklen Haaren aufhören müsste! Natürlich war auch auf ihrer Illustration Aeliana groß und feingliedrig, mit einem schmalen, eleganten Gesicht, zu dem die spitzen Ohren passten und auf dem sich die Wangenknochen deutlich abzeichneten. Natürlich hatte Aeliana reine Haut, ihre Lippen waren voll und ihre Wimpern lang und gebogen. Schließlich hatte die Autorin bei Maggie Charakterkarten ihrer beiden Hauptfiguren in Auftrag gegeben, weil sie den Verkauf ihres kommenden Romans ankurbeln wollte, nicht um ein politisches Statement zu setzen.

Maggie griff nach der Teetasse. Bei der Arbeit bevorzugte sie eine Mischung aus Zitronenmelisse, Ingwer und Ginkgo. Die Wirkstoffe der verschiedenen Kräuter regten die Durchblutung an, hoben die Stimmung und verbesserten die kognitive Funktion und Kreativität. Genau das Richtige, wenn sie stundenlang auf den Bildschirm schauen musste. Gerade war ihre Tasse allerdings leer. Auch gut. Dann hatte sie wenigstens eine Entschuldigung dafür, aufzustehen und sich die Beine zu vertreten. In der Küche schaltete sie den Wasserkocher an und gab die korrekte Menge Teemischung in das Sieb.

Während sie darauf wartete, dass das Wasser kochte, blickte sie aus dem Fenster. Der kurze Wintereinbruch gehörte der Vergangenheit an. Jetzt, zwei Wochen später, zeigte sich der November von der Seite, die den Gothic Novels des neunzehnten Jahrhunderts die düster-morbide Stimmung verlieh. Nicht umsonst hieß die Stadt, in der sie lebte, Whispering Heights. Tag für Tag jaulte der Wind über die umliegenden Hügelkuppen. Zwar hatte es schon einige Tage lang nicht mehr geregnet, aber die Luft war so feucht vom Nebel, dass sich jeder Gang nach draußen anfühlte wie ein Bad in Eiswasser. Selbst am Mittag schaffte die Sonne es kaum, die Herbstkälte zu vertreiben. Die Welt versank in einer Studie aus Grau. Der einzige Lichtblick war der kommende Lichterzauberwettbewerb. Damit ihr Garten pünktlich zum ersten Advent ein weihnachtliches Bild abgeben würde, war es höchste Zeit, mit den Dekorationen zu beginnen. Für dieses Jahr hatte sie sich ein ganz besonderes Konzept ausgedacht. Ein Auftrag hatte sie auf die Idee gebracht: Die Marketingabteilung eines großen Verlags hatte Maggie beauftragt, die Coverillustration für eine kommende Steampunk-Romance zu entwerfen. Es hatte Spaß gemacht, mit dem düster-romantischen Look zu experimentieren. Da dieses Subgenre der Fantasy nicht zu ihren üblichen Steckenpferden gehörte, hatte sie im Vorfeld zum Thema recherchiert. Die Bezeichnung setzte sich aus den Begriffen *Steam* – Dampf – und *Punk* zusammen. Markenzeichen des Steampunk war die Verbindung von futuristischen, auf Dampf basierenden Technologien mit dekorativen Elementen und dem Design der viktorianischen Ära. Heraus kam eine einzigartige Mischung aus Nostalgie und spekulativer Zukunft – etwas, das sich ganz hervorragend auch für Weihnachten nutzen lassen könnte. Und so würde ihr diesjähriges Konzept für den Lichterzauberwettbewerb *A Steampunk Christmas Carol* lauten.

Um ihre Dekovision zu verwirklichen, hatte sie sich einiges vorgenommen. Schon vor Wochen hatte sie im Speicher mit den Vorarbeiten begonnen. Anfangen würde sie mit einem viktorianischen Türkranz, der mit metallischen Elementen und kleinen mechanischen Details verziert sein sollte. Seit Monaten sammelte sie Altmetall beim Wertstoffhof und versah es mit künstlichem Rost, doch als ehemalige Floristin brachte sie es nicht übers Herz, bei ihrer Deko komplett auf Pflanzen zu verzichten. Sie hatte an getrocknete Hortensien und Disteln gedacht. Ihre Farbtöne würden gut zu den metallischen Elementen des Schmucks passen, dazu braune und goldene Ziergräser und natürlich Tannengrün. Die Blumen würden ihr Konto vor beträchtliche Herausforderungen stellen, aber das war einer der Vorteile davon, eine passionierte Stubenhockerin zu sein: Mit Ausnahme des jährlichen Dekowettbewerbs hatte sie kaum Hobbys.

Ihr Handy gab einen Signalton von sich. Fast gleichzeitig kochte das Teewasser. Sie goss den Tee auf, dann zückte sie das Smartphone. Grace, ihre beste Freundin aus Schulzeiten, hatte ihr geschrieben.

»OMG, Maggie, ich glaube, ich hatte gestern das schlimmste Date aller Zeiten.«

Mit ihrem Überschwang gelang es Grace immer, Maggie gute Laune zu machen. Grinsend tippte sie zurück: »Erzähl alles! Die besten Abenteuer erlebe ich grundsätzlich durch dich.«

»Okay, also er hat mich ins *Celestial Bites* eingeladen. Du weißt schon, diesen Nobelschuppen, der vor 'nem halben Jahr oder so in der Innenstadt aufgemacht hat. Die machen Isländisch-Hawaiianische-Fusion-Küche. Von Insel zu Insel nennen die das. Er hat das vorgeschlagen, und mir kann niemand nachsagen, ich sei nicht für Experimente zu haben.«

»Nein, das kann man dir ganz sicher nicht vorwerfen. Aber eigentlich klingt das doch ganz gut. Was war also das Problem?«

»Er hatte ein Spinatblatt zwischen den Zähnen.«

»LOL. Hast du ihm was gesagt?«

»Nein!!!! Ich wollte ihn doch nicht beschämen. Ich hab nur die ganze Zeit versucht, nicht hinzusehen.«

»Und das hat das Date zu einer Katastrophe gemacht?« Maggie sog die Unterlippe zwischen die Zähne. Grace war ein Herz von einem Menschen. Loyal bis zum Gehtnichtmehr, freundlich und herzlich, doch gerade bewies sie scheinbar, dass selbst sie der Versuchung erliegen konnte, andere anhand ihrer Missgeschicke zu bewerten. Maggie überlegte noch, ob sie etwas dazu sagen sollte, da kam schon Grace' Antwort.

»Natürlich nicht! So oberflächlich bin ich nun wirklich nicht.«

»Was ist denn dann noch passiert?«

»Der Kellner hatte uns gerade den Aperitif serviert, da hat Tony, mein Date, angefangen, von seiner Ex zu reden. Er hat mir jedes Detail erzählt. Bis hin zur Farbe ihrer Lieblingssocken.«

»Ist nicht wahr.«

»Ist wohl wahr. Ich hab abgelenkt und ihn gefragt, was seine Hobbys sind. Rate mal, was er geantwortet hat?«

Sie überlegte, aber eine passende Antwort fiel ihr nicht ein. »Ich habe absolut keine Ahnung.«

»Taubenfüttern im Park. Spinatblatt-Tonys Lieblingshobby ist Taubenfüttern im Park. Mit seiner Ex!«

Maggie grinste. »Na gut, ich gebe zu, das ist ziemlich seltsam.«

»Das ist eine Katastrophe.«

»Ich gehe davon aus, aus dir und Tony wird keine Liebesgeschichte?«

»Ganz sicher nicht. Aber so habe ich wenigstens Grund, weiter nach dem Traummann zu suchen. Und weißt du, was echt komisch ist? Jetzt, wo ich das Ganze noch mal erzählt habe, habe ich echt Lust auf Spinat.«

»Haha, ich hab dich lieb, Grace. Danke für den Lacher. Deine nächste Verabredung wird sicher besser, da wette ich drauf.«

»Und wenn nicht, habe ich dich, um darüber zu lachen.«

»Immer, beste Freundin!«

Seufzend legte Maggie das Handy weg. Wann war sie zuletzt auf einem Date gewesen? Es war Jahre her. An den meisten Tagen gelang es ihr, sich einzureden, dass sie alles

29

hatte, was sie brauchte. Warum also fühlte es sich in letzter Zeit immer häufiger so an, als würde ihr etwas im Leben fehlen? Als wäre die kleine, sichere Welt, die sie sich geschaffen hatte, noch viel mehr wert, wenn sie sie mit mehr Menschen teilen könnte?

Wie aufs Stichwort schälte sich eine dunkle Gestalt aus dem Nebelgrau vor dem Küchenfenster. Die Schultern zu den Ohren gezogen, den Kragen seines für das Wetter viel zu dünnen Trenchcoat nach oben geschlagen, eilte ihr neuer Nachbar den Bürgersteig entlang auf das Gartentor zu. Wie jeden Tag, wenn er das Haus verließ, war er tadellos gekleidet: klassische Wollhose, Lederschuhe, Pullover. Manchmal blitzte unter dem Kragen des Mantels sogar eine Krawatte hervor. Stets klemmte eine braune Lederaktentasche unter seinem Arm. Trotz Novemberkälte trug er weder Mütze noch Schal. Der Wind spielte mit seinen Locken. Sie waren einen Ton heller als der Rahmen seiner Hornbrille und betonten die Konturen des ohnehin markanten Gesichts mit dem kräftigen Kinn und der kantigen Kieferlinie.

Maggies Mundwinkel verzogen sich zu einem Lächeln. Wenn es im wahren Leben Buchspringer gäbe, müsste sie nicht lange überlegen, aus welchem Roman er sich in ihre Welt verirrt hatte. Mit seiner Ausstrahlung würde er perfekt zu den Welten der Brontë-Schwestern passen, und auch wenn das nicht ihr bevorzugtes Genre war, konnte sie verstehen, warum Generationen von Leserinnen dem dunklen Charme von Heathcliff aus *Sturmhöhe* oder der geheimnisvollen Aura eines Mr. Rochester aus *Jane Eyre* verfallen waren. Was hielt sie davon ab, nach draußen zu gehen und ihn in der Nachbarschaft zu begrüßen, wie es sich für normale Menschen gehörte? Warum hatte sie nicht längst bei ihm geklingelt und ihm einen kleinen Willkommens-Blumengruß gebracht? So schwer konnte es doch nicht sein! Mit Sicherheit würden sich sogar Beispiel-Dialoge im Internet finden lassen. Typische Fragen, mit denen man ohne Probleme ein paar Minuten Small Talk füllen konnte. Beinah wäre sie so weit gewesen, sich selbst einen Ruck zu geben und ihren Plan in die Tat umzusetzen, da wandte der Mann sein Gesicht und sah direkt in ihre Richtung.

Maggie gefror. Ihr Herz setzte einen Schlag aus, dann raste es in ihrem Brustkorb davon. Ganz sicher konnte er hinter der Fensterscheibe keine Details ausmachen, aber er hatte sie gesehen, da war sie sich ganz sicher. Und nicht nur das! Er hatte sie angesehen. Sie bewertet. Sich eine Meinung gebildet. Schon hörte sie in ihrem Kopf die Stimmen, denen sie auch nach so vielen Jahren regelmäßiger Therapie und ihren Medikamenten nicht entkommen konnte: *Gnom. Zwerg. Rotkappe. Goblin.* Ein paar ihrer Peiniger waren kreativ geworden und hatten sich ganze Reime ausgedacht: *In einer Ecke, klein und krumm, der Goblin lacht, so dumm, dumm, dumm.*

Sie schloss die Augen, machte ihre Atemübungen. Was sie hörte, war nicht wahr. Nicht mehr. Sie war nicht dumm, nur weil sie Probleme hatte, die richtigen Worte zu finden, wenn sie angestarrt wurde. Ihr Leben heute war anders als früher. Sie war anders. Sie hatte einen Job, der sie glücklich machte und in dem sie erfolgreich war, sie wohnte in einem Haus, in dem sie sich wohlfühlte, und zahlte jeden Monat pünktlich ihre Rechnungen. Sogar Freunde, auf die sie zählen konnte, gehörten zu ihrem Leben. Doch egal, wie gut sie sich auch zuredete, nach draußen gehen und den neuen Nachbarn begrüßen, kam nicht mehr infrage.

Als am Abend Klaviermusik durch die gemeinsame Wohnzimmerwand drang und Maggie daran erinnerte, dass sie die Außenwelt zwar aussperren konnte, diese deshalb aber nicht aufhörte zu existieren, fragte sie sich immer noch, ob ihre Entscheidung vernünftig gewesen war oder ein Verlust.

Mit seinem allerfreundlichsten »Guten Morgen« schob sich Vincent auf den mittlerweile vertrauten Sitzplatz im Northern-Zug von Whispering Heights nach York. Auch die Gesichter, die seinen Gruß wie jeden Morgen in den letzten vier Wochen ignorierten, kannte er mittlerweile.

Da war das Mädchen im Teenageralter mit den blond gefärbten, schulterlangen Haaren und dem Fransenpony, der ihrem Gesicht etwas Aufmüpfiges verlieh. Neben Fransenpony saß gewöhnlich ein junger Mann, den Vincent insgeheim als *Techgenie* bezeichnete. In der Regel trug er enge Jeans und farbenfrohe Strickpullover unter einer Daunenjacke. Seinen dunklen Locken schien die Feuchtigkeit des morgendlichen Nebels nichts auszumachen, und er nutzte die Pendlerfahrt stets zum Arbeiten an einem Laptop. Außerdem gehörte zu seiner Morgencrew *Santa*, ein älterer Herr mit weißem Haar und Rauschebart, sowie *Ihre Majestät*, eine Frau, die seiner Schätzung nach in den späten Fünfzigern sein musste, stets tadellos gekleidet war und so aufrecht saß, dass ihr Rücken niemals die Sitzlehne berührte. Einen kleinen Moment wartete Vincent, ob nicht doch einer seiner Freunde den Gruß erwidern würde, dann gab er auf. Aus seiner Messenger-Bag zog er eine zerlesene Taschenbuchausgabe von Mary Shelleys *Frankenstein*. Das Buch hatte er so oft gelesen, dass er die Geschichte beinah Wort für Wort auswendig kannte. Aber ihm ging es ja nicht um neue literarische Erkenntnisse, sondern um Trost und Zugehörigkeit.

Wie erbärmlich und einsam musste man sein, um Menschen, mit denen man nicht einmal einen ganzen Satz gewechselt hatte, als »Freunde« zu bezeichnen?

Dieser ganze Neustart im Land seiner Träume erwies sich als viel schwieriger als erwartet. Seufzend lehnte er die Wange gegen das Zugfenster, schreckte jedoch sofort wieder zurück. Alles hier war kalt. Allerdings nicht mehr das romantische Schneekristallkalt vom Tag seiner Ankunft. Längst war der Schnee weggetaut und hatte grauem Matsch Platz gemacht. Nicht einmal tagsüber wurde es richtig hell, selbst die Tage blieben grau und duster. Er presste die Lippen zusammen, atmete zitternd aus. Plötzlich kämpfte er mit den Tränen.

Auch in den nächsten Stunden wurde sein Tag nicht besser. Während seiner Sprechstunde saß ihm Jayden Reynolds gegenüber. Schon als Erstsemester spielte Jayden Rugby in der A-Mannschaft des Universitätsteams. Mit einer Größe von eins neunzig, blonden kurzen Haaren und Schultern so breit, dass sich Vincent zweimal dahinter verstecken könnte, verkörperte er genau den Typus von Student, dem Vincent sein Leben lang aus dem Weg gegangen war. Dass er jetzt – zumindest theoretisch – in einer machtvolleren Position war, änderte nichts an Vincents Überdruss. Er wusste, dass Vorurteile nichts in seinem Job zu suchen hatten, aber mit seinem Auftreten machte es Jayden nicht gerade besser.

Vincent riss sich zusammen und versuchte es noch einmal. »Es ist keine These, wenn du nur die Aufgabenstellung wiederholst, Jayden. Eine These muss in eindeutiger Sprache formuliert sein und deine Meinung klar benennen. Sie bereitet die Lesenden auf die Punkte vor, die du besprechen wirst. Formell gehört sie ans Ende der Einleitung.« So unauffällig wie möglich massierte er sich die Schläfen. Eigentlich schlug er sich ganz gut, fand er. Wer ihn nicht gut kannte, konnte den gereizten Unterton in seiner Stimme sicher nicht heraushören. Und wenn Vincent eines mit Sicherheit wusste, dann dass Jayden Reynolds ihn nicht gut kannte. Vincent hatte ihn jedenfalls kein einziges Mal in dem Kurs gesehen, den er dreimal pro Woche für seinen Professor abhielt. Ebenso wenig wie die sechs anderen Studierenden, die ihn heute während der Sprechstunde im Büro aufgesucht hatten, weil sie mit ihrer Aufsatznote unzufrieden waren. Ihre Arbeiten hatten alle eines gemeinsam: Sie enthielten keine vernünftige Thesenbehauptung. Dabei hatte er sowohl im Unterricht als auch in seinen Handouts sehr deutlich erklärt, wie diese auszusehen hatte. Wenn man in den Kursen natürlich nie auftauchte …

»Aber Sie haben nie gesagt, dass wir unsere Meinung mit reinbringen müssen.« Jayden gab sich keine Mühe, seinen

34

Frust zu verbergen. »Wenn ich gewusst hätte, dass man das machen muss, hätte ich das natürlich gemacht. Ich bin doch nicht blöd.« Das Urteil darüber stand noch aus.

Nein, das war nicht fair, und vielleicht wäre ihm die Diskussion nicht so auf die Nerven gegangen, wenn er sie heute nicht schon zum siebten Mal führen müsste.

Er zog sich das Aufgabenpapier heran und las vom Blatt ab: »Analysieren Sie die Entwicklung des Gothic Romance Genres im 19. Jahrhundert und diskutieren Sie, wie es *Ihrer Meinung nach* kulturelle Ängste und Werte dieser Ära widerspiegelt.« Er machte eine kurze Pause, um seine Worte wirken zu lassen, dann fuhr er fort: »Für die Zukunft würde ich dir empfehlen, die Aufgabenstellung zu lesen, bevor du mit dem Schreiben des Aufsatzes beginnst. Ein weiterer Tipp wäre, den Stoff nachzuholen, den du verpasst, wenn du nicht persönlich zu den Kursen erscheinen kannst. Gibt es sonst noch etwas, das ich für dich tun kann?« *Sag Nein*, flehte er im Stillen. *Bitte sag Nein*. Schon so müsste er sich gehörig beeilen, um den üblichen Zug nach Hause zu erwischen.

Jayden tat ihm den Gefallen nicht. »Ich habe in der blöden Thesenbehauptung sehr wohl geschrieben, worum es in dem Aufsatz gehen wird. Hier!« Er tippte mit dem Zeigefinger auf das oberste Blatt seiner Arbeit. »Da steht: Welche kulturellen Ängste und Werte der Ära spiegeln sich in den Romanen des Gothic Romance Genres wider?«

»Wie ich bereits sagte: Die Aufgabenstellung zu wiederholen, ist keine These. Es ist eine Frage. Meine Frage, um genau zu sein. Die Frage, die ich euch gestellt habe. Ich würde kaum von euch verlangen, 2500 Wörter zu schreiben,

wenn es nur darum ginge, die Aufgabenstellung abzu-
schreiben.«

»Woher soll ich denn wissen, was in Ihrem Kopf vorgeht? Ich dachte, hier geht's um Wissenschaft, nicht um
Gedankenlesen.«

»Jayden ...« Ihm ging die Geduld aus. Um zu verdeut-
lichen, dass dieses Treffen endgültig seinem Ende entgegen-
raste, stand er auf. »Ich diskutiere das nicht weiter mit dir.
Als Entgegenkommen biete ich dir die Möglichkeit, deinen
Aufsatz bis zum kommenden Montag zu überarbeiten und
erneut einzureichen. Denselben Vorschlag habe ich deinen
Kommilitoninnen und Kommilitonen gemacht, die vor dir
bei mir waren.« Vincent öffnete die Tür und bedeutete Jayden mit einem Kopfnicken, das Büro zu verlassen. »Meine
Sprechstunde ist seit fünfzehn Minuten zu Ende. Viel Erfolg mit der Überarbeitung.«

Eine geschlagene Minute lang lieferten sie sich einen
Starrwettbewerb. Am Ende gab Jayden nach. Mit brüs-
ken Bewegungen sammelte er seine Sachen zusammen und
stürmte aus dem Zimmer, als würde auf der anderen Seite
der Türschwelle ein Gegner warten, den es umzurennen
galt. Nur mit Mühe konnte sich Vincent davon abhalten,
dem Studenten wenigstens ein paar der weniger schmei-
chelhaften Sätzen nachzurufen, die ihm in der letzten halben Stunde durch den Kopf gegangen waren. Aber Boshaftigkeit passte nicht zu seiner Position an der Uni, und
eigentlich passte sie auch nicht zu ihm. »Du hast ein Herz
aus Gold«, hatte Lourdes ihm mehr als einmal gesagt, wenn
er sich mal wieder unsichtbar und unwichtig gefühlt hatte.
»Du magst nicht stark im Äußeren wirken, dafür bist du

umso stärker im Inneren. Ein mitfühlendes Herz ist kein Charakterfehler, *mon chéri*, es ist eine Tugend, die du dir bewahren solltest.«

Wenn Lourdes ihn jetzt sehen könnte – resigniert und frustriert, obwohl die Stelle an der Uni sein großer Traum gewesen war. Doch obwohl er schon mehrere Wochen in England lebte, kannte er eigentlich niemanden. Natürlich, mit Professor Ashborne, seinem Chef, wechselte er jeden Tag ein paar Worte, aber die gingen selten über Arbeitsanweisungen seitens des Professors und knappen *Jawohl-Sirs* und *Natürlich-Sirs* von Vincent hinaus. Den Rest der Zeit versank er in Arbeit. Die anderen Post-Doc-Studierenden sah er nur im Vorbeigehen, und mit Ausnahme seiner Vermieterin kannte er in Whispering Heights noch keine Menschenseele. Wenn er nicht zu einer modernen Heathcliff-Reinkarnation werden wollte, musste sich etwas ändern!

Auf dem Heimweg unternahm er den ersten Versuch. Wie beinah jeden Tag erschwerte ihm der Wind das Nachhausekommen. Er pfiff ihm entgegen und wirbelte Laub und kleine Steinchen von den Bürgersteigen auf. Das Spektakel, mit dem die Natur ihm zuzurufen schien, dass er nicht hierhergehörte, machte es ihm schwer, seine Gedanken zu hören. Er war kein Gewächs der Britischen Inseln. Die Insel, die die meiste Zeit seines Lebens sein Zuhause gewesen war, war von Sonne geküsst, und wenn es mal windete, dann trug dieser Wind den Duft von Vanille und Flamboyant-Bäumen.

Er klappte seinen Mantelkragen hoch, zog die Schultern zu den Ohren und sperrte das Peitschen des Windes so gut es ging aus. Trotzdem hielt er an, als er am Haus seines übernächsten Nachbarn vorbeikam. Der betagte Herr kämpfte mit der Folienabdeckung der Gartenmöbel. Immer wieder steckte er die Haube fest, immer wieder riss der Wind sie los und ließ sie wie ein Segel flattern. Aufgrund einer überdimensional großen Aufschrift auf dem Briefkasten wusste Vincent, dass hier der berüchtigte Archibald Snickersby lebte, vor dem Beth ihn gewarnt hatte. Trotzdem fasste Vincent sich ein Herz und eilte auf seinen Nachbarn zu.

»Soll ich helfen? Zu zweit geht es vielleicht besser. Wenn ich den Tisch anhebe, können Sie die Plane darunterschieben, dann ist sie fixiert.«

Archibald Snickersby hielt in seinen Bemühungen inne. Er musterte Vincent, als sei er ein Geist. »Wer sind Sie?«

Falls Vincent auf ein Lächeln gehofft hatte, wurde er enttäuscht. Von Archibalds Blick könnte Milch gerinnen.

»Vincent Laurent. Ich wohne seit Kurzem dort drüben.« Er deutete zum Ende der Sackgasse hin. Zwischen Mr. Snickersbys Haus und der Doppelhaushälfte, in der Vincent wohnte, befand sich nur noch eine Brache mit ein paar verkrüppelten Obstbäumen.

Archibald Snickersby ignorierte die ausgestreckte Hand. Stattdessen brummte er etwas Unverständliches.

»Wie bitte?« Vincent trat noch einen Schritt näher. »Ich habe Sie nicht verstanden. Der Wind weht so laut.«

»Verschwinde, habe ich gesagt!«, unterbrach Archibald ihn. »Das ist mein Garten. Schlimm genug, dass man hier im Winter nachts kein Auge zumachen kann, weil die kleine Hexe von nebenan ihren Garten beleuchtet wie eine

Landebahn. Reine Stromverschwendung, sag ich! Aber meine Meinung interessiert ja niemanden. Hier macht sowieso jeder, was er will.«

Ziemlich genau zur Hälfte von Mr. Snickersbys Tirade trat Vincent den Rücktritt an. Das hatte er davon, ein freundliches Gespräch beginnen zu wollen. Mittlerweile sollte er es doch gelernt haben. Wenn er jemals mehr Erfolg damit haben wollte, Freunde in seiner neuen Heimat zu finden, brauchte er einen vernünftigen Gesprächsöffner. Und womöglich auch ein Gegenüber, das nicht in ganz Whispering Heights für seine Unfreundlichkeit verschrien war.

Ein Schopf feuerroter Locken tauchte vor seinem inneren Auge auf. Die Ahnung eines Lächelns. Wie hässlich Archibald Snickersby über sie geredet hatte! Was, wenn Vincent nicht die einzige Person in Whispering Heights war, die einen Freund brauchte? Was, wenn er nicht einmal der Einzige in der Hollyhock Street war?

Moment! Hatte Beth nicht erzählt, Maggie Thornton sei die Favoritin des jährlichen Lichterzauberwettbewerbs? Selbst Mr. Snickersby hatte doch gerade so etwas angedeutet.

In der Tat waren in den letzten Tagen erste Dekorationen in Maggies Teil des Gartens aufgetaucht. Angefangen hatte es mit einem Türkranz aus Altmetall, Trockenblumen und jeder Menge goldener Kugeln. Direkt beim ersten Blick auf das Gebilde hatte sich Vincent an die Bücher von Jules Verne erinnert gefühlt. Die Girlande besaß dieselbe Ausstrahlung von skurriler Eleganz und Technologieverliebtheit wie die Werke des Autors.

Nach und nach waren weitere Dekoelemente hinzuge-kommen. Den Kiesweg vom Gartentor zu Maggies Ein-gangstür zierten nun metallische Laternen, die vom Stil her an Gaslampen erinnerten. Aus den Fenstern im ersten Stock des Hauses hingen Zahnräder, in denen Weihnachtsmänner in verschiedenen Posen saßen, und die große Tanne hatte Maggie mit zahlreichen Lichterketten und Ornamenten in Form von Zahnrädern und Taschenuhren geschmückt. Obwohl er kein Experte für diese literarische Gattung war, ließ sich das Dekomotto seiner Nachbarin mittlerweile deutlich erahnen. Niemals wäre er selbst auf die Idee ge-kommen, Weihnachten mit Steampunk zu verbinden. Aber so, wie Maggie es umsetzte, faszinierte, ja begeisterte der Look ihn. Wurde es also nicht höchste Zeit, auf den Spei-cher zu gehen und zu stöbern, welche Dekoartikel seine Vormieter ihm hinterlassen hatten? Schließlich war es in der Regel am einfachsten, mit Menschen ins Gespräch zu kom-men, wenn man über etwas reden konnte, das sie liebten.

3

Das hatte sie davon, ihre E-Mails vor ihrem Morgentee zu checken. Maggie warf das Gerät auf die Arbeitsfläche und ließ den Kopf hängen. Sie verlor nicht zum ersten Mal einen Auftrag, und es würde auch nicht das letzte Mal sein. Warum tat es heute besonders weh? Vielleicht, weil sie schon einige Stunden Arbeit in die Illustration investiert hatte. Auch das war natürlich ihre Schuld. Sie war lange genug in der Branche, um zu wissen, dass ein ausführliches Briefing, Begeisterungsstürme per E-Mail, in denen die Kundin beteuerte, wie perfekt Maggies Stil sei, und eine mündliche Zusage noch gar nichts bedeuteten. Aber Maggie hatte die Aufgabe gereizt, vor allem, weil die Kundin explizit angemerkt hatte, dass sie für die Charakterillustration ihres Helden keinen durchtrainierten Archetypen wollte, sondern einen Kerl wie aus dem echten Leben. Mit Bauchröllchen statt Sixpack. Gut, Hörner sollte er auch haben, und ein dämonisches Lächeln, schließlich war er der jüngste Sohn des Höllenfürsten. Aber darum ging es nicht. Allein bei dem Gedanken an den Dämonen, der das Leben zu sehr liebte, um zum Rest seiner Familie zu passen, fuhr Maggie ein schmerzhafter Stich in die Brust. Das war das Schlimmste an ihrer Arbeit. Mitunter verliebte sie sich so sehr in ihre

Figuren, dass der Abschied schmerzte. Und warum musste sie sich diesmal viel zu früh von ihrem neuen Seelenverwandten trennen? Weil sie ein persönliches Treffen mit der Kundin abgesagt hatte. Wer um alles in der Welt traf sich heutzutage noch von Angesicht zu Angesicht? Warum war es wichtig, zu wissen, wie Maggies Gesicht aussah oder wie ihre Stimme klang, um einen Auftrag zu vergeben? Und warum, zum Teufel, genügte Zoom dafür nicht? Eine Videokonferenz war nämlich der Kompromiss gewesen, den Maggie der Kundin angeboten hatte. Aber nein, die hatte unbedingt auf einem persönlichen Treffen bestehen müssen. An einem öffentlichen Ort. In einem Café. Zu einer Uhrzeit, zu der der Laden garantiert vor Menschen wimmelte. Ein Gefühl wie von Ameisen auf ihrer Haut war Maggie über die Unterarme gekrochen, den Nacken hinauf, hatte ihre Kopfhaut kribbeln und ihr Herz bei dem bloßen Gedanken rasen lassen. Die Cafégäste würden sich nach ihr umdrehen, sobald die Türglocke ertönte. Alle Gespräche würden verstummen. Nur für die Dauer eines Herzschlags, aber das würde reichen, um sich ein Urteil über Maggie zu bilden. Hinterher würden sie so tun, als wäre das alles nie passiert. Als wären sie nicht insgeheim dankbar, dass sie größer waren, dass ihr Haar nicht die Farbe von Sommerkarotten hatte und dass ihr Gesicht auch Haut zeigte, nicht nur Sommersprossen. *Gnom, Zwerg, Goblin*, tönte es in ihren Ohren.

Natürlich hatte sie der Kundin abgesagt. Jetzt hatte sie den Auftrag verloren. Das Geld hatte sie schon eingeplant. Sie hatte Trockenblumen für ihre Weihnachtsdekoration kaufen wollen und vielleicht sogar die wunderschöne

Schmuckausgabe von Marion Zimmer Bradleys »Nebel von Avalon« als ganz besonderes Weihnachtsgeschenk für sich selbst. Sie arbeitete so hart daran, ein gutes Leben zu führen und sich immer wieder ihren Ängsten zu stellen. Aber alles schaffte sie eben nicht. Was fiel diesen Menschen ein, über sie zu urteilen? Was war so schwer an einem klitzekleinen bisschen Entgegenkommen? Zur Hölle mit ihrer Morgentasse Tee! Zur Hölle mit dem täglichen Kampf, aus dem Bett zu kommen und in all dem verdammten Grau um sie herum den Funken Licht zu entdecken, für den es sich lohnte, aufzustehen.

Sie schluckte ihre Morgentablette trocken, dann stürmte sie ins Esszimmer, das sie für die Dauer des Lichterzauberwettbewerbs wie jedes Jahr in eine Werkstatt umgewandelt hatte. Wann brauchte sie schon ein Esszimmer? Außer Grace kamen nur ihre Eltern zu Besuch. Es war ja so viel einfacher, von ihr zu fordern, ihr Leben zu ändern, statt auf ihre Bedürfnisse einzugehen.

Wenigstens hatte sie den Wettbewerb! Noch ein paar Wochen, dann würde ihr Garten ein solches Schmuckstück sein, dass die ersten Schaulustigen kämen. Familien mit ihren Kindern, die Augen groß vor Staunen, die Gesichter voller Freude. Das waren die Momente, in denen sich Maggie wertvoll fühlte, als jemand, der Freude schenkte und dessen Dasein eine Bereicherung war.

Sie schnappte sich Schere, Dekoband und die getrockneten Hortensien, die sie schon gestern mit bronzefarbenem Sprühlack eingefärbt hatte. Ihr Plan sah vor, als Nächstes das Gartentor zu verzieren. Unter ihren Händen würde es sich in wenigen Tagen in das Tor zu ihrer persönlichen

Zauberwelt verwandeln. Ein Rosenbogen würde als Basis dienen, die Hortensien und das Dekoband erste Akzente setzen.

Im Windfang warf sie sich eine Jacke über, dann machte sie sich an die Arbeit. Auf halbem Weg zum Gartentürchen stoppte sie. Zuerst traute sie ihren Augen nicht. Noch war es nicht wirklich Tag. Die Dämmerung hing schwer über dem Garten, verwandelte die Welt in monochrome Düsterkeit. Alles war Anthrazit und Grau und Schwarz. Nur über den Zinnen der Burg hing eine Ahnung von Violett und Orange. Es war eine Landschaft wie in einem John-Martin-Gemälde, passend zu ihrer düster-romantischen Weihnachtswelt. Zumindest hätte es so sein können, wäre da nicht eine quietschbunte, aufblasbare Plastikpalme mitten in ihrem Weg!

Das hässliche Teil lehnte am rechten Pfeiler des Gartentors, und als wäre das nicht schlimm genug, hingen in der Ligusterhecke rechts vom Tor Fetzen einer orangeroten Federboa. Der Knoten glühenden Zorns hinter ihrem Rippenbogen platzte auf und schickte pure Wut durch ihren ganzen Körper. Mit jedem Herzschlag wurde es schlimmer. Rote Schlieren schoben sich vor ihr Gesichtsfeld. Wie konnte dieser Kerl es wagen! Wie konnte er etwas nehmen, das ihr heilig war, das Einzige in ihrem Leben, und es so verunstalten? Sicher, im Grunde sollte es ihr egal sein, was ihr neuer Nachbar in seinem Teil des Gartens trieb. Alle Bewohnerinnen und Bewohner von Whispering Heights waren aufgerufen, am Lichterzauberwettbewerb teilzunehmen. Doch eine Plastikpalme? Echt jetzt? Das war kein ernst gemeinter Wettbewerbsbeitrag, das war blanker Hohn. Wie so viele andere Menschen in ihrem Leben machte auch dieser Kerl sich über sie lustig und verspottete, was ihr wichtig war.

Sie ballte die Hände zu Fäusten. Da wurde sie sich wieder der Schere bewusst, die sie immer noch in der Hand hielt. Der Schleier vor ihren Augen wurde dichter. Bis zu diesem Moment hatte sie nicht gewusst, dass man wirklich rotsehen konnte. Der ganze Frust des Tages, die Enttäuschung, die Wut auf die Welt und auf sich selbst, weil sie einfach nicht so sein konnte, wie andere sie haben wollten, verwandelte sich in Bewegung. Sie taumelte auf die Palme zu, hob die Hand, ließ sie nach unten fahren, war nicht mehr sie selbst. Die Spitze der Schere bohrte sich in das Plastik. Es ging ganz leicht. Viel leichter, als sie erwartet hatte. So einfach war es also, zu zerstören.

Kaum hatte sie die Bewegung ausgeführt, begann das Zittern. Ihre Hände bebten so stark, dass sie um ein Haar ihre Waffe fallen gelassen hätte. Sie zog die Schere zurück. Zischend entwich die Luft aus der Palme. Sie fiel in sich zusammen und mit ihr die Wut, die Maggie so fest im Griff gehabt hatte. Ihr ganzes Sein richtete sich auf den traurigen Haufen Plastik vor ihren Füßen.

Das hatte sie gemacht. Sie hatte etwas zerstört, das heil gewesen war, bunt und fröhlich. Ihr graute es. Vor sich selbst. Vor dem, was sie getan hatte. Übelkeit kroch ihr die Kehle empor.

So sei gewarnt vor Wesen klein,
Die stumm und listig, böse und gemein.

Sie hatten recht. Alle, die sie ausgelacht, verhöhnt und beleidigt hatten, hatten recht. Maggie war böse. Sie war listig und gemein. Dunkelheit schloss sich um sie, Hass auf sich selbst.

Sie schlug sich die Hände vors Gesicht und rannte zurück ins Haus.

Vincent traute seinen Augen nicht. Das konnte nicht wahr sein! Hatte er zu lange die Luft angehalten? War ihm schwindelig geworden und hatte er deshalb die ganze Szene fantasiert? Im Leben nicht hatte die stille junge Frau, auf die er durch die Fensterscheibe ihres Küchenfensters hinweg einen Blick erhascht hatte, etwas derart Gemeines getan.

Mit einem Knall fiel Maggies Haustür ins Schloss, und Vincent atmete aus. Die Palme, beziehungsweise das, was von ihr übrig war, blieb als trauriger Haufen Plastik auf dem Boden liegen. Alles war wahr. Das hier war nur ein weiterer gescheiterter Versuch, Kontakt zu seinen neuen Mitmenschen aufzunehmen. Dabei hatte er sich alles so schön vorgestellt. Ihren überraschten Gesichtsausdruck. Die Fragen, die ihr über die Lippen sprudeln würden, sobald sie seine Dekorationen sah. Er hatte seinen Wecker extra eine Stunde früher gestellt, um sie nicht zu verpassen. Und jetzt das! Ihre Reaktion tat tief im Herzen weh, denn bei all der Wut hinter ihrer Tat war da noch etwas anderes gewesen. Selten hatte er eine so tief verletzte Miene gesehen wie ihre, kurz bevor sie sich die Hände vors Gesicht geschlagen hatte.

Seufzend wandte er sich vom Fenster ab. Statt seinen Morgenkaffee wie üblich im Stehen in der Küche zu trinken, kippte er sich das schwarze Ambrosia in einen To-go-Becher und machte sich auf den Weg in die Arbeit.

Am Bahnsteig warteten dieselben Leute wie jeden Tag auf die Ankunft der Northern Line. Er postierte sich an seinen gewohnten Platz. Pünktlich auf die Minute fuhr der Zug ein. Die Lokomotive schnaufte. Ihr Lack glänzte feucht vom Morgennebel. Vincent hatte seinen Standpunkt gut eingeschätzt, der Zug blieb genau so stehen, dass sich eine der elektrischen Türen direkt vor ihm öffnete. Zum ersten Mal verkniff er sich die morgendliche Begrüßung an seine Mitreisenden. Von unwillkommener Freundlichkeit war er geheilt.

Schwerfällig ließ er sich auf den Sitz fallen und hob seine Aktentasche auf den Schoß. Bevor er sich seiner Lektüre widmen konnte, musste er seine Brille putzen. Er griff nach dem Baumwolltuch in seinem Sakko und fühlte sich plötzlich beobachtet. Das Gefühl hielt an, auch als er die Gläser zwischen den Fingern, die das Tuch umhüllte, rieb. Als er mit dem Ergebnis zufrieden war, setzte er die Brille wieder auf die Nase. Vorsichtig wagte er einen Blick in die Runde, und tatsächlich: Seine Intuition hatte ihn nicht getäuscht. Vier Augenpaare blickten ihn an, als warteten sie auf eine Antwort. Die Antwort auf eine Frage, die ihm niemand gestellt hatte. Gereizt und schon vor acht Uhr morgens überfordert von dem rätselhaften Verhalten der Menschen auf dieser eisigen Insel mitten in der Nordsee, zuckte er mit den Schultern.

»Was? Ist mir über Nacht ein Horn gewachsen? Habe ich etwas getan, das gegen die unausgesprochene Etikette dieses Zuges verstößt?«

Drei von vier Augenpaaren wandten sich ab. Die zu den Augenpaaren gehörenden Menschen gaben vor, nicht gestarrt zu haben. Nur Ihre Majestät behielt ihn im Blick.

»Sie haben uns keinen guten Morgen gewünscht.« Vielleicht sollte es nur eine Feststellung sein. Aber so, wie der Morgen bisher verlaufen war, konnte er es nur als Vorwurf auffassen. Man konnte es diesen Leuten einfach nicht recht machen. Wochenlang hatten sie ihn ignoriert und jetzt das. Er wollte nicht antworten. Das gemurmelte: »Weil ich es mir nicht zur Gewohnheit mache, zu lügen«, schlüpfte ihm vollkommen unbeabsichtigt über die Lippen.

Fransenpony machte große Augen. »Welche Laus ist Ihnen denn über die Leber gelaufen? Sonst sind Sie doch immer so gut gelaunt. Klingt, als hätte Sie jemand ordentlich abgefuckt.«

»Hüte deine Zunge, Mädchen«, schalt Santa. Er hatte nicht nur den passenden Rauschebart, auch sein Tonfall passte perfekt zu dem Spitznamen.

Vincent war immer noch nicht nach Small Talk zumute. Der Zug fuhr mit einem Ruck an, Vincents Tasche schwankte, kippte von seinen Knien und ergoss den Inhalt auf das Techgenie im Sitz neben ihm.

»Oh nein! Das tut mir schrecklich leid.« Hektisch machte er sich daran, seine Habseligkeiten einzusammeln. Es waren vor allem die Aufsätze, die er zum Korrigieren mit nach Hause genommen hatte. Was für ein Spaß würde es werden, sie im Büro nun neu sortieren zu müssen.

Das Techgenie kam ihm zu Hilfe. »Ist wohl wirklich nicht Ihr Tag heute.«

»Nicht meine Woche. Und nicht mein Monat. Seit über einem Monat wohne ich jetzt in England und kenne keine Menschenseele. Und wenn ich versuche, Kontakt zu knüpfen, geht es schief.« Ja, er klang wie ein nörgelndes Kleinkind. Na und? Schließlich war es egal, wie sehr er sich bemühte. Die Menschen waren immer gleich abweisend zu ihm.

»Sie kommen wohl nicht aus England?« Ihre Majestät hob fragend die Augenbrauen.

»Was hat mich verraten?«

»Der Versuch, Small Talk in einem Zug zu machen. Hier ist Nettsein in Zügen quasi verboten.«

»Im eigenen Vorgarten aber wohl auch.«

»Mhhh?«, machte Fransenpony. »Hat dir jemand in den Garten gepinkelt, oder was soll das heißen?«

Vincent seufzte. Die Art, wie sie sich ausdrückte, erinnerte ihn an einige der Erstsemester, mit denen er sich herumschlagen durfte. Schlimmer waren nur die unzähligen Drittmittelanträge, die er für seinen Boss schreiben musste. Für sein eigenes Forschungsprojekt war bis jetzt noch kaum Zeit gewesen.

»Nein, es waren keine Körperflüssigkeiten im Spiel.« Vielsagend blickte er in die Runde. »Aber ein Messer.« Es hätte genauso gut eine Schere sein können, so genau hatte er das nicht sehen können, aber Messer klang dramatischer, und tatsächlich verfehlte seine Aussage ihre Wirkung nicht.

»Was? Ist jemand auf Sie losgegangen?«, wollte Fransenpony wissen. Vor ihrem inneren Auge lief zweifellos ein Horrorfilm ab. Mit viel Blut, herumspritzenden Gedärmen und einem Täter in Clownsmaske. Fantasie war der Schlüssel zur Unendlichkeit, sie sollte jederzeit gefördert werden, daran glaubte Vincent von ganzem Herzen. Deshalb tat es ihm fast ein bisschen leid, Fransenponys Vorstellung zu zerstören.

»Nicht auf mich. Auf meine Palme. Dabei hat sie so schön gestanden.« Aus dem Augenwinkel sah er Techgenies Mundwinkel zucken. Santa täuschte ein Husten vor und versteckte sein Lachen hinter der vorgehaltenen Hand. Fransenpony machte sich als Einzige nicht die Mühe, ihre Belustigung zu verstecken.

Anzüglich wackelte sie mit den Augenbrauen. »Zu viel Informationen, *mate*. Deine stramme Morgenpalme ist allein dein Ding.«

In Vincents Wangen schoss glühende Hitze. Blieb nur zu hoffen, dass der Hauch Sonnenbräune auf seinen Wangen, den auch der nebeligste Herbst nicht hatte vertreiben können, seine Röte verbarg. »Ich spreche von einer aufblasbaren Plastikpalme.«

Zum ersten Mal meldete sich das Techgenie zu Wort. »Verstehe ich das richtig? In deinem Garten steht eine Plastikpalme?«

»Stand«, korrigierte Vincent. »Aber sonst: Ja. Ihr wisst schon, so eine, die man normalerweise mit in den Pool nimmt. Mit einer Badeplattform unten dran.«

Was Ihre Majestät von seinem Dekoartikel hielt, demonstrierte sie mit dem Kräuseln ihrer Oberlippe.

»Das ist echt schräg!« Wie nun schon zum wiederholten Male sprach Fransenpony das aus, was sich auch die anderen zu denken schienen. »Warum um alles in der Welt stellt man sich eine Badeplattform in den Garten?«

Es war, als wäre diese Frage alles gewesen, worauf seine einsame Seele gewartet hatte. Ohne Pause brach die Geschichte aus ihm heraus. Er erzählte, wie ihm das Angebot für die Post-Doc-Stelle in England kurz nach Lourdes'

Tod wie ein Zeichen vorgekommen war, er sich in dem fremden Land bisher aber immer nur allein und fehl am Platz fühlte. Wie sehr er sich wünschte, Anschluss zu finden. Er erfuhr die echten Namen seiner Mitreisenden und sagte ihnen, wie er hieß. Er erzählte von dem Lichterzauberwettbewerb und der Favoritenrolle seiner Nachbarin und dass er geglaubt hatte, auch sie könne einen Freund gebrauchen.

»Offenbar lag ich damit aber falsch. Ich kenne sie ja nicht wirklich, aber dass sie so gemein sein könnte, hätte ich ihr nicht zugetraut.«

Mimi, wie Fransenpony in Wahrheit hieß, machte einen entschlossenen Gesichtsausdruck. »Du musst dich rächen. Zeig der Tussi, dass sie so nicht mit dir umgehen kann.«

»Ich glaube nicht, dass Gewalt die Lösung ist. Schließlich muss ich weiterhin Tür an Tür mit ihr leben. Ich möchte mich nicht mit ihr streiten.«

»Die Kleine gefällt dem Jungen, das ist ja wohl klar.« Womöglich hatte Santa, aka George, Vincent als schweigende Eminenz doch besser gefallen. »Kein Wunder, dass er heute so schlecht gelaunt ist.«

Joan, Ihre Majestät, schnalzte mit der Zunge. »In diesem Fall war eine Plastikpalme womöglich nicht der richtige Weg, um die Aufmerksamkeit der jungen Dame zu erregen.« Sie sah nicht nur aus wie eine Grande Dame aus dem letzten Jahrtausend, sie drückte sich auch so aus.

»Ich wollte nicht ihre Aufmerksamkeit erregen. Zumindest nicht …« Er kam nicht dazu, seinen Satz zu beenden.

»Ihr sagt doch nicht ernsthaft, dass er die Messerattacke einfach so vergessen soll?« Mimi schien aufrichtig entrüstet.

»Vielleicht«, mischte sich nun auch Ahmed, das Techgenie, in das Gespräch ein, »… liegt die Lösung darin, die Attacke von einem anderen Gesichtspunkt aus zu sehen. Was, wenn es gar kein Angriff war?«

»Die Irre hatte ein Messer dabei!« Mimi schien nicht beeindruckt.

»Oder eine Schere«, gab Vincent leise zu.

Ahmed ließ sich nicht vom Kurs abbringen. »Was, wenn es keine boshafte Attacke war, sondern ein Streich. Gegenseitiges Streichespielen kann funktionieren, um jemandem den Hof zu machen, oder?«

»Hmm …« George rieb sich den Bart.

»Immerhin besagt ein altes Sprichwort: Was sich liebt, das neckt sich.« War das eine Ermutigung von Joan? Zumindest klang es so.

»Dann mal viel Glück, dass die Gute deinen Gegenstreich nicht falsch versteht. Sonst habt ihr bald nicht nur einen Dekowettbewerb im Garten, sondern einen echten Krieg.« Mimi war ein solcher Sonnenschein.

»Es muss etwas Überraschendes sein. Ein Streich, der sie zum Lachen bringt und sie auf keinen Fall bloßstellt«, sinnierte Vincent. Je länger er über die Idee nachdachte, desto besser gefiel sie ihm. Wer wusste es schon, womöglich hatte er es doch nicht versaut. Vielleicht gab es noch eine Chance, Maggie Thornton, die unangefochtene Königin des Lichterzauberwettbewerbs, auf seine Seite zu ziehen. Ihm und den anderen blieben noch gut zwanzig Minuten Fahrtzeit. Wäre doch gelacht, wenn ihnen da nicht der perfekte Gegenstreich einfallen würde. Zusammen war schließlich alles besser.

4

Dunkelheit umschloss Maggie. Es bot eine wohlbekannte Erleichterung, im Bett zu liegen. Sie musste nichts tun. Nicht funktionieren. Sie musste mit niemandem reden, nicht vorgeben, stärker, netter, besser zu sein, als sie war. Sie verpasste ihren Videotermin mit ihrer Therapeutin, reagierte nicht auf die Nachrichten ihrer Eltern und sagte ein Treffen mit Grace ab. Sie schaltete sämtliche Push-Funktionen ihres Handys aus und ließ den ganzen Tag über Filme über ihr Tablet laufen. Die Handlung lief an ihr vorbei. Sie döste ein, wachte auf, döste ein. Die Grenzen von Nacht und Tag verschwammen. Ab und zu schaltete sie das Radio ein. Sie aß im Bett und scherte sich nicht um die Krümel auf dem Laken. Die Welt war ein fürchterlicher Ort, und sie war ein Teil davon. Elizabeth Bennet stritt mit Mr. Darcy. Prince Harry stritt mit seinem Bruder. Frauen mussten sterben, weil Männer eifersüchtig waren, und Maggie hatte eine Plastikpalme zerstört. Sie machte die Augen zu und schlief ein bisschen mehr.

Am dritten Tag wachte sie auf und ging nach dem Pinkeln nicht direkt wieder ins Bett. Ein Fortschritt? Sie machte sich einen Tee, schaute aus dem Fenster. Als sie ihre Morgentablette nehmen wollte, stockte sie. Sie sollte mit

Claire sprechen. Die Therapeutin arbeitete seit Jahren mit Maggie. Sie kannte alle Phasen von Maggies Stimmungszirkus nur zu gut. Vor Claire musste sie sich nun wirklich nicht schämen. Dennoch kostete es ein beinah unerträgliches Maß an Überwindung, das Smartphone zur Hand zu nehmen und sie in einer kurzen Nachricht um einen spontanen Termin zu bitten. Binnen weniger Minuten klingelte Maggies Telefon. Claire machte ihr keine Vorwürfe. Sie half Maggie beim Aufstehen, statt sie für ihre Schwäche niederzutreten. Maggie versprach, bis zu ihrer nächsten Sitzung jeden Tag mindestens drei Dinge zu tun, die sie Überwindung kosteten. Damit ihre kleinen Erfolge nicht im Ozean ihrer depressiven Phase untergingen, erinnerte Claire sie außerdem daran, jeden Abend mindestens drei Dinge zu notieren, die gut gelaufen waren.

Nach dem Gespräch sah Maggie zumindest ein Licht am Horizont. Sie nahm ein Bad. Statt Fastfood bestellte sie über den Online-Lieferdienst frische Produkte zum Kochen. Sie checkte ihre E-Mails,und sprach ein kurzes »Hey Mam, ich bin nicht gestorben« auf den Anrufbeantworter ihrer Eltern und ging zurück ins Bett. Sie träumte von einem Südseestrand, der von einem Wirbelsturm verwüstet wurde.

Bis zum Ende der Woche hatte sie im Großen und Ganzen zu ihrem gewohnten Tagesablauf zurückgefunden. Jetzt war Wochenende. Seit über einer Woche hatte sie ihren Briefkasten nicht geleert. In den Garten zu gehen, an den Ort ihrer Schande, war bisher einfach zu viel gewesen. Irgendwann musste sie sich überwinden. Wenn sie sich nicht zurück in den Garten wagte, würde ihre Steampunk-

Weihnachtswelt niemals fertig werden. Dann gäbe es nichts in ihrem Leben, das Schaulustige anlockte und Kinderaugen zum Strahlen brachte. Es gab noch so viel zu tun! Aber erst einmal die Post. Wenn das erledigt war und Maggie immer noch Energie hatte, konnte sie sich endlich an die Vollendung des Portals machen. Der Anblick des fertigen Stücks wäre der Lohn für ihren Mut. Claire erinnerte sie immer wieder daran, wie wichtig es war, sich selbst zu belohnen. Innezuhalten und sich vor Augen zu führen, was sie alles schaffte.

Bevor sie es sich anders überlegen konnte, schlüpfte sie in den Garten. Sie nahm sich nicht einmal die Zeit, eine Jacke oder feste Schuhe anzuziehen. Zügig handeln, hieß die Devise. Nur nicht grübeln. Nur nicht zaudern.

Zum Glück war es nicht weit bis zum Briefkasten. Die Kälte der Gehwegplatten biss in ihre nur durch Wollsocken geschützten Fußsohlen. Dass der Briefkasten in das Mäuerchen des Gartentors eingelassen war, empfand sie als gerechte Folter. Zwar war die Plastikpalmenleiche verschwunden, doch der Fleck, wo das bunte Ungetüm nach Maggies Attacke in sich zusammengesunken war, verhöhnte Maggie geradezu. Sie bildete sich ein, tadelnde Blicke auf sich zu spüren.

Sie öffnete die Briefkastentür. Eine Wolke fedrig weißer Flocken sprühte ihr entgegen. Ein spitzer Überraschungsschrei entfuhr ihr. Die Flocken schmeckten nach Seife, doch sahen aus wie Puderschnee. Binnen Sekunden legten sie sich nicht nur auf Maggie, sondern verwandelten auch die unmittelbare Nähe in ein Winterwunderland. Als lustige Schneehauben setzten sich die Seifenflocken auf die

Zweige der Ligusterhecke und die Teile des Eingangsportals, die Maggie bereits fertiggestellt hatte. Vor allem die Trockenblumen und metallischen Dekoelemente bekamen so einen geradezu magischen Touch.

Was zur Hölle? Ihr Herz raste noch immer von dem Schreck. In ihrem Kopf stolperten die Fragen übereinander. Wie? Was? Warum?

»Tadaaa, Rache ist süß. Diesmal hab ich dich ganz schön drangekriegt!« Die Tür des großen Cottages öffnete sich, und ihr Nachbar trat heraus. Eine einzelne Haarsträhne fiel ihm in die Stirn, und sein Grinsen hatte genau die richtige Mischung aus frech und verlegen, die es Maggie unmöglich machte, sich über ihn zu ärgern. Wieder stolperte ihr Herz. Diesmal hatte es ganz und gar nichts mit dem Schreck zu tun.

»Ich …« Sie räusperte sich. »Ich verstehe nicht …«

»Oh, ich denke, du verstehst ganz genau. Und ich finde, nachdem wir uns jetzt jeder gegenseitig einen Streich gespielt haben, sind wir quasi Freunde.«

Gegenseitig Streiche gespielt? Wovon redete der Mann? Sie öffnete den Mund. Wusste, dass nun eigentlich sie an der Reihe war, etwas zu sagen. Doch wie immer, wenn sie sich vorgeführt und beobachtet fühlte, versagte ihre Stimme. Unverrichteter Dinge schloss sie den Mund wieder.

Ihr Nachbar streckte die Hand zum Gruß aus. »Vincent Laurent. Schön, dich endlich kennenzulernen. Wir sind Nachbarn.«

Immer noch verwirrt erwiderte sie den Gruß. Obwohl sie es war, die ohne Jacke und Schuhe im Novembergrau stand, waren seine Finger deutlich kälter als ihre. Instinktiv verstärkte sie ihren Griff, wollte etwas von ihrer Wärme an ihn abgeben. »M… Maggie. Maggie Thornton.« Langsam fuhr ihr Adrenalin runter. Die kalte Luft half auch. Es fiel ihr wieder leichter, klar zu denken. Innerlich dankte sie Claire. Noch vor einem halben Jahr wäre es ihr nicht gelungen, sich so kurz nach einer drohenden Panikattacke zu regulieren. Go, Maggie!

»Ich weiß.« Für einen winzigen Augenblick länger, als es üblich gewesen wäre, hielt er ihre Hand noch fest, dann ließ er los. »Beth hat mir deinen Namen verraten. Sie ist meine Vermieterin.«

»Lass mich raten: Sie hat dir auch gesagt, dass ich eine Hexe sei. Oder eine vom kleinen Volk.«

»Vampir stand auf der Liste ihrer Vermutungen ganz weit oben. Das habe ich ihr aber nicht abgenommen.«

»So?« Maggies Mundwinkel zuckten. Dieses Gespräch fing an, ihr Spaß zu machen. Es kam nicht oft vor, dass Menschen offen zugaben, über sie zu tratschen. Viel lieber taten sie es hinter ihrem Rücken. In dieser Beziehung stellte Vincent eine angenehme Ausnahme dar. »Warum nicht?«

»Mehrere Gründe.« Er zählte sie an den Fingern ab. »Erstens: Du hast keine spitzen Eckzähne.« Zu seinem ausgestreckten Zeigefinger gesellte sich der Mittelfinger. »Zweitens: Du stehst hier ohne Sonnenbrille, obwohl es mitten am Tag ist.«

Maggie warf einen skeptischen Blick gen Himmel. Wie an den meisten Tagen in dieser Jahreszeit versteckte sich die Sonne hinter einer dicken Wolkendecke. »Vielleicht habe ich mich von den Cullens inspirieren lassen und bin nur wegen des häufigen Nebels und der hohen Regenwahr-scheinlichkeit nach Whispering Heights gezogen.«

Gespielt nachdenklich runzelte Vincent die Stirn. »Mög-lich. Aber da ist ja auch noch Grund drei: Du siehst menschlich aus. Von der Haarspitze bis zur Fußsohle.« Da-bei ließ er seinen Blick sanft über ihre Gestalt wandern, und Maggie spürte, wie ihre Wangen sich röteten.

Plötzlich verlegen senkte sie den Kopf. Er nutzte die kleine Pause, um den Kunstschneeventilator in ihrem Brief-kasten auszuschalten. Sie mochte es eigentlich nicht, wenn Fremde ihr Aussehen kommentierten. Aber so, wie Vincent es getan hatte, fühlte sie sich nicht klein, sondern gesehen.

»Ich …« Wieder ging ihr der Schwung aus. Ihr fiel beim besten Willen nicht ein, wie sie den Satz zu Ende bringen sollte, so laut pochte der Puls in ihren Ohren. Zu schnell jagte ihr Herz. Jede Sekunde würde Vincent die Geduld ausgehen. Er würde irgendeine Entschuldigung murmeln, sich umdrehen und genauso unverhofft aus ihrem Leben verschwinden, wie er darin aufgetaucht war. In seinen vier Wänden würde er sich dann über sie wundern und ärgern und darin bestätigt sehen, dass sie seine Zeit nicht wert war.

Doch wie schon bei ihrer Palmenattacke reagierte er auf ihre Schwäche mit Geduld und Güte. Statt ihre Zerstö-rungswut als Aggression und Bösartigkeit zu sehen, hatte er sie als Streich abgetan. Statt sie als unfähig abzustempeln, wartete er, bis sie ihre Sprache wiederfand.

»Ich bin keine Hexe«, sagte sie schließlich wenig sinn-reich. »Und auch kein Vampir.« Auch nicht viel besser. »Ich bin ganz gewöhnlich. Einfach nur eine Frau. Die auch im November barfuß durchs Leben geht.«

»Und Weihnachten mag?«

Sie nickte.

»Und Streiche.«

»Das mit der Palme war k…« Mit einem Mal hatte sie das dringende Bedürfnis, alles richtigzustellen. Was wäre sie für eine Heuchlerin, seine Freundlichkeit anzunehmen, wo sie selbst so fies gewesen war? Doch er ließ sie nicht aussprechen.

»Das, was ich bisher von dir weiß, macht dich zu allem anderen als gewöhnlich, Maggie Thornton.« Er suchte ihren Blick mit seinem, hielt so lange aus, bis sie den Kopf hob und sie einander in die Augen sahen. Hinter den Brillengläsern waren seine whiskeybraun und unendlich warm. Sie hatte das Gefühl, zu fallen. Was auch immer das für ein Zauber war, der da zwischen ihnen sirrte, Vincent unterbrach ihn mit einem Zwinkern. »Ich bin gespannt, was du dir als Nächstes für mich ausdenkst.«

»Was …?«

»Na, bei unserem Streichekrieg. Du glaubst doch nicht, dass ich dich nach einer Runde vom Haken lasse?«

Schüchtern erwiderte sie sein Lächeln.

»Ihr hättet ihr Gesicht sehen müssen.« Eine Woche später grinste Vincent bei der Erinnerung an seinen neusten Streich. »Sie sah aus, als ob sie keine Ahnung hatte, ob sie lachen oder weinen sollte.«

»Ich wusste, meine beiden Schätzchen sind für Größeres geboren.« Santa George rieb sich den Bart.

Mimi lachte. »Deine beiden *Schätzchen*? Das waren die hässlichsten Gartenzwerge, die ich je gesehen habe.« Wo Mimi recht hatte, hatte Mimi recht. Dass solche Monstrositäten überhaupt existierten, hatte Vincent anfangs die Sprache verschlagen. Mit roten Zipfelmützen und weißen Rauschebärten erinnerten die beiden etwa kniehohen Gesellen vage an den Weihnachtsmann. Dort hörte die Ähnlichkeit aber auch schon auf. Zwerg eins trug eine schwarze Augenbinde, ein schwarzes Lederharnisch, das nur aus einigen Streifen bestand, und kniete, die Hände am Rücken verschränkt, in devoter Pose. Zwerg zwei hockte kauernd im Gras, die Jeans um die Knöchel gebauscht und eine Rolle Toilettenpapier in der Hand. Als George die beiden Plastikfiguren gestern Vincent überreicht hatte, hatte dieser seinen Augen kaum getraut. Zum Glück hatte George seine Sprachlosigkeit als Dankbarkeit interpretiert.

Kameradschaftlich hatte er Vincent auf die Schulter geklopft. »Ist ja für einen guten Zweck, Junge«, hatte er gemeint. »Bei mir fristen die beiden Kerlchen ein trauriges Dasein auf dem Speicher, das haben sie nicht verdient. Wenn sie dir den Sieg in der nächsten Schlacht gegen die geheimnisvolle Maggie bringen, haben sie mehr davon.«

»D… Danke«, hatte Vincent gestottert und das Geschenk entgegengenommen. Es war ihm schon ein bisschen peinlich gewesen, mit den beiden Figuren zur Uni zu gehen. Aber Maggies Blick heute Morgen, als sie die Zwerge gesehen hatte, war es allemal wert gewesen. Er hatte ihnen Ketten aus rotem Lametta gebastelt und sie neben einen kleinen Plastiktannenbaum gestellt, den er vor ein paar Tagen in einem 1-Pfund-Shop erstanden hatte. Das gesamte

Arrangement war so hässlich gewesen, dass es schon wieder lustig war.

»Hier, nimm erst mal das.« Joan hielt ihm seinen Morgenkaffee unter die Nase. Seit aus ihrer Zuggruppe eine kleine Gemeinschaft geworden war, hatte sie es sich zur Angewohnheit gemacht, ihre Mitreisenden mit einem heißen Morgentrunk zu versorgen. Weil Vincent es innerhalb kürzester Zeit gleich zweimal geschafft hatte, sich das Hemd mit Kaffeeflecken zu besudeln, kredenzte sie seinen Kaffee stets in verschließbaren Thermobechern.

»Danke.«

Auch die anderen ließen sich von Joan verwöhnen.

»Bevor du den nächsten Streich planen kannst, ist jetzt erst wieder sie dran, oder?« Ahmed pustete auf seinen Kaffee und verteilte den würzig-aromatischen Dampf so im gesamten Abteil. Im Gegensatz zu Vincent bereitete es ihm keine Schwierigkeiten, in einem fahrenden Zug eine volle Tasse zu balancieren.

»So war es zumindest bisher immer.« Eine knappe Woche lang ging ihr kleiner Wettkampf nun schon. Auf seine Attacke mit der Kunstschneemaschine im Briefkasten hatte Maggie reagiert, indem sie eines Nachts sein gesamtes Wohnzimmerfenster mit Klebeschneeflocken verziert hatte. Er revanchierte sich mit aus Pappe ausgeschnittenen Rentierspuren, die von ihrer Haustür zu einem gigantischen Haufen künstlicher Rentierkacke führten. Seither ertönte jedes Mal, wenn er die Haustür öffnete, eine ohrenbetäubend fürchterliche Version von Mariah Careys »All I Want for Christmas«. Um ehrlich zu sein: Jedes Mal, wenn er das nervtötende Klingeln hören musste, mochte er das Lied weniger. Dabei hatte er es anfangs wirklich geliebt. Die Rache mit den perversen Gartenzwergen hatte Maggie sich also redlich verdient. Wenn er die nächste Runde gewinnen wollte, musste er sich frühzeitig einen Plan zurechtlegen. Mit welcher Überraschung Maggie auch auf die Gartenzwerge kontern würde, sicher hatte sie es in sich.

Er nahm einen Schluck Kaffee. Laut Joan musste ein Kaffee von Hand aufgebrüht und so schwarz wie die Nacht sein. Für den besonderen Kick gab sie eine Prise Vanille in das Pulver, was ihm eine wunderbar warme Note verlieh und Vincent an zu Hause erinnerte.

»Du könntest das ganze Spektakel natürlich auch abkürzen und sie endlich nach einem Date fragen.« Mimi klang so gelangweilt, wie es nur Teenager schafften. Dennoch sicherte sie sich mit ihrer Aussage die Aufmerksamkeit der gesamten Zugclique.

Sie zuckte mit den Schultern. »Ach kommt schon, das ist so eindeutig. Dieses ganze Theater spielt ihr nur, weil ihr euch gut findet. Aber seid ihr jetzt nicht lange genug umeinander herumgeschlichen? Irgendwann muss es doch auch mal zur Sache gehen.« Vielsagend wackelte sie mit den Augenbrauen.

»Ihr jungen Leute habt einfach keine Geduld«, beschwerte sich Joan. Sie selbst pimpte ihren Kaffee mit einem ordentlichen Schuss aus einem Flachmann. Nachdenklich wiegte sie den Kopf hin und her. »Aber ich muss zugeben, die junge Dame mag recht haben. Eventuell ist es an der Zeit, in Phase zwei des Werberituals überzugehen.«

»*Werberituals*?« Georges sonores Lachen füllte das Abteil. »In welchem Jahrhundert bist du denn stecken geblieben? Wie wär's, Joan? Begleitest du mich am Wochenende auf das Konzert meiner Lieblingsband? Aber sei gewarnt!« Er zwinkerte ihr zu. »Auf den Konzerten, die ich besuche, spielt niemand Geige. Da wird gegrowled, nicht gesungen.«

»Ge-bitte-was-t?«, sprach Mimi die Frage aus, die sie sich wahrscheinlich alle stellten.

»Gegrowled. Das ist eine Stimmtechnik beim Heavy Metal. Um sich dabei nicht die Stimmbänder zu zerstören, braucht es oft jahrelanges Training.«

»Faszinierend.« Vincent bezweifelte, dass Joan jemals in ihrem Leben auf einem Rockkonzert gewesen war. Dennoch zauberte Georges Einladung ihr eine feine Röte auf die Wange. Santa war ein Filou, das musste Vincent zugeben.

Einige Sekunden lang ließ George die Stille nach seiner Einladung wirken, dann ergriff er erneut das Wort. »Siehst du, Junge, so macht man das. Du hast doch nichts zu verlieren. Das Schlimmste, was passieren kann, ist, dass sie nein sagt.«

»Oder nicht antwortet«, gab Ahmed mit einem vielsagenden Blick auf Joan zu bedenken.

Mimi verdrehte die Augen. »Mann, ehrlich, wenn du so eine Memme bist, verdienst du gar kein Date mit deiner Nachbarin. Wenn sie dich auch gut finden soll, musst du ihr schon zeigen, dass du bereit bist, etwas zu riskieren.«

Zu gerne hätte Vincent ihre verbale Herausforderung als Mumpitz abgetan, doch ihre Worte gingen ihm den ganzen Tag über nicht aus dem Kopf.

»Ich bin stolz auf dich.«

Maggie starrte die Wörter auf ihrem Handybildschirm an. Ein warmes Gefühl breitete sich in ihrer Brust aus, denn Grace hatte recht: Einmal mehr war es ihr gelungen, sich an den eigenen Haaren aus dem Morast einer schlechten Phase zu ziehen. Ihr Streiche-Wettkampf mit Vincent animierte sie außerdem dazu, täglich aus dem Haus zu gehen. Je öfter sie sich der Angst vor dem stellte, was auf der anderen Seite der Haustür auf sie warten könnte, desto weniger Überwindung kostete es. So war es ihr sogar gelungen, die Dekorationen für den Lichterzauberwettbewerb weiter voranzutreiben. Sie hatte das Portal vollendet und dicke silberne Kugeln so mit Lichterketten umwickelt, dass sie aussahen wie Heißluftballons. Diese schwebten jetzt zwischen den Ästen der Bäume und verbreiteten mystisch-romantisches Licht. Als Nächstes kämen die Nussknacker-figuren dran, die sie mit Zahnrädern, Schrauben und Metallplättchen verziert hatte. Sie wusste auch schon, wo sie die drei Gesellen aufstellen wollte, aber ehe sie sich dieser Aufgabe widmen konnte, brauchte sie einen neuen Streich für Vincent.

Als hätte Grace ihre Gedanken gehört, trudelte just in diesem Moment die Antwort ein. »Und was ist mit deinem heißen Nachbarn? Läuft da jetzt endlich was?«

Maggies Herz stolpere. Als wäre das allein nicht schon Beweis genug für ihre lächerliche Schwärmerei, hätte das kribbelige Flattergefühl in ihrem Magen die Sache endgültig klargemacht. Was sollte sie sagen? Vincent war süß. Mit seiner Hornbrille, den Haaren, die immer machten, was sie wollten, den Mänteln, in denen er stets zu versinken schien, und seiner Lederaktentasche war er die perfekte moderne Interpretation eines hinreißenden Büchernerds. Ein Mann, der Geschichten genauso liebte wie sie, war schon immer ihr Traum gewesen, und seit sie ihren neuen Nachbarn persönlich kennengelernt hatte, wusste sie, dass er mehr war als nur eine Augenweide. Er war gutherzig und offen und hatte einen unschuldigen, fast kindlichen Humor. Was blieb ihr anderes übrig, als sich in ihn zu verknallen? Natürlich war ihr klar, dass Vincent ihre Gefühle wahrscheinlich nicht erwiderte, aber das machte ihr nichts aus. So lange sie zurückdenken konnte, existierten die einzigen Männer, die ihr Herz höherschlagen ließen, zwischen zwei Buchdeckeln. Vincent bestand immerhin aus Fleisch und Blut. So, wie sie es sah, war das ein Fortschritt.

»Oh, da läuft eine ganze Menge«, schrieb sie daher zurück. »Ich bin gestern zum Klang seines Klavierspiels eingeschlafen und habe mir eingebildet, er spielt nur für mich. Die Idee mit dem Bewegungsmelder an seiner Haustür war übrigens Gold wert. Ich wette, mittlerweile säuselt Mariah Carey sogar schon in seinen Träumen.«

»Oder Albträumen«, konterte Grace. »Aber so gerne ich dich beim Unfugmachen unterstütze, meinte ich eigentlich, ob ihr euch sonst schon irgendwie nähergekommen seid. Ich finde nämlich echt, langsam wärst du mal dran, mich mit Geschichten von deinen Dates zu amüsieren.«

Maggie legte das Handy weg. Grace meinte es nur gut, das wusste sie ja. Gleichgültig wie oft Maggie zögerte, nie wurde es Grace müde, sie zu Ausflügen in die Außenwelt zu animieren, doch so dankbar sie für die Anteilnahme und Anfeuerungen ihrer Freundin war, manchmal setzten sie

Maggie auch unter Druck. Wer feierte schon die simple Tatsache, das Haus zu verlassen, um in den eigenen Garten zu gehen? Noch vor Minuten war sie stolz darauf gewesen, jedes Mal, wenn sie Vincent sah, ein paar Worte mit ihm zu wechseln. Jetzt kam ihr das so nichtig vor. Besser, sie ging zurück an ihre Arbeit. Sie wollte gerade ins Wohnzimmer gehen, da klingelte es an der Tür.

Ihr Herz boxte gegen die Rippen, augenblicklich schoss ihr Puls in die Höhe, ihre Angst, getriggert durch die ewigen Selbstzweifel.

Langsam, hielt sie der Angst entgegen. *Einatmen – ausatmen. Anspannen – entspannen.* Es gab Techniken gegen die Angst. Claire hatte sie oft mit Maggie geübt. Sie konnte das. Sie konnte es schaffen, zur Tür zu gehen und zu öffnen, zu sehen, wer auf der anderen Seite stand. Das beste Mittel gegen die Angst war, sich ihr entgegenzustellen. *Exposition* nannte es Claire, *Mut* sagte Maggies Herz dazu. *Sei mutig. Sei tapfer. Du schaffst das.*

Tatsächlich schaffte sie es. Einen Fuß setzte sie vor den anderen. Immer einen Fuß vor den anderen, und dann stand sie vor der Haustür. Schon hatte sie die Klinke in der Hand, schob sich das Blatt auf.

Als Erstes sah sie sein Lächeln. Dieses Lächeln, das sein ganzes Gesicht zu erhellen schien, weil es von den Augen kam, nicht vom Mund. Ein wenig verlegen trat er von einem Bein aufs andere. Beinah wirkte es, als wüsste er nicht, wie er vor ihrer Haustür gelandet war.

Nun, da waren sie schon zu zweit. Obwohl sie quasi Wand an Wand lebten, hatte keiner von ihnen je die unsichtbare Trennlinie zwischen ihren Leben überschritten.

Nur für ihre Streiche betraten sie das Reich des anderen, und die geschahen im Geheimen. Ebenso wie die vielen, vielen Stunden, die sie seit seinem Einzug damit verbracht hatte, zum Klang seiner Klaviermusik von ihm zu träumen.

Ihr antwortendes Lächeln geriet mit Sicherheit nicht halb so strahlend. Mit der Hand klammerte sie sich an den Türknauf.

»Hey.« Gegen das Beben in ihrer Stimme war sie machtlos. Zwar hatte die Panik die Krallen eingefahren, aber auf sicherem Grund stand sie noch lange nicht.

»Hey.« Er fuhr sich mit der Hand durch die Haare. Damit machte er das Gewuschel nicht besser. Maggie wollte wetten, dass er gerade von der Arbeit kam. Er trug noch immer den üblichen Wollmantel. Zu seinen Füßen stand die Ledertasche, die zu ihm gehörte wie ein treuer Begleiter.

»Nun.« Eine weitere Pause entstand und zerrte an Maggies Unsicherheit, aber Vincent sprach endlich weiter. »Ich wollte fragen, ob du … vielleicht mit mir ausgehen würdest.«

»Was?« Maggies Herz setzte einen Schlag aus.

»Ein Date.« Diesmal kamen sogar zwei Hände beim Haareverwuscheln zum Einsatz. »Du weißt schon, diese Sache, wo zwei Menschen etwas miteinander unternehmen, um einander besser kennenzulernen.«

»Mit … Menschen?«

»Hatten wir das nicht schon besprochen? Du hattest versichert, du seist hundert Prozent menschlich.«

»Das meine ich nicht.« Gott, wie süß er war. Gerade noch hatte sie mit Grace drüber geredet, jetzt stand Vincent vor ihr, und alles, was sie tun musste, war seiner Einladung zustimmen. Aber so einfach war es eben nicht. »Ich meine: Bei dem Date, werden da auch andere Menschen sein?«

»Wahrscheinlich?« Dass er es betonte wie eine Frage, machte ihr Hoffnung. »Ich meine, das wäre das Vernünftigste, richtig? Erste Dates finden am besten in der Öffentlichkeit statt. Unter Menschen. Du sollst dich ja sicher fühlen.«

Als ob!

»Nein.« Das Wort schoss schneller über ihre Lippen, als sie darüber nachdenken konnte.

Vincents Lächeln fiel in sich zusammen. Er runzelte die Stirn. »Nein? Nein, du willst dich nicht in der Öffentlichkeit mit mir treffen? Oder nein, du willst gar nicht?«

»Nein, ich …« Ihr ging der Schwung aus. Kalter Schweiß klebte auf ihrem Nacken. Sie würde so gerne Ja sagen. So gerne wäre sie mehr als die Maggie, die all das nicht konnte, was für andere selbstverständlich erschien. Wie sollte sie ihm erklären, dass sie keinesfalls mit ihm in ein Café gehen konnte? Dass es ihr niemals möglich wäre, normal zu sein.

»Ich dachte nur, es wäre nett, ein wenig Zeit miteinander zu verbringen, außerhalb unserer Streiche-Operationen.«

Tränen prickelten in ihren Augen. An dem Kloß in ihrer Kehle vorbei presste sie: »Ich kann nicht!«

Ehe er etwas erwidern konnte, schlug sie ihm die Tür vor der Nase zu.

5

Maggie war gerüstet. Sie trug ihre Kopfhörer und hatte einen Plan. Auch wenn ihr Streich nicht der originellste sein würde, so würde er sie doch in ihre Routine zurückführen und Vincent zeigen, dass ihr Nein zu einem gemeinsamen Date vor drei Tagen keineswegs ein Nein zu einer Freundschaft bedeutete. In der Zwischenzeit hatte sie sogar ein Telefonat mit ihrer Mutter überstanden. Bei der Erinnerung an das Gespräch seufzte Maggie. Ihre Eltern liebten sie, aber sie verstanden sie nicht. Sie waren es gewohnt, dass es für jedes Problem eine Lösung gab, und lebten nach dem Motto: Geht nicht, gibt's nicht. Wieder und wieder hatten sie ihr als Kind versichert, dass alles, was sie sich für Maggie wünschten, ihr Glück sei. Doch Maggie war nicht glücklich, war es nie gewesen. Die Welt machte ihr Angst, die Menschen ließen sie verzweifeln. Jedes Mal, wenn Maggie wieder an der Welt scheiterte, sah sie die Enttäuschung in den Augen ihres Vaters, hörte sie den Schmerz in der Stimme ihrer Mutter. Einen Schmerz, den sie verursachte. Sie hatte es satt, den wenigen Menschen, die sie liebten, wehzutun, weil sie war, wie sie war. Vincent, der sie schüchtern und voller Respekt um ein Date gefragt hatte, ihre Mutter, die ihr angeboten hatte, sie, Dad und ein befreundetes Ehepaar über Weihnachten zum Skifahren in die Schweiz zu begleiten. Was um alles in der Welt sollte Maggie in einem Skiresort? Sie hatte zum letzten Mal als Teenager auf den Brettern gestanden. Ihr graute es bei der Vorstellung, unter so vielen Fremden zu sein, lachen zu müssen, wenn man lachen sollte, essen zu müssen, was man essen sollte. Natürlich hatte sie Mams Angebot abgelehnt. Einen winzigen Moment lang hatte sie geglaubt, Erleichterung durch die Telefonleitung schwingen zu hören. Das hatte fast genauso wehgetan, als wäre Mam untröstlich gewesen.

Und trotzdem stehst du jetzt hier und hast dich nicht wieder von dem schwarzen Loch schlucken lassen. Du hast einen ganzen Arbeitstag hinter dich gebracht und deine Emotionen auf Papier gebannt. Der Verlag würde von dem Ergebnis begeistert sein, da war sich Maggie sicher. Selbst sie musste zugeben, dass die Illustration, an der sie gerade arbeitete, herausragend war. Die Figuren schienen so lebensecht, als könnten sie sich jeden Augenblick vom Bildschirm erheben. Wenn es ihr jetzt noch gelang, den Streich für Vincent erfolgreich vorzubereiten, hätte sie ihre drei Erfolge für den Tag komplett. Sie startete ihre Spotify-Playlist und schnappte sich den Karton mit den Utensilien, die sie für den Streich brauchte.

Die ätherische Stimme von Madilyn Mei säuselte ihr ins Ohr. Die Singer-Songwriterin belkantierte die Sehnsucht einer unerfüllten Liebe, betrauerte die Einsamkeit, wenn ihr Herzensmensch sie verlassen hatte.

»*Maybe I'm just an anomaly*«, fiel Maggie in den Gesang der Künstlerin mit ein, während sie sich neben Vincents perverse Gartenzwerge kniete, um ihnen ihr neues Outfit zu verpassen. Sie hatte lange überlegt, was sie mit den beiden anstellen sollte, damit sie mit ihrer Hässlichkeit nicht ihr gesamtes Dekokonzept durcheinanderbrachten. Denn sosehr sie den Streichekrieg mit Vincent auch genoss, ihr eigentliches Ziel durfte sie nicht aus den Augen verlieren. Dem kackenden Zwerg hatte sie einen Unterbau in Form eines alten Automobils gebastelt. Wenn ihre Berechnungen aufgingen, würde der Geselle schon in wenigen Sekunden nicht mehr auf dem stillen Örtchen, sondern auf dem Bock eines dampfbetriebenen Fortbewegungsmittels sitzen. Außerdem verpasste sie ihm noch einen Zylinderhut. Schwerer war es gewesen, sich für den devoten Lederzwerg eine neue Bestimmung auszudenken. Im Endeffekt war ihr nur eingefallen, ihn aus dem direkten Sichtfeld zu verbannen. Aus Scharnieren, Zahnrädern, Zweigen und Draht hatte sie einen Leuchtturm gebastelt. Der Zwerg würde in den Ausguck kommen, sodass die Augenbinde mit etwas Glück aussehen würde wie ein Fernrohr, das er sich vors Gesicht hielt. Das Ding war deutlich höher geworden, als sie ursprünglich beabsichtigt hatte. Ein normalgroßer Mensch müsste sich einfach nur strecken, aber Maggie hatte keine Chance, den Zwerg ohne Leiter an seinen Bestimmungsort zu hieven. Während des Lichterzauberwettbewerbs war diese jedoch immer in greifbarer Nähe. Sie stellte die Leiter an die richtige Stelle, klemmte sich den Zwerg unter den Arm und kletterte auf die erste Sprosse, dann auf die zweite und dritte. Der blöde Zwerg war schwerer, als sie gedacht hatte, aber sie konnte sich nicht zurückhalten und wippte mit dem Hintern im Takt der Musik aus ihren Kopfhörern. Das Lied war gerade an einer temporeichen Stelle, die vertrauten Worte des Textes kamen im Stakkato von ihren Lippen, als sie plötzlich etwas an der Wade berührte.

Sie zuckte zusammen. Auf ihren Lippen verwandelte sich der Text des Liedes in einen Schrei. Der Zwerg fiel ihr aus dem Arm, sie drehte sich um, verlor den Halt auf der Leiter, stürzte. Irgendwo am Rande ihres Bewusstseins nahm sie wahr, wie jemand versuchte, sie aufzufangen. Ihre Gliedmaßen verhakten sich, und anstatt sie zu fangen, landeten beide auf dem Boden. Ihre Kopfhörer verrutschten beim Sturz gerade so weit, dass sie das dumpfe Stöhnen hören konnte, das er ausstieß, als ihr Ellbogen in seinen Weichteilen landete.

»Vincent!« Sie rollte sich von ihm runter, setzte sich auf den frostkalten Boden und zog die Knie an den Körper. In ihrem Knöchel pochte es, in ihren Ohren rauschte noch immer das Adrenalin. »Du hast mich beinah zu Tode erschreckt!«

»Das habe ich gemerkt.« Er strich sich die Haare aus der Stirn, rutschte seine Brille gerade. Auf den ersten Blick schien er unverletzt. In einer geschmeidigen Bewegung erhob er sich. Schief lächelnd streckte er ihr die Hand entgegen. »Ich dachte, du hättest mich kommen hören.«

»Ich hatte die Kopfhörer an.« Sie legte ihre Hand in seine. Trotz allem, trotz des Schrecks, den sie noch verdauen musste, trotz der Scham, weil sie sich schon wieder vor ihm zum Affen gemacht hatte, konnte sie nicht anders. Ihre eigenen Hände zitterten. Ob noch immer von dem Sturz oder von seiner Nähe konnte sie nicht sagen. Mit der freien Hand tastete sie nach dem Handy, schaltete die Musik aus und bereute es im selben Moment. Überlaut hörte sie jetzt ihren eigenen Herzschlag.

Er hatte einen festen Handschlag. Wie üblich waren seine Finger kalt, aber unter der Oberfläche der Haut spürte sie das Pulsieren von Wärme. Ihre Hand in seiner hielt er einen Herzschlag lang inne und sah ihr tief in die Augen.

»Bereit?«, fragte er.

Sie erwiderte seinen Blick, nickte.

»In Ordnung. Auf drei.« Ob es eine bewusste Geste war, als er mit dem Daumen über ihren Handrücken strich? So klein die Berührung war, sie spürte sie am ganzen Körper.

»Eins.«

Sie konzentrierte sich auf seine Stimme, zwang sich zu ruhigen, gleichmäßigen Atemzügen.

»Zwei.« Endlich gelang es ihr, seinen Blick zu erwidern. Wenn das hier die einzige Gelegenheit war, ihm nahezukommen, dann hatte ihr idiotischer Sturz von der Leiter sogar etwas Gutes. Die Lichter der vielen Lichterketten in ihrem Garten malten funkelnde Sterne auf sein ganzes Gesicht.

»Drei.« Schwungvoll zog er sie auf die Beine. Sie ließ sich mitreißen, taumelte einen Schritt vorwärts. Stechender Schmerz fuhr in ihren Knöchel.

»Au!« Sie knickte ein, landete an seiner Brust.

»Uff«, machte er, fing sie aber auf.

»Mein Knöchel! Verdammt! Ich kann nicht auftreten.«

»Ich hab dich.« Er verstärkte den Griff um ihren Körper. Trotz des pochenden Gelenks kam sie nicht umhin, festzustellen, wie perfekt sie an seinen Körper passte. Sie war es gewohnt, zu anderen Menschen aufzusehen, die meisten Männer glichen für sie Riesen. Vincent war kein Riese. Wenn er sie so hielt wie jetzt, passte sein Kinn genau auf ihren Scheitel. Sie atmete tief ein. Mit der feuchten Winterluft flutete das Aroma nach Leder, Vanille und Tannennadeln ihre Nase. Er roch wie ein perfekter Wintertag.

»Meinst du, der Fuß ist gebrochen?«

Auch, wenn er es nicht sehen konnte, verzog sie das Gesicht. »Ich hoffe nicht. Nicht, dass ich vorhätte, in nächster Zeit einen Marathon zu laufen, aber ich hasse Krankenhäuser und Ärzte.«

»Dann soll ich dich nicht zum Notdienst fahren? Muss das nicht geröntgt werden?«

Sie schüttelte den Kopf. »Erst mal nicht. Ich kühl es über Nacht und mach ein Tape drum, dann wird das schon gehen. Hoffe ich zumindest.« Egal, wie gut es sich an Vincents Brust anfühlte, es war an der Zeit, wieder auf eigenen Beinen zu stehen. Wortwörtlich. Sie legte ihm die Hände auf die Brust, stieß sich ein wenig von ihm ab. Weit kam sie nicht. Kaum belastete sie den verletzten Knöchel, tat es wieder höllisch weh.

»Wie es aussieht, hüpfe ich wohl zu meiner Haustür.« Auf einem Fuß balancierend drehte sie sich um. Über die Schulter sah sie zu ihm zurück. »Nicht lachen.«

»Würde ich doch niemals.« Seine Mundwinkel zuckten, aber im Großen und Ganzen hielt er sein Versprechen.

»Gut.« Sie rüstete sich für den ersten Sprung.

»Warte! Du glaubst doch nicht, dass ich dich mit dem verletzten Knöchel über den unebenen Gartenweg hoppeln lasse? Willst du dir unbedingt auch noch den zweiten Fuß brechen?«

»Ich sagte doch schon, dass ich nicht glaube, dass der Knöchel gebrochen ist. Was soll ich denn deiner Meinung nach tun? Nach Hause rollen?« Noch während sie sprach, bereute sie die Worte. Ihr Bauch, ihr Po, der Busen, der viel zu groß für ihre kleine Statur war, hatten ihr oft genug hämische Kommentare eingebracht. Innerlich rüstete sie sich für eine fiese Bemerkung. Dass Rollen für Kugeln nun mal die passende Fortbewegungsart war, oder so. Wieder einmal überraschte sie Vincent.

»Du sollst gar nichts machen, außer dich festzuhalten. Ich trage dich selbstverständlich.«

»Du trägst mich?«

Er runzelte die Stirn. Für die Dauer eines Wimpernschlags huschte etwas wie Schmerz über seine Miene. »Oder traust du mir das nicht zu? Ich bin stärker, als ich aussehe.« Plötzlich hatte sie das Gefühl, dass hinter den locker dahingesagten Worten mehr steckte. Nicht nur sie hatte Erfahrung mit fiesen Kommentaren von fremden Menschen gemacht.

Sie lehnte sich nach vorne, stützte sich mit der Hand an seiner Schulter ab. Die festen Muskelstränge, die sie unter der Wolle seines Mantels ertastete, bestätigten seine Aussage. »Ich hab dich nie für schwach gehalten, Vincent. Ich wollte nur keine Last sein.«

»Du?« Ungläubig zog er die Augenbrauen zusammen. »Niemals.« Und ehe sie sich noch weiter verbal im Kreis drehen konnten, ließ er das Reden sein und sprach stattdessen mit Taten. Er ging in die Knie, einen Arm schob er in ihre Kniekehlen, den anderen unter ihre Schultern, und schon schwebte sie. Eingehüllt in seinen Duft, den Kopf an seine Brust gelehnt, geborgen in seinen Armen schwebte sie zu sich nach Hause. Und auf einmal wusste sie, warum man von *fallen* sprach, wenn sich Menschen ineinander verliebten.

Sie war ein angenehmes Gewicht in seinen Armen. Schwer genug, um sie zu spüren, leicht genug, um sie tragen zu können, ohne dabei halb zusammenzubrechen. Gemeinsam gelang es ihnen, die Haustür zu öffnen. Ein Schritt über die Schwelle und er tauchte in eine andere Welt ein. Seine Schritte stockten, vor Staunen entfuhr ihm ein Zischen. Wie um alles in der Welt war er auf die Idee gekommen, ihr Zuhause würde seinem ähneln, nur weil die beiden Hälften ihres Doppelhauses ähnlich aufgebaut waren? Das Einzige, was er wiedererkannte, war die Raumaufteilung. Er steuerte auf das Wohnzimmer zu, legte sie auf dem Sofa ab, stützte die Hände in die Hüften und sah sich um. Während sein Haus spärlich eingerichtet war und an allen Ecken und Enden ein wenig verwohnt wirkte, hatte Maggie sich ein eigenes Zauberreich geschaffen. Unmengen Topfpflanzen brachten Leben in das Zimmer, ihre Blätter rankten sich die Wände entlang und bedeckten sogar einen Teil der Zimmerdecke. In den Fenstern hingen Mobiles aus ausgebleichten Ästen mit Holzpilzen, Kristallen und getrockneten Orangenscheiben als Anhängern. Windlichter mit Trockenblumen und LED-Lämpchen im Inneren spendeten warmes

Licht. Regale beugten sich unter der Last zahlreicher Bücher, Dekofiguren und allerlei Krimskrams. Hinter Glas gerahmt zeigten Bilder in den verschiedensten Formaten Fantasywelten mit Drachen, Elfen, Rittern und Zwergen. Besonders ins Auge stach ihm das Gemälde einer Froschprinzessin. Sie thronte auf einem Seerosenblatt, um sie herum sprossen Pilze aus dem Waldboden. Der Künstlerin oder dem Künstler war es gelungen, der Figur auf dem Bild Größe und gleichzeitig Humor zu verleihen. Ein verschnörkelter goldener Rahmen setzte das Bild in Szene. Generell schien Maggie eine Schwäche für Frösche zu haben. Sie waren auf ihren Sofakissen abgebildet, ließen als Holzfiguren ihre Beine von Regalbrettern baumeln und guckten frech aus verschiedenen Möbelwinkeln. Die anderweltliche Aura des Raums wurde durch den Dampf, der aus mehreren Zimmerbrunnen aufstieg, verstärkt. In ihren Becken tummelten sich Waldbewohner, füllte eine feingliedrige Elfe einen Krug mit Wasser, badete ein Frosch in einem Schwimmreifen, tanzten Libellen und krabbelten Käfer über den Rand.

»Ganz schön viel, was?« Maggies Stimme riss ihn aus seinen Beobachtungen. Er war so gefangen in der Welt, die sie erschaffen hatte, dass er ein paar Mal blinzeln musste, um wieder daraus aufzutauchen.

»Schon.« Er nahm die Brille ab, rieb sich die Nasenwurzel und setzte sie wieder auf. »Aber cool. Du liest gerne?« Wie üblich zog ihn am meisten das Bücherregal an.

»Ja.« Sie seufzte. »Aber nichts Großartiges. Hauptsächlich Fantasy und so.«

»Wie kommst du darauf, dass Fantasy nichts Großartiges ist?«

Sie schnaubte. »Ach, das haben mir schon genug Leute gesagt. Spätestens wenn sie zu mir kommen, denken sie, es wäre besser für mich, endlich erwachsen zu werden und mich der Realität zu stellen, als mich in Märchenwelten zu flüchten.«

»Wenn sie das für Flucht halten, haben sie keine Ahnung von Märchenwelten.« Mit dem Zeigefinger fuhr er über die Buchrücken im Regal vor ihm. An einer gebundenen Schmuckausgabe von Marion Zimmer Bradleys *Die Nebel von Avalon* blieb er hängen.

Er zog das Buch aus dem Regal, wog sein beachtliches Gewicht in den Händen. »Das hier zum Beispiel.« Er zeigte Maggie das Cover. »Hier wird die Antagonistin zur Heldin. Bevor es dieses Buch gab, wurde Morgaine in der Artus-Saga immer nur als die Böse gesehen. Zimmer Bradley hat ihr eine Stimme gegeben und damit all den anderen Frauen in der Geschichte, die sonst übersehen, übergangen oder verurteilt wurden. Die Geschichte enthält Elemente von Magie, Ritterlichkeit und Intrige, aber vor allem eine tiefgründige Darstellung von Liebe, Aufopferung und Selbstfindung. Das ist nicht trivial, das ist zeitlos, das ist wichtig, und wenn man will, kann man viel daraus lernen.«

»Du magst feministische Bücher?«

Er schob das Buch zurück an seinen Platz und wandte sich zu Maggie um. »Ich mag Geschichten. Punkt. Wäre auch blöd, wenn nicht, schließlich soll ich sie den Studierenden in meinen Kursen näherbringen. Aus rein professioneller Sicht kann ich dir versichern, dass Menschen, die es für nötig halten, auf andere aufgrund ihres Lesegeschmacks herabzublicken, mehr Probleme mit sich selbst als mit der

Literatur haben. Jedes Genre hat seine Berechtigung. Wer etwas anderes behauptet, hat einen an der Klatsche.«

»Und das ist auch dein professionelles Urteil?« Sie kicherte leise.

»Absolut.«

Maggie wurde wieder ernst. »Dann heißt das, du bist Professor?«

»Nicht ganz.« Er überbrückte die restliche Distanz zwischen ihnen und blieb neben dem Sofa stehen. »Ich habe eine Post-Doc-Stelle an der Uni in York ergattert, und weil da mein Prof nicht alle Vorlesungen und Kurse selber halten will, gehört das Unterrichten dazu. Aber genug von mir.« Er warf einen Blick auf ihren Knöchel. »Wie geht's dem Fuß? Kann ich dir ein Kühlpack holen? Brauchst du sonst noch etwas?«

»Ein Kühlpack wäre super. Im Eisfach muss eins sein. Und vielleicht einen Tee? Für uns beide? Ich …« Sie senkte ihren Blick, schaute auf ihre Finger. Was auch immer sie sagen wollte, kostete sie Überwindung, und Vincent machte es ihr leichter, indem er ihr alle Zeit ließ, die sie brauchte. Seine Geduld wurde belohnt.

»Ich würde mich sehr freuen, wenn du ein bisschen bleiben würdest. Es ist sicher nicht das Date, das du dir vorgestellt hattest, aber vielleicht hast du ja trotzdem Lust?«

Er lächelte, wartete so lange ab, bis auch sie sein Lächeln erwiderte, und sagte: »Mit dem allergrößten Vergnügen.«

Wenig später saß er ihr gegenüber in einem Rattansessel. Maggie hatte die Schuhe ausgezogen und den verletzten Knöchel auf einem Stapel Sofakissen hochgelagert. Aromatischer Dampf stieg aus ihren Teetassen. Schwarzen Tee hatte er vergeblich in Maggies Küche gesucht, dafür gab es jede Menge Kräutermischungen. Er hatte sich für einen Hibiskus-Rosen-Tee entschieden. Laut Etikett wirkte er belebend und schmerzlindernd, und der florale Duft erinnerte ihn an seine Heimat. Es stimmte schon: Als er sie um ein Date gebeten hatte, hatte er etwas anderes im Sinn gehabt. Er hatte sie in ein Restaurant einladen wollen, sie mit einem Strauß Blumen abholen und ihr im Verlauf eines Abendessens mit Kennenlernfragen und Small Talk näherkommen wollen.

Aber das hier war viel besser. Er musste sich keine schlauen Fragen ausdenken, musste nicht versuchen, geistreich, witzig und schlagfertig zu sein, ohne dabei zu forsch oder neugierig zu wirken. Die Gelegenheit, sie in ihren eigenen vier Wänden zu erleben, verriet so viel mehr über sie, bestätigte, was ihn an ihr anzog, seit er sie zum ersten Mal gesehen hatte. Margaret Thornton war eine faszinierende Frau. Sie war kreativ und leidenschaftlich. Ihr Garten und ihre Wohnung waren die reinsten Kunstwerke, und wie die meisten Kunstschaffenden besaß sie eine empfindsame Seele. Wer so viel fühlte, wie es die Kunst verlangte, war oft zu sensibel, um es außerhalb der eigenen Welt leicht zu haben. Viele Menschen verwechselten das mit Schwäche.

Sie trank einen Schluck Tee und betrachtete die sich kräuselnde Oberfläche. Ein paar Mal öffnete sie den Mund, als wolle sie etwas sagen, dann schloss sie ihn wieder. Um sie nicht durch zu viel Augenkontakt zu verunsichern, sah er sich noch einmal im Raum um. Auch auf den vierten und fünften Blick gab es noch Etliches zu entdecken. Vor allem die Bilder an den Wänden faszinierten ihn. Ihr Ideenreichtum. Die Liebe zum Detail und die Schönheit.

»Ist eines der Bilder von dir?«

»Wie kommst du darauf?«

»Ist das ein Ja?«

Sie nickte. »Die sind alle von mir. Wie ich sagte: Ich bastele mir gerne meine eigene Welt.«

»Ich finde sie wunderschön. Kein Wunder, dass du jedes Jahr beim Lichterzauberwettbewerb gewinnst. Du hast ein tolles Auge für das Besondere.«

»Vincent, ich …« Seinen Namen sprach sie so schnell, als wollte sie es hinter sich bringen, doch schon nach dem zweiten Wort verließ sie der Schwung. Sie holte tief Luft, stellte die Teetasse zur Seite und verschränkte die Finger. »Du verdienst eine Entschuldigung.«

»Wegen der Palme? Das ist doch längst vergessen.«

»Nicht wegen der Palme. Wegen allem. Weil ich dir etwas vormache. Weil ich dich angelogen habe. Weil ich so tue, als sei ich ein normaler Mensch, aber das bin ich nicht.«

Sie machte eine Pause, und sein erster Impuls war, das Schweigen mit einem Witz zu füllen. Es wäre einfach gewesen, er hätte bloß auf das dumme Gerede der Nachbarn und die Gerüchte, die um sie kreisten, anspielen müssen. Doch instinktiv spürte er, dass dies nicht der richtige Moment für Scherze war. Was immer Maggie ihm sagen wollte, es kostete sie etwas. Er wollte ihre Bemühungen nicht schmälern, indem er sie nicht ernst nahm.

Sie fuhr fort. »Als du mich gefragt hast, wäre ich so gerne mit dir ausgegangen, Vincent. Doch die Wahrheit ist, dass du besser dran bist, wenn wir es gar nicht erst probieren. Ich bin nicht wie andere, verstehst du? Das hier«, sie machte eine Geste in den Raum hinein, »ist nicht nur mein Haus. Das bin ich. Es ist mein Refugium.«

»Wenn ich glauben würde, du wärst wie andere, hätte ich dich nicht nach einem Date gefragt.«

»Du verstehst nicht!«

»Dann erklär es mir.« Er spürte ihre wachsende Verzweiflung, hörte die unterdrückte Wut in ihrer Stimme, doch wusste nicht, was er falsch gemacht hatte. Worauf wollte sie hinaus?

»Ich bin ein Freak! Ich verlasse seit über drei Jahren das Haus nur in absoluten Notfällen. Meine Einkäufe ordere ich größtenteils online, die meisten meiner Freunde kenne ich nur übers Internet. Ich arbeite remote von zu Hause, selbst in meinen Garten traue ich mich nur frühmorgens oder wenn es schon wieder dunkel wird. Allein der Gedanke, mit dir in ein Restaurant zu gehen, hat mich in Panik versetzt.« Sie machte eine kurze Pause, holte Luft. »Ich will nicht so sein, aber ich bin es. Ich nehme Medikamente und habe seit Jahren eine Therapeutin, aber heilen kann mich das nicht. Ich habe gute Zeiten und schlechte und auch wenn du jetzt glaubst, das alles sei nicht so schlimm, wirst du bald merken, dass es keinen Spaß macht, auf meine Macken und Ängste Rücksicht zu nehmen. Wenn ich ehrlich bin, wäre es mir lieber, du probiertest es gar nicht erst. Dann komme ich nämlich nicht in Versuchung, zu hoffen, und werde am Ende nicht enttäuscht.« Sie befeuchtete sich mit der Zunge die Lippen. »Ich wäre so verletzt, Vincent. Wenn du wärst wie alle anderen. Ich mag dich nämlich, verstehst du? Ich kenne dich nicht gut, aber was ich bisher von dir kennengelernt habe, mag ich richtig gerne.«

»Okay.« Er schluckte. Er mochte sie auch. Mochte sie sehr. Doch was sie ihm anvertraut hatte, war nicht nichts. Er glaubte keine Sekunde lang, dass ihre Krankheiten sie ausmachten, doch zu glauben, dass sie keine Rolle spielten, wäre naiv.

»Was meinst du mit *okay*?«

»Ich meine, dass es okay ist, dass du nicht hoffen willst. Und dass es okay ist, dass du nicht in Restaurants gehen möchtest. Aber dafür musst du mir zugestehen, dass es trotzdem okay ist, wenn ich dich weiter kennenlernen will, Maggie. Ich mag dich nämlich auch, und jetzt weiß ich, dass du psychische Probleme hast. Aber ich wette, dass deine Diagnosen nicht alles sind, was es über dich zu wissen gibt. Du bist mehr als eine Krankheit, Maggie. Erzähl mir, was in diesem beeindruckenden Kopf vorgeht, dass er so wunderbare Welten erschaffen kann. Erzähl mir, warum dir der Lichterzauberwettbewerb so wichtig ist. Erzähl mir, was dich nach Whispering Heights verschlagen hat. Welche Musik hat dich vorhin so in Beschlag genommen, dass du gar nicht bemerkt hast, als ich gekommen bin? Erzähl mir von dir, Maggie, ich habe alle Zeit der Welt.«

Und so begann es. Sie tranken Tee, und Maggie erzählte von der Großtante, die früher in dem Haus gelebt und es ihr vererbt hatte. Vincent tauschte ihr Kühlpack aus, holte aus ihrer Vorratskammer eine Tüte Chips, und sie erzählte, wie sehr sie sich jedes Jahr auf den Lichterzauberwettbewerb freute.

»Es ist nicht so, dass ich Menschen nicht leiden kann«, erklärte sie. »Sie machen mir nur Angst. Es ist ein ewiger Teufelskreis. Ich sehne mich nach Gesellschaft, aber wenn ich unter Menschen bin, fühle ich mich fast immer einsam und fehl am Platz. Der Wettbewerb ist für mich wie ein Tor in die Außenwelt. Wenn den ganzen Dezember über die Familien kommen, um die Märchenwelt zu bestaunen, die ich in diesem Jahr in meinem Garten geschaffen habe, dann bin ich ein Teil dieses Wunders. Ich kann hier drinnen sitzen, drüben am Fenster«, sie deutete auf das Küchenfenster, hinter dem er schon häufig ihre Silhouette erahnt hatte. Jetzt wusste er, dass ein Hocker vor diesem Fenster stand, damit sie nicht so lange stehen musste, wenn sie dort Position bezog und sich in die Welt vor ihrer Tür träumte. Eine Welt, die es offenbar nicht immer gut mit ihr gemeint hatte.

»Hier bin ich in Sicherheit«, fuhr sie fort. »Ich kann mich an den glänzenden Augen der Kinder erfreuen. Manchmal höre ich ihre begeisterten Jubelschreie, sogar ihr erstauntes Luftholen. Dann weiß ich: Ich habe ihnen dieses Geschenk gemacht. Auch wenn ich nicht vors Haus gehe, bin ich ein Teil der Welt vor meiner Haustür. Jedes Jahr werden es mehr Besucher, die kommen, um meine Dekorationen zu sehen. Das spornt mich an. Würdest du mir glauben, dass ich schon im Frühjahr beginne, das Dekokonzept für den Wettbewerb zu erarbeiten? Fast das ganze Jahr über sammle ich Materialien, schweiße Kugeln und plane Installationen.«

»Und dann komme ich und mach dir mit einer Plastikpalme und einer roten Federboa alles kaputt.« Damals hatte er sich über ihre Zerstörungswut geärgert, jetzt, nach allem, was er über sie erfahren hatte, verstand er sie besser.

»Ja.« Lachend rieb sie sich die Schläfen. Je später die Stunde wurde, desto wilder kräuselten sich ihre Locken. Inzwischen fielen sie ihr ins Gesicht, umspielten ihre Wangen und ihren Hals. Im Schein der indirekten Wohnzimmerbeleuchtung loderten sie wie flüssiges Feuer. »Trotzdem ist es natürlich nicht in Ordnung, was ich getan habe. Ich frage mich nur, was du dir dabei gedacht hast. Ich meine, das ist ein Weihnachtsdekowettbewerb, was hat eine Palme damit zu tun? Und eine rote Federboa?«

»Oh, das ist ganz einfach.« Er zuckte mit den Schultern. »Von dem ganzen Krimskrams, den meine Vormieter mir im Speicher hinterlassen haben, waren das die Dinge, die mich am ehesten an Weihnachten erinnert haben.«

»Wie bitte?« Ihre Augen wurden groß. Skepsis huschte über ihre Miene.

Er beeilte sich, weiterzusprechen. »Ich bin in La Réunion aufgewachsen. Sagt dir das was? Es ist eine Insel im Indischen Ozean. Mein Vater ist Franzose, meine Mutter Britin. Beide arbeiten für eine große Hotelkette, so haben sie sich kennengelernt. Als ich auf die Welt kam, hatte mein Vater schon lange Zeit eine Managerposition. Der Konzern hat ihn eingesetzt, um sicherzustellen, dass ihre Hotels auf den Maskarenen nach westlichen Standards geführt werden«

»Die Maskarenen?«

»Die Inselgruppe östlich von Madagaskar, zu der Mauritius, La Réunion und Rodrigues gehören.«

»Und da bist du aufgewachsen?«

Er nickte.

»Okay, dann ergibt die Palme Sinn. Aber was ist mit der Federboa?«

»Ihre Farbe hat mich an die Blüte des Flamboyant-Baumes erinnert. Ihr hier in Kontinentaleuropa denkt, der klassische Weihnachtsbaum sei die Tanne, aber für mich ist es der Flamboyant.« Er bemerkte selbst, dass seine Stimme einen sehnsuchtsvollen Klang annahm. Er nahm die Tasse vom Couchtisch, legte beide Hände darum. Die Wärme, die im Porzellan gespeichert war, erinnerte ihn an Winterabende zu Hause. Auf einmal war es ganz leicht, die Bilder heraufzubeschwören. Bilder, die er sich seit seiner Ankunft in Yorkshire verboten hatte, um nicht von Heimweh übermannt zu werden. »In den frühen Morgenstunden, wenn die ersten Strahlen der aufgehenden Sonne die Insel küssen, erwachen die Flamboyant-Bäume zu neuem Leben. Die Blätter leuchten in zartem Grün, als würden sie das Licht der aufgehenden Sonne in sich aufsaugen. Doch es sind nicht nur die Blätter, die die Aufmerksamkeit auf sich ziehen – es sind die ersten Knospen, die sich wie rubinrote Edelsteine zwischen den Blättern verstecken. Im Laufe des Tages wird die Blütenpracht immer intensiver. Die Knospen öffnen sich und entfalten ein Schauspiel satter Rottöne, die die Zweige in ein Leuchten tauchen. Ein Farbenspiel, das nicht nur die Vögel zum Verweilen einlädt, sondern auch die Herzen der Betrachter mit Vorfreude auf das kommende Weihnachtsfest erfüllt. Der Duft, der die blühenden Flammenbäume umgibt, ist ein Hauch süßer Blüten. Er weckt Erinnerungen an festliche Momente, die in den zarten Nuancen der Blütenblätter eingefangen sind, denn zu keiner Zeit des Jahres blühen die Flamboyants so prächtig wie zu Weihnachten. Wenn die Sonne am Horizont verschwindet und der Tag dem Abend weicht, wird der Flamboyant-Baum in die goldenen Strahlen des Sonnenuntergangs gehüllt. Die Blüten, nun im Dämmerlicht, erscheinen wie Laternen, die den Weg in die festliche Zeit erhellen. Dann schließen sie sich und warten auf einen neuen Tag, auf ein neues Wunder.« Er holte Luft, lauschte seinen eigenen Worten. Seine Beschreibung wurde der Sehnsucht, die er in diesem Moment nach den brennenden Bäumen von La Réunion empfand, nicht gerecht. Er konnte nur hoffen, dass Maggie ihn auch so verstand. Schließlich hob er den Kopf, wandte sich wieder dem Hier und Jetzt zu. »Eine Federboa kann das nicht wiedergeben, das ist mir klar. Aber zumindest habe ich es probiert.«

Schweigen legte sich zwischen sie. Seine Schilderung hatte die Sehnsucht in ihm mit solcher Heftigkeit wachgerufen, dass er sich nicht dagegen wehren konnte. Nicht nur Sehnsucht nach La Réunion, sondern auch Sehnsucht nach Lourdes und ihren Geschichten. Sehnsucht nach einer Wärme, die nichts mit der Temperatur zu tun hatte, sondern von dem Wissen kam, zur richtigen Zeit am richtigen Ort gelandet zu sein und von Menschen gesehen zu werden, deren Urteil ihm wichtig war. Nur zaghaft blickte er zu Maggie auf. Der Ausdruck auf ihrer Miene vertrieb jede Kälte in ihm, das Ziehen in seiner Brust intensivierte sich und das Heimweh verschwand.

Sie streckte die Hand nach ihm aus, legte sie auf sein Knie.

»Nein«, sagte sie, »keine Federboa kann das ersetzen.« Sie verzog die Lippen zu einer Grimasse. »Und ich fürchte, auch sonst nichts. Flammenbäume lassen sich in unseren Breitengraden nur sehr, sehr schwer als Zimmer- oder Topfpflanze ziehen. Ich weiß das leider, ich war früher nämlich Floristin.«

»Wirklich?«

Sie winkte ab. »Das ist eine Geschichte für einen anderen Tag. Was ich eigentlich sagen wollte: Vielleicht können wir aber trotzdem ein bisschen von deinem Weihnachten in den Garten holen. Sodass beide Gartenhälften ein Gesamtkunstwerk ergeben.«

»Du willst dein ganzes Dekokonzept mit Palmen und bunten Wimpeln verschandeln? Gerade eben hast du erzählt, wie lange du schon an den Ideen tüftelst!«

»Das stimmt auch.«

»Sicher hättest du dann keine Freude daran, alles im letzten Moment umzuwerfen.«

»Vielleicht doch.« Ihr Lächeln wirkte schüchtern. Sie verstärkte den Druck ihrer Finger auf seinem Bein. Ein Schaudern durchfuhr ihn, instinktiv beugte er sich nach vorne. Sie kam ihm entgegen, ihr Blick fiel auf seinen Mund. Ganz leise sprach sie jetzt, nur noch ein Flüstern. »Weil es für dich ist.«

Näher, näher.

»Für dich«, formten ihre Lippen erneut, doch da hörte er schon nichts mehr als das Schlagen seines eigenen Herzens und den Puls in seinen Ohren. Er brauchte sich nur vorzulehnen, ein winziges, kleines Stück, da lagen seine Lippen auf ihren. Ein heiserer Laut entfuhr ihr. Überraschung? Freude? Sie schmeckte nach Rosenwasser und Pfefferminz. Ihre Lippen waren weich und fest zugleich. Ihr Atem auf

seinem Gesicht war warm wie eine Abendbrise auf Réunion, und es wäre so leicht, sich in den Kuss fallen zu
lassen, so so leicht. Er küsste sie einmal, zweimal, dann öffnete er die Lippen, nur ein wenig.

Wieder gab sie diesen Laut von sich. Diesmal war er sich
sicher, Furcht darin zu spüren. Sie schüttelte den Kopf, zog
ihr Gesicht zurück. Ihre Pupillen waren groß wie Penny-
münzen, sie atmete so heftig, als wäre sie gerannt.

»Maggie«, sagte er, flüsternd und weich, ihr Name wie
ein Flehen. Er streckte die Hand aus, um sie an ihre Wange
zu legen, doch sie schüttelte den Kopf.

Von einem Sekundenbruchteil zum anderen wurde
das Feuer in seinem Inneren zu Eis. Hatte er die Situation
missverstanden? Hatte er sie in irgendeiner Weise bedrängt?

»Maggie«, sagte er noch mal, eindringlicher diesmal, bit-
tend. »Alles okay bei dir? Es … Es tut mir leid. Ich hätte
fragen müssen. Ich hätte …«

Sie unterbrach ihn mit einem Kopfschütteln, nahm die
Hand von seinem Knie, tastete mit den Fingern nach ihrem
Mund.

Er wollte ihr Zeit lassen, sie nicht unter Druck setzen.

»Soll ich gehen?«, fragte er vorsichtig. Er wartete keine
Antwort von ihr ab, sondern stand schon auf. Was hatte er
sich dabei gedacht, sie so zu überrumpeln? Gerade hatte sie
ihm anvertraut, wie schwer ihr soziale Kontakte fielen, und
was tat er? Überfiel sie mit einem Kuss. In ihrem eigenen
Haus! Dem einzigen Rückzugsort, den sie hatte. Beim
Aufstehen stieß er mit der Hüfte einen der halb leeren Tee-
becher um.

»Mist, Maggie, das tut mir leid.« Himmel, was war er für ein Tollpatsch! Er suchte nach einer Serviette, einem Geschirrtuch, irgendetwas, um die Schweinerei zu beseitigen. Nichts! Ein Rinnsal von Tee lief über die Platte auf die Tischkante zu. Schnell! In seiner Hektik fiel ihm nichts anderes ein, als sein Sakko zu benutzen. Hastig zog er es aus und warf den Cordstoff über die Teepfütze auf dem Tisch.

»Nicht!«, rief Maggie, aber da war es schon zu spät, die Nässe des Tees hatte sich bereits in die Fasern gefressen. Neben dem Tisch fiel er auf die Knie, rieb und tupfte das Malheur auf, während Maggie an dem Kleidungsstück zerrte, um es vor dem Missbrauch durch seinen Besitzer zu retten. Ein Gerangel entstand, jeder von ihnen zog an einem Ende des Sakkos, bis Maggie aufgab und die Hände vors Gesicht schlug. Einen kurzen, fürchterlichen Augenblick lang glaubte er, dass sie weinte, doch dann erkannte er ihre Schluchzer und das Beben ihrer Schultern als das, was sie waren: Lachen.

Er ließ sich auf den Hintern fallen, lehnte die Schulter gegen das Sofa und schüttelte den Kopf. Mit seinem Blick suche er den ihren. Er musste zu ihr aufsehen. Fragend zog er die Augenbrauen in die Höhe.

»Gott«, stöhnte sie. »Was für ein Durcheinander!« Sie streckte die Hand aus, strich ihm zärtlich das Haar aus der Stirn. »Du hast mich nicht bedrängt.« Ihr Lächeln wirkte zittrig. »Nur überrascht. Und ziemlich überwältigt. Das war …« Noch eine Pause. Als suche sie den Kuss, fuhr sie mit der Zunge über die Lippen. »Das war mein erster Kuss.«

Ihr erster Kuss?

Wow.

»Überwältigend auf eine gute Weise? Oder auf eine schlechte?«

»Auf eine gute.« Ihr Lächeln gewann an Sicherheit, ihr Blick wurde weich.

»Und meinst du, ich dürfte auch dein zweiter Kuss sein?«

Sie nickte, zittrige Finger berührten seine Wange. Die Zeit blieb stehen, und für eine ganze Weile gab es nur noch ihn und sie und die vorsichtigen Küsse, die sie einander schenkten.

6

Zeichnen. Maggie sollte zeichnen! Was machte ihr Stift also neben der Teetasse? Und ihr Tablet auf dem Tisch, statt in ihrer Hand? Sie blinzelte und lauschte der Klaviermusik, die durch die Wand von Vincents Haus zu ihr drang. Vincent. Richtig, das hatte sie gemacht. Vincents Musik gelauscht und dabei von seinen Küssen geträumt. Er hatte sie geküsst! Vincent hatte sie geküsst, und es hatte sich wunderbar angefühlt. Nach ihrem Geständnis, mit achtundzwanzig Jahren noch ungeküsst zu sein, hätte alles schrecklich schiefgehen können. Aber Vincent war so sanft zu ihr gewesen. So verständnisvoll und zärtlich. Er hatte sie geküsst, als wäre Küssen der beste Zeitvertreib, den er sich vorstellen konnte, als gäbe es nichts anderes, Dinge, für die sie sicher nicht bereit war.

Die Klaviertöne verklangen, Vincent setzte zu einem neuen Stück an, etwas Beschwingtem, Fröhlicherem. Maggie nahm den Stift wieder auf, versuchte, sich auf die Illustration zu konzentrieren, an der sie arbeitete. Doch ihre Finger weigerten sich, die Charakterillustration einer humanoiden Wehrechse zu verfeinern. Stattdessen öffneten sie ein neues Dokument. Grobe Striche skizzierten den Grundriss ihres und Vincents Gartens. Der Flammenbaum, den sie aus

künstlichen Christsternblüten, Draht und trockenen Ästen basteln wollte, brauchte auf jeden Fall einen Ehrenplatz.
Natürlich wusste sie, dass Christsterne nicht dasselbe waren wie Flamboyant-Blüten, aber seit Vincent sich vor ein
paar Stunden verabschiedet hatte, hatte sie sich zahlreiche
Bilder der gewaltigen Bäume im Internet angeschaut, und
sie glaubte, dass sie mit Geduld und Geschick ein Ergebnis
erzielen konnte, das den echten Bäumen ziemlich nahekam.

Die Frage war bloß: Was machte ein tropischer Flammenbaum in einer von Dickens inspirierten Steampunk-
Weihnachtswelt? In das Portal und das Luftschiff hatte sie
bereits so viel Mühe gesteckt, dass sie darauf keinesfalls
verzichten wollte. Sie zeichnete die beiden Installationen
an die entsprechenden Stellen auf dem Grundriss. Jetzt sah
es aus, als würde das Luftschiff auf den Flammenbaum zu-
steuern. Um ihn zu besuchen? War die Pilotin womöglich
auf einer Weltreise? Eine Art weihnachtliche Version von
»In 80 Tagen um die Welt«, bei der es nicht darum ging, ein
Zeitlimit zu unterbieten, sondern Weihnachtsbräuche aus
aller Welt zu sammeln? Je beschwingter Vincents Musik
war, desto schneller gingen ihre Gedanken, desto mehr Details kamen zu der Zeichnung hinzu.

Die leuchtende Rentiergruppe könnte zu einem Stopp in
Lappland gehören. Sagte man nicht, dort käme Santa her?
Vincent und sie müssten ein bisschen recherchieren, aber so
schwer konnte es nicht sein, einen lachenden Weihnachtsmann zu den Rentieren zu stellen und ein hübsches Holz-
schild zu gestalten, auf dem »Lappland« stand.

Sie schloss das Zeichenprogramm, öffnete stattdessen
den Internetbrowser und gab »Weihnachtsbräuche aus aller

Welt« in die Suchleiste ein. Schon von dem ersten Link erfuhr sie, dass der klassische geschmückte Weihnachtsbaum aus Deutschland kam, in Italien die Weihnachtshexe die Geschenke brachte und in Schweden die heilige Lichtbringerin Lucia die Weihnachtszeit einläutete. Nichts, was sie bisher im Garten gemacht hatte, war vergebens. Alles würde sich in ihr neues Konzept integrieren lassen – falls Vincent die Idee gefiel. Wenn nicht, könnten sie gemeinsam noch einmal von vorne überlegen. Hauptsache, die Dekoration ihrer Gartenhälften wurde zu einem Gemeinschaftsprojekt, denn das wünschte sie sich am meisten.

Sie legte das Tablet beiseite, sah auf die Uhrenanzeige am unteren rechten Bildschirmrand. Weit nach Mitternacht. Auf der anderen Seite der Wand herrschte Ruhe. Wann hatte Vincent aufgehört zu spielen? Ob er schon zu Bett gegangen war? Sie wollte ihn anrufen, wollte ihm in allen Einzelheiten von ihrer Idee erzählen. Sie hatten kein konkretes Treffen vereinbart, aber Telefonnummern ausgetauscht. Zum Abschied hatte er seine Lippen auf ihre Stirn gedrückt und ihr gute Besserung für ihren Knöchel gewünscht.

Lächelnd öffnete sie die Nachrichten-App auf ihrem Smartphone. Ihre Eltern hatten geschrieben. Sie hatten die Idee, über Weihnachten mit Freunden in den Skiurlaub zu fahren, verworfen. Sie wollten die Feiertage nicht so weit weg von Maggie verbringen. Normalerweise hätte Maggie bei dieser Nachricht ein flaues Gefühl im Magen bekommen. Auch jetzt spürte sie den Druck, der mit der unausgesprochenen Erwartung ihrer Eltern kam, dass sie sie besuchen würde. Aber heute konnte ihr nichts und niemand die

Laune verderben. Zum ersten Mal seit langer, langer Zeit fühlte sie sich zuversichtlich.

Sie öffnete eine neue Nachricht und suchte Vincents Kontakt in der Liste. Statt eines Fotos ihrer Skizze und vieler Erklärungen schrieb sie nur einen Satz und hoffte, damit alles Wichtige zu sagen. Die offensichtlichen Dinge und auch die versteckten.

»Schlaf gut, Vincent, ich denke an dich.«

»Vincent ist verliebt, Vincent ist verliebt.« Mimis Singsang riss ihn aus der Betrachtung von Maggies Textnachricht. Mal ehrlich, wie oft konnte man sieben Wörter lesen, bevor man ihrer überdrüssig wurde? Seit in der vergangenen Nacht ein leises Pingen den Eingang der Nachricht verkündet hatte, hatte er Maggies Mitteilung mit Sicherheit schon mehrere Hundert Mal gelesen. Wie er sich kannte, würden in den kommenden Stunden noch weitere Hundert Mal folgen. Jedes Mal hüpfte sein Herz, schlug sein Magen einen Purzelbaum und die Haut seiner Wangen begann zu glühen. Letzteres hatte ihn vor der Zugclique verraten.

Joan quittierte Mimis Singsang mit einem Zungenklicken, George zwinkerte Vincent zu, und Ahmed ächzte, als hätte Mimi sich über ihn lustig gemacht.

Mit dem Display nach unten legte Vincent das Smartphone auf den Tisch zwischen den beiden Sitzreihen. Als könnte er damit auch Maggies Worte festhalten, ließ er die Finger auf dem Gehäuse liegen. Mit der freien Hand öffnete er die Aktentasche. Die beste Chance, der Inquisition seiner Freunde zu entgehen, war, sich zwischen den Seiten seines aktuellen Buches zu verstecken.

Er hätte sich denken können, dass es nicht so einfach sein würde. Der Zug hatte den Bahnhof von Whispering Heights noch nicht verlassen, da tippte Mimi bereits ungeduldig mit dem Rücken ihres eigenen Buches auf den Tisch. »Jetzt sag schon: Was gibt es Neues von der geheimnisvollen Nachbarin?«

»Wer sagt, dass es überhaupt etwas Neues gibt?«

Joan, die wie immer neben Vincent saß, griff an der Handtasche auf ihrem Schoß vorbei und tätschelte ihm das Knie. »Dein Lächeln, mein Lieber. Dieses Lächeln sagt alles.«

»Wo sie recht hat«, mischte sich nun auch Santa George ein.

»Okay!« Ergeben hob Vincent die Hände. »Womöglich habe ich gestern den Nachmittag und halben Abend mit Maggie verbracht. Eventuell haben wir uns sehr gut verstanden, und vielleicht kam es sogar zu einem Kuss.« Seine Wangen brannten. Zum Glück waren seine Finger wie immer eiskalt, sodass er die glühende Haut kühlen konnte.

»Was!« Mimis Stimme überschlug sich vor Begeisterung. Sie hob ihr Buch, um sich mit den Seiten Luft zuzufächeln. Dabei fiel ihr eine Postkarte aus den Seiten. »Und das erzählst du uns erst jetzt? Wie ist es dazu gekommen? Ich dachte, sie wollte kein Date mit dir?«

Wie magisch wurde Vincents Blick von der Postkarte auf der Tischplatte angezogen. Er kannte das Motiv. Noch gestern hatte er es bewundert. In Maggies Wohnzimmer hing es in einem deutlich größeren Format, in Szene gesetzt von einem prunkvollen Goldrahmen.

»Vincent?«

»Kleiner Tipp: Wenn du wirklich wissen willst, was er zu sagen hat, solltest du eventuell nicht so drängeln«, ergriff Ahmed für ihn Partei.

Vincent schüttelte den Kopf.

Er streckte die Finger nach der Postkarte aus. »Woher hast du die?« In seiner Stimme spiegelte sich dasselbe Staunen, das er schon gestern beim Betrachten von Maggies Werken empfunden hatte.

Aus dem Augenwinkel sah er Mimis Schulterzucken. »Die Illu ist von einer Künstlerin, die ich auf Patreon unterstütze. Ich liebe ihre Sachen. Die Froschprinzessin ist meine absolute Favoritin. Ich wünschte, ich wäre genauso talentiert. Dann müsste ich mir wahrscheinlich keine Gedanken drüber machen, ob ich nach dem Schulabschluss auf der Kunsthochschule angenommen werde.«

»Du willst Kunst studieren?« Joan wirkte beinah genauso überrascht, wie Vincent sich fühlte.

»Na ja.« Wieder dieses Schulterzucken. Vincent wollte wetten, dass jede Spur von Mimis Gleichgültigkeit gespielt war. »Träumen darf man ja, oder?«

»Warum nur träumen?« George setzte seine beste Santa-Stimme auf. Auf diesen Tonfall konnte man nur reagieren, indem man ihm das Herz ausschüttete. Jedenfalls ging es Mimi so.

»Meine Eltern sind dagegen. Sie sagen, sie sind nicht bereit, ein Vermögen dafür auszugeben, dass ich später ein hochdekorierter Sozialfall werde. Mit Kunst sei schließlich kein Geld zu verdienen.«

Nicht nur Vincent verschlug es die Sprache. Auch die

anderen Mitglieder der Zugclique reagierten auf Mimis Geständnis mit Betroffenheit. In den Augen vieler war Literaturgeschichte nur unwesentlich nützlicher als bildende Kunst, entsprechend häufig hatte er es mit elterlicher Ignoranz zu tun. Trotzdem traf es ihn jedes Mal wieder, wenn er miterlebte, wie systematisch Leidenschaft, Schaffensdrang und Wissensdurst von jungen Leuten totgetreten wurde.

Ahmed fand seine Fassung als Erster wieder. »Wenn du davon träumst, Künstlerin zu werden, musst du das tun«, konstatierte er. »Es gibt doch sicher Stipendien, die du beantragen kannst. Ich habe mein Studium auch mit einem Stipendium finanziert.«

»Die gibt es sicher.« Vincent nickte. Mit Hochschulpolitik kannte er sich aus. »Wenn du willst, kann ich mich schlaumachen. Ist zwar nicht meine Fakultät, aber …«

»Das würdest du tun?« Mimi sprang von ihrem Sitz auf und griff über den Tisch, um ihn zu umarmen. Genau in diesem Moment ruckte der Zug, und sie klammerte sich an Vincent, als hinge ihr Leben davon ab. Er erwiderte die Umarmung. George stieß ein »Ahhhh« aus, und selbst die souveräne Joan lächelte selig.

»Natürlich.« Unbeholfen tätschelte er den Rücken der Teenagerin und schob sie sachte wieder zurück auf ihren Platz. Vor dem Zugfenster rollte die Winterlandschaft vorbei. Sie fuhren in den nächsten Bahnhof ein. Wie in Whispering Heights waren auch hier Gleis und Bahnhofsgebäude mit Glitzerlichtern und Weihnachtssternen geschmückt. Doch die größten Weihnachtswunder erlebte Vincent in diesem Jahr nicht unter leuchtenden Lichterketten oder dem prüfenden Auge von kletternden Plastikweihnachtsmännern, sondern immer dann, wenn Menschen anderen erlaubten, in ihr Herz zu sehen. Gestern mit Maggie und heute mit Mimi. So einfach konnte es nämlich sein, einander glücklich zu machen. Alles, was es brauchte, war ein offenes Ohr und eine helfende Hand.

Grace flog in Maggies Haus, als hätte der Nordwind sie hereingeweht. Sie war eins achtzig groß, gertenschlank und immer voller Energie. Schon während der Schulzeit war Grace stets in Bewegung gewesen. Entweder hatte sie mit einem Stift Schlagzeugsolos auf der Schreibtischplatte geübt oder auf ihrem Stuhl gekippelt. Natürlich war sie oft umgefallen. Gestört hatte sie das nicht. Wenn Grace hinfiel, stand sie wieder auf, und meist tat sie das mit einem Grinsen auf dem Gesicht. Erst handeln, dann denken war das Motto, das sie durch ihre Kindheit und Jugend getragen hatte. So hatten Grace und Maggie sich auch kennengelernt. Ganz die Heldin in ausgetretenen Chucks und apfelgrünem Lidschatten war sie eingeschritten, als ein paar Jungs Maggie mal wieder drangsaliert hatten. Mit ihrem beißenden Humor und purer Präsenz hatte sie die Angreifer in die Flucht geschlagen. Eine Zeit lang hatten die anderen versucht, Grace auf dieselbe Weise einzuschüchtern, wie sie es bei Maggie taten.

»Nennt man das zwischen euch eigentlich schon eine Fernbeziehung?«, spotteten die forscheren von Maggies Peinigern, weil Grace und sie beinah ein halber Meter Körpergröße trennte.

Grace blieb ganz cool. »Ne, eine Freundschaft auf allen Ebenen. Etwas, das einem wie dir wahrscheinlich fremd ist!«

Im Gegensatz zu Maggie ließ der Spott der anderen Grace zu Hochform auflaufen. Während Maggie sich bei Problemen in sich selbst zurückzog, krempelte Grace die Ärmel hoch. Für sie galt das Motto: Angriff ist die beste Verteidigung.

Mittlerweile hatte Grace zwei Kinder von zwei unterschiedlichen Vätern und war neben ihren Pflichten als alleinerziehende Mutter auch noch als Zumbatrainerin aktiv. Ihr Leben glich einem einzigen Wirbelwind, doch an ihrer Freundschaft zu Maggie hatte sich nichts geändert.

Seit Vincent tags zuvor per SMS ein gemeinsames Abendessen vorgeschlagen hatte, war Maggie beinah vor Nervosität gestorben. Ohne Grace hätte sie diesen Schritt niemals gewagt, aber zum ersten Mal seit Jahren gab es etwas, das Maggie noch mehr wollte, als sich vor den Dingen zu schützen, die ihr Angst machten. Wie gut, dass es Grace gab, die ihr zur Seite stand.

Kaum hatte sich Maggie aus Grace' stürmischer Begrüßungsumarmung befreit, rieb sich die Freundin unternehmungslustig die Hände. »Tadaaa, deine persönliche Shoppingbegleiterin meldet sich zum Dienst. Bist du fertig? Schuhe an? Einkaufsliste bereit? Portemonnaie eingesteckt? Hopp, hopp, wir haben keine Zeit zu verlieren. Um zwölf muss ich den Kleinen vom Kindergarten abholen.«

Maggies Magen flatterte, dabei hatte sie doch genau das gewollt. Eines war ihr nämlich klar gewesen: Wenn sie wirklich und wahrhaftig einen Einkauf im Supermarkt riskieren wollte, durfte sie nicht zu viel überlegen. Zögern war der Feind. Sobald sie zögerte, würden die Zweifel kommen und mit ihnen die Angst. Deshalb hatte sie Grace angerufen. Der Energie einer Grace Wilson hatten selbst die hartnäckigsten Zweifel nichts entgegenzusetzen.

»Ich bin fertig.« Maggie nickte. »Wir können los.« In Wahrheit hatte sie seit ihrem Anruf bei Grace keine einzige ruhige Sekunde mehr gehabt. Zehn Mal mindestens hatte sie das Telefon schon in der Hand gehabt, um zurückzurudern. Aber sie hatte es nicht getan, und das war, was zählte.

»Also gut. Soll ich was tragen?«

»Nicht nötig.«

Freundschaftlich legte Grace Maggie einen Arm um die Schulter. Um Maggie Kraft zu geben, aber wahrscheinlich genauso sehr, um eine Flucht in letzter Sekunde zu verhindern. Grace kannte Maggie gut. Sie plapperte unentwegt. Erzählte von den Streichen ihrer Söhne, den Klienten im Fitnessstudio und ihrem aktuellsten Dating-Desaster. Spinatblatt-Tony gehörte der Vergangenheit an, jetzt gab es Max, den charmanten Barista aus dem kleinen Café um die Ecke mit einer unappetitlichen Neigung zum Nasebohren.

Ehe Maggie sichs versah, saß sie bereits auf dem Beifahrersitz von Graces klapprigen Kombi.

»Also, wohin? Asda, Sainsbury's oder Tesco?« Von Maggies Zuhause aus war der Asda am nächsten, doch die Auswahl im Sainsbury's war viel größer. Das Problem war nur: Er befand sich in einem Gewerbegebiet außerhalb der Stadt. Viele Geschäfte bedeuteten auch: viele Menschen. Viele Geräusche. Vieles, das schiefgehen konnte. Sie sog sich die

101

Unterlippe zwischen die Zähne, kaute daran herum. So gefangen war sie in ihren Zweifeln, dass sie nicht merkte, wie Grace sich bewegte. Erst als sie die Hand der Freundin auf ihrem Oberschenkel fühlte, sah sie auf.

»Deine Entscheidung, Süße. Aber es soll ein echtes Super-Abendessen werden, hast du gesagt. Du hast mich angerufen, weil du bei deinem Vincent so richtig Eindruck schinden willst mit deinen Kochkünsten, richtig? Sagst du nicht auch immer, dass die beste Technik nichts nützt, wenn das Material nicht stimmt? Du weißt, wo die besten Zutaten für dieses Monster-Mahl auf dich warten, oder? Und ich bin bei dir. Ich verspreche dir, du schaffst das.«

»In Ordnung.« Sie schluckte. Ihr Hals tat weh, so trocken war er, ihre Stimme zitterte, aber sie nickte. Sie wollte all das, was Grace ihr ins Gedächtnis gerufen hatte. Wenn sie schon nicht wie andere Paare, die sich gerade kennenlernten, mit Vincent in ein Restaurant gehen konnte, wollte sie ihm wenigstens auf andere Weise zeigen, dass Zeit mit ihr nicht unbedingt Verzicht bedeutete. Sie war kein Nichts. Sie hatte einiges zu bieten. »Fahren wir zu Sainsbury's.«

Ohne ihr die Zeit zu geben, es sich noch einmal anders zu überlegen, gab Grace Gas. Wie im Schnelldurchlauf flogen die vertrauten Straßen von Whispering Heights am Beifahrerfenster vorbei. Von den Dekorationen in den Gärten erkannte sie hauptsächlich Lichterketten, doch die Stadtverwaltung war kurz vor dem ersten Advent schon ganz auf Weihnachten eingestellt. Über den Straßen hingen Lichtergirlanden mit Sternen in der Mitte. Den Anfang der Fußgängerzone markierte ein riesiger Torbogen aus künst-

lichen Tannenzweigen. Vor der Kirche war ein Weihnachtsbaum aufgestellt, nicht so groß wie der berühmte Baum auf
dem Trafalgar Square in London, aber ebenso üppig geschmückt.

Staunend wie die Kinder, die die Dekorationen in Maggies Garten betrachteten, hing sie mit großen Augen an
dem Beifahrerfenster, ließ sich einfangen von der ganz besonderen Stimmung, die nur der Winter nach Whispering
Heights brachte. Sogar das Shopping Center erstrahlte in
weihnachtlichem Glanz. Ein riesiger aufblasbarer Schneemann begrüßte die Kunden vor dem Haupteingang. Aus
versteckten Lautsprechern tönten Weihnachtslieder. Ein
Engel mit blonder Perücke und Flügeln aus Glitzerfolie
verteilte Parfümproben an die Vorbeieilenden.

Zielstrebig leitete Grace Maggie zum Eingang des Super-
markts, doch ihre Freundin hätte sich gar keine Sorgen machen brauchen. Obwohl Maggie immer noch nervös war,
hatte die Angst sie verlassen. Das hier war ihre Welt. Zwischen Warendisplays mit Weihnachtscookies und Lebkuchen fühlte sie sich wohl. Sie kostete ein Gläschen Zimtlikör, das ihr und Grace zur Probe angeboten wurde. Sofort
füllte würzige Süße ihren Gaumen. Weil es immer noch
früher Vormittag war, waren außer ihnen nur wenige Kunden im Supermarkt, und die, die da waren, trugen ein Lächeln auf dem Gesicht. Sie angelte ihre Einkaufsliste aus
der Jackentasche, und Grace und sie sammelten die Waren
zusammen. So war das nämlich zur Weihnachtszeit. Mit
der richtigen Person an der Seite, mit Weihnachtsmusik im
Ohr, dem Duft nach gebrannten Mandeln und Zimtlikör in
der Nase und einem klaren Ziel vor Augen, ging alles leich-

ter. Selbst Maggies erster Ausflug in die Außenwelt seit langer, langer Zeit.

Das Roastbeef war im Ofen. Die Kartoffeln kochten im sprudelnden Wasser und warteten darauf, abgegossen, ausgedampft, gepellt und halbiert zu werden. Auch der Brokkoli, die Möhren und der Blumenkohl waren bereits vorbereitet. Vor dem Servieren musste das blanchierte Gemüse nur noch einmal kurz in Butter geschwenkt werden. Am meisten Stolz empfand Maggie jedoch für die Yorkshire Puddings. Sie hatte das Rezept ihrer verstorbenen Tante verwendet, und das Gebäck war wunderbar goldgelb und gleichmäßig aufgegangen. Die Mulden in der Mitte schrien geradezu danach, mit Sauce gefüllt zu werden. Der Anblick und der köstliche Duft des Bratens aus dem Ofen ließen Maggie das Wasser im Munde zusammenlaufen. Sie blickte aus dem Küchenfenster. Die Straße lag im Nebel, Feuchtigkeit stieg vom Fluss auf und legte sich als glänzender Schleier auf das Pflaster und die Bürgersteige. Umso einladender wirkten die Lichter hinter den Fenstern der anderen Häuser.

Wie oft hatte sie hier gestanden und die Sehnsucht nach der Welt jenseits ihrer Mauern hatte ihr die Kehle zugeschnürt? Wie oft hatte sie sich gewünscht, ein Teil davon zu sein, und die Geborgenheit ihres Zuhauses wie ein Gefängnis empfunden? Heute war alles anders, denn heute hatte sie einen riesigen Sieg gefeiert: Sie war einkaufen gewesen. Irgendwann in den nächsten Minuten würde eine Gestalt aus dem Nebel auftauchen und den Abend perfekt machen. Er würde die Arme eng um den Körper schlingen, den Kopf im Mantelkragen verstecken. Vielleicht hielt er seine

Aktentasche als Schutzschild vor die Brust, wie er es oft tat. Vielleicht klemmte sie unter seinem Arm. Dann würde er die Hände tief in die Manteltaschen vergraben. Sein Atem würde sich in den Haarsträhnen in seiner Stirn verfangen, seine Brillengläser würden beschlagen. Maggies Herz würde bei seinem Anblick tanzen, wie immer, seit Vincent Laurent im Haus nebenan eingezogen war. Doch heute würden seine eiligen Schritte nicht von ihr weg, sondern auf sie zu führen. Gab es einen besseren Lohn für den Mut, den sie heute bewies, wieder und wieder? Ihr Fußknöchel war zwar immer noch leicht geschwollen, aber das Pochen war nichts im Vergleich zu ihrem rasenden Puls, der die Unruhe begleitete, die Teil ihres Kochmarathons war. Trotz des Erfolgs am Vormittag war Maggie zig Mal kurz davor gewesen, aufzugeben. Nur noch die Karotten schälen, sagte sie sich dann. Nur noch den Brokkoli in Röschen teilen. Statt aufzugeben, biss sie die Zähne zusammen und schrieb Vincent, er solle zum Essen zu ihr kommen. Jetzt gab es kein Zurück mehr. Sie wusch das Fleisch, tupfte es trocken, würzte, briet es an und schob es mit einem Bund Suppengemüse, Zwiebeln, Rotwein und Rinderbrühe in den Ofen. Das köstliche Aroma, das schon bald aus dem Rohr aufstieg, spornte sie weiter an. Claire würde so stolz auf sie sein, wenn sie ihr in der nächsten Sitzung von ihren Erfolgen berichtete. Grace hatte bereits auf dem Rückweg vom Supermarkt einen wahren Jubelgesang angestimmt. Und Vincent? Gott, sie konnte sich gar nicht vorstellen, wie überrascht der sein würde.

Da war er ja auch schon! Wie sie es sich eben vorgestellt hatte, tauchte er in diesem Moment am Ende der Straße auf.

Maggie wischte sich die Hände an einem Trockentuch ab. Im Spiegel vor dem Windfang überprüfte sie den Sitz ihrer Frisur. Die Locken hatten sich während ihrer Kochorgie zu einem einzigen Nest gezwirbelt, aber das war zu erwarten gewesen. Vincent hatte ihr den Mord der Plastikpalme verziehen, er würde sich von dem Medusa-Look nicht abschrecken lassen. Ihr blieb gerade noch genug Zeit, um sicherzugehen, dass sie wirklich alle gesellschaftlich als notwendig betrachteten Kleidungsstücke am Leib trug, da klingelte es bereits. Sie legte die Hand auf den Knauf, riss die Tür auf. Da stand er! In Fleisch und Blut und mit diesem Lächeln, das zu zwei Teilen schüchtern und einem Teil frech war und all die richtigen Dinge mit ihrem Herz anstellte.

Für eine halbe Sekunde wusste sie nicht, wie sie reagieren sollte. Den ganzen Tag hatte sie auf diesen Moment gewartet, nun war er da, und plötzlich drohte die Erwartung sie zu überwältigen. Musste sie ihn zur Begrüßung küssen? Ging er davon aus, dass sie ihn nach dem Essen einlud, über Nacht zu bleiben? Bedeutete die Tatsache, dass sie ihn geküsst und die Küsse genossen hatte, automatisch, dass sie auch mit ihm schlafen musste? Ihre Hände begannen zu zittern. Nein! Das war zu viel. Das alles war ein Fehler gewesen. Die Knutscherei vorgestern, ihre Kochorgie – mit Sicherheit sendete sie ganz falsche Signale aus. Sie wollte die Tür vor seiner Nase zuschlagen, wollte sich dahin verkriechen, wo es sicher war und vertraut und einsam.

Er musste ihr ihren Zweispalt vom Gesicht abgelesen haben. Bevor sie ihn aussperren konnte, überbrückte er die verbleibende Distanz zwischen ihnen, neigte den Kopf und sah sie fragend an. »Hey«, sagte er, seine Stimme so sanft, die Unsicherheit in seinem Gesicht ein Spiegel dessen, was sie selbst fühlte. »Geht es dir gut?«

Was sollte sie darauf antworten? Sie suchte nach den richtigen Worten. »Ich habe gekocht, und ich habe Angst, dass du denkst, das bedeutet, dass ich mit dir schlafen will. Aber ich will nicht mit dir schlafen. Das heißt, vielleicht will ich es irgendwann, aber nicht heute und nicht nur, weil ich dich geküsst habe. Ich …« Ihr ging der Schwung aus. »Das Essen ist fertig«, sagte sie stattdessen.

Sie blickte zu Boden, doch aus dem Augenwinkel sah sie das Zucken von Vincents Mundwinkeln. An ihr vorbei schob er sich ins Haus. Ein Hauch seines Duftes streifte sie, Leder, Vanille und Tannennadeln, und ein Großteil der Spannung, die sie eben noch empfunden hatte, verflüchtigte sich.

»Du hast wirklich gekocht?«

Sie nickte. »Roastbeef mit Gemüse und Yorkshire Pudding.«

»Wow, so ein Festmahl? Ich bin beeindruckt. Und mein Magen erst! Hörst du das Knurren?«

Tatsächlich gab Vincents Magen wie auf Kommando ein Geräusch von sich. »Ich kann kaum erwarten, herauszufinden, was für eine grandiose Köchin du bist.«

»Und was, wenn es nicht gut ist? Was, wenn ich deine Erwartungen enttäusche?«

Er wandte sich um, sah ihr über die Schulter hinweg direkt in die Augen. Sie wusste, dass er wusste, dass sie nicht nur vom Essen sprach. »Das kannst du gar nicht, Maggie. Es ist toll, dass du gekocht hast. Ich fühle mich geschmeichelt und verwöhnt, aber das ist doch keine Voraussetzung für irgendwas. Eine Bestellung beim Lieferservice würde es auch tun. Weil ich nicht fürs Essen da bin und auch sonst für keinen bestimmten Grund, sondern einfach für dich.« Er holte Luft, gab ihr eine Sekunde Zeit, seine Worte einsinken zu lassen, erst dann sprach er weiter. »Eins muss zwischen uns aber klipp und klar sein: Ich würde niemals Sex erwarten. Nicht, weil du ein Abendessen gekocht hast, und auch nicht, weil wir uns schon geküsst haben. Himmel, nicht einmal, wenn wir beim Küssen nackt in deinem Bett lägen, gäbe es irgendeinen Zwang, auch noch etwas anderes zu machen. Hier gibt es keinen Point-of-no-return, okay, Maggie? Du kannst jederzeit Stopp sagen. Zu allem. Hast du verstanden? Das ist mir echt wichtig. Wenn das nicht klar ist zwischen uns, könnte ich die Zeit mit dir nicht genießen.«

Sie atmete durch, es fühlte sich an, als würde sie gleich abheben, so groß war die Last, die von ihren Schultern fiel. »Okay«, sagte sie. »Das ist gut.« Sie lächelte. »Sehr gut.«

Eine Stunde später saßen sie zusammen auf dem Sofa und erzählten einander von ihrem Tag. Maggie hatte Musik aufgelegt, im ganzen Haus roch es nach dem köstlichen Essen, das sie gemeinsam genossen hatten. Sie lag mit dem Oberkörper an Vincents Seite, die Beine hatte sie auf der Armlehne der Couch hoch gelagert. Gedankenverloren spielte er mit ihren Locken, und Zufriedenheit hüllte sie ein wie eine warme Decke. Immer, wenn sie nach oben blickte, sah sie den Winkel seines Kiefers, die Spitze seiner Nase, den Schwung seiner Lippen oder den Rand seiner Brille. Wie schön er im Kerzenlicht aussah. Seine Hände waren endlich einmal warm.

»Ich habe einer Freundin versprochen, ihr mit den Anträgen für ein Stipendium an der Kunsthochschule zu helfen.« Er lachte ein bisschen. »Als ob ich etwas von Kunst verstünde. Aber wenigstens mit den Formularen kenne ich mich aus.«

»Du bist ein Künstler. Ich höre dich jeden Abend Klavier spielen.« Sie griff nach seiner Hand, ließ ihre Finger über seine gleiten. Diese Finger waren es, die dem Piano solch wundervolle Klänge entlockten. Was diese Finger wohl noch alles konnten? Ob er mit ihnen auch auf ihrem Körper spielen konnte, wie er es auf seinem Instrument tat? Seit er die Last der Erwartung von ihr genommen hatte, war es viel einfacher, sich über solche Dinge Gedanken zu machen. Ihr Körper kribbelte vor Neugier, mit jedem Zentimeter, den sie sich weiter annäherten, verklang die Angst und ihr Mut wuchs. Was blieb, war die ganz normale Nervosität, weil das, was sie mit Vincent erlebte, neu und aufregend war.

»Das schon. Aber Musik ist etwas anderes. Meine Zeichnungen sehen aus wie von einem Kindergartenkind. Du könntest ihr sicher viel besser helfen als ich. Das weiß sie auch. Sie ist ein großer Fan von dir.«

»Von *mir*?« Sie setzte sich so ruckartig auf, dass sie Vincent um ein Haar mit dem Kopf am Kinn getroffen hätte. Der Schlag wurde durch ihre Lockenmähne abgemildert. Wenigstens ein Vorteil des Gewusels auf ihrem Kopf. Vincent lachte. »Ja, von dir. Sie hatte eine Postkarte von deiner Froschprinzessin als Lesezeichen in ihrem Buch. Und ich habe eine Idee!«

»Was?« Maggie riss die Augen auf. So viel Enthusiasmus war ansteckend.

»Warum kommst du nicht zu mir rüber, wenn Mimi da ist? Es könnte eine Überraschung sein. Vielleicht kannst du ihr ein paar Tipps geben, wie sie von der Kunst leben kann. Ihre Eltern versuchen ihr nämlich einzureden, dass sie lieber Betriebswirtschaft oder etwas ähnlich *Sinnvolles* studieren sollte, wenn sie später nicht als brotlose Almosen-empfängerin enden will. Dabei bist du das beste Bei-spiel, dass es so nicht sein muss. Es ist möglich, das zu tun, was man liebt, und gerade deshalb ein gutes Leben zu füh-ren.«

Sie, ein gutes Leben führen? An jedem anderen Tag hätte sie über diese Einschätzung von Vincent entweder laut ge-lacht oder vor Scham geweint. Doch heute war sie unbe-siegbar. Weder die Geschäfte im Einkaufszentrum noch die anderen Kunden hatten ihr etwas anhaben können. Vincent war hier, und er mochte sie, und sie fühlte sich so stark wie nie zuvor.

»Und du meinst wirklich, sie würde sich freuen, mich kennenzulernen?«

Vincents Augen leuchteten auf. »Ganz sicher. Das alles muss ja auch keine große Sache sein. Ihr kommt beide zu mir und quatscht ein bisschen miteinander. Ohne Vorberei-tung oder Zwang.« Plötzlich schien ihm wieder einzufallen, mit wem er gerade sprach. Ein Schatten huschte über seine Miene. »Das heißt, wenn du bereit dafür bist. Ich verstehe natürlich, wenn dir das zu viel wird. Zu mir nach Hause zu kommen, raus aus deinen eigenen vier Wänden, und dann auch noch eine Fremde treffen. Weißt du was?« Er presste die Lippen kurz zusammen. »Vergiss es. Ich habe nicht nachgedacht. Ich war nur so begeistert von …«

»Ich komme.« Ihr Lächeln fühlte sich ein wenig wackelig an, aber mit jeder verstreichenden Sekunde gewann sie an Sicherheit. »Ich lerne Mimi gerne kennen. Und ich freue mich auf den Austausch. Sicher kann ich auch etwas von ihr lernen. Für die meisten Künstlerinnen gibt es kaum etwas Inspirierenderes als den Austausch mit Gleichgesinnten.« Sie streckte sich, drückte ihm einen kurzen Kuss auf die Lippen. »Danke, dass du an mich gedacht hast. Und danke, dass du an mich glaubst.«

Er erwiderte den Kuss, legte seine Stirn an ihre. »Wie sollte ich nicht? Du bist großartig.«

»Vielleicht will Mimi uns ja auch mit der Deko im Garten helfen. Wenn wir mein neues Konzept rechtzeitig fertigbekommen wollen, müssen wir uns sputen.« Ihre Skizzen hatte er wie erwartet enthusiastisch angenommen. Die Begeisterung für das neue Konzept war ihm deutlich ins Gesicht geschrieben gewesen. Alles, was sie jetzt noch tun mussten, war, es umzusetzen. Viel fehlte nicht mehr, denn schon jetzt sah der Garten aus wie eine Winterwunderwelt.

»Vielleicht …«, echote er. »Aber, Maggie?«

»Hm?«

»Können wir jetzt an etwas anderes denken?« Mit der Nasenspitze strich er über ihre Wange. Er regnete luftige Küsse auf ihren Kiefer, ihr Ohr, ihre Schläfe.

»Wenn du so fragst …«, sie schloss die Augen, »… finde ich, Denken wird generell überbewertet.«

7

Überall lagen Klamotten. Auf dem Bett, auf dem Boden, auf dem Sessel zwischen Schrank und Fenster, der der perfekte Ablageplatz für Kleidungsstücke war, die zu sauber für die Wäsche, aber zu getragen für den Schrank waren. Inmitten des ganzen Chaos stand Maggie und schüttelte den Kopf. Gehörten diese Kleidungsstücke wirklich alle ihr? Warum benötigte eine Frau, die seit drei Jahren kaum das Haus verließ, so viel Zeug? Planlos griff sie in den Kleiderhaufen auf dem Bett und zerrte einen Pullover ans Tageslicht. Das Teil hatte sie im vorletzten Winter selbst gehäkelt. Damals hatte sie eine Wollphase und produzierte so schnell Decken, Kissen und Schals, dass sie gar nicht mehr wusste, wohin damit. Kurz war sie versucht gewesen, die Weihnachtsdeko in diesem Jahr komplett aus gehäkelten Kunstwerken zu gestalten. Aber dann hatte sie die Idee verworfen und stattdessen die meisten ihrer Arbeiten der Obdachlosenhilfe geschenkt. Für Menschen ohne Wohnung war der Winter besonders hart, und sie konnten warme Wollsachen viel besser gebrauchen als Maggie. Nur diesen Pullover hatte sie behalten, weil ihr die Farben gefallen hatten und die Wolle so weich war. Doch war er das richtige Outfit für das Treffen mit Vincents Freundin?

So kuschelig der Pullover auch war, er war zu groß und saß an den Schultern nicht hundertprozentig, weil Maggie beim Häkeln nicht genau gewusst hatte, wie viele Maschen sie für ihre Brüste zunehmen musste. Sicher trug Vincents Freundin Kleider, die ihr passten. Sicherlich hatte sie auch nicht stundenlang vor dem Inhalt ihres Kleiderschranks gestanden, obwohl das geplante Dreier-Date nicht einmal ein richtiges Date war. Aber Vincent hatte gesagt, Mimi bewunderte Maggies Arbeiten, und so idiotisch es war, Maggie wollte nicht, dass die echte Maggie das Bild zerstörte, das diese junge Künstlerin sich von ihr gemacht hatte. Also beschäftigte sie sich nun schon seit mehreren Stunden damit, in den Tiefen ihres Kleiderschranks nach passenden Sachen zu suchen. Nach einem Style, in dem sie sich nicht verkleidet fühlte, der aber trotzdem ausgehtauglich war. Kleidung, die sie nicht noch kleiner machte, als sie ohnehin schon war, und die ihre Figur so betonte, dass sie kurvig und nicht kugelrund wirkte. Als sie das Ergebnis ihrer bisherigen Suche im Spiegel betrachtete, wurde ihr schnell klar, dass dieser Plan nicht aufging. Nicht, dass Maggie keinen Stil hätte, aber ihr Stil entsprach nicht dem Geschmack der Mehrheit. Sie mochte erdige Töne, gemütliche Großvaterpullover, flauschigen Cord und weite Schnitte.

Rittlings ließ sie sich auf das Bett fallen, mitten in die Kleiderwolke. Warum war alles so kompliziert? Die meisten Menschen verwandelten ihr Schlafzimmer nicht in ein Katastrophengebiet, nur weil sie zu einem zwanglosen Treffen mit einer Teenagerin eingeladen waren, oder? Und jetzt lief ihr auch noch die Zeit davon, und von der vergeblichen Kleidersuche war sie so müde, dass sie kaum noch die Augen offen halten konnte. Gearbeitet hatte sie heute so gut wie gar nicht.

Sie schloss die Augen. Wie sie es von Claire gelernt hatte, konzentrierte sie sich auf ihren Atem. Progressive Muskelrelaxion hieß die Technik, und wenn Maggie sie regelmäßig anwandte, zeigte sie tatsächlich Wirkung. Heute schlief sie dabei ein.

Als sie aufwachte, war ihr Gaumen trocken und ihr Kopf tat weh. Dunkelheit hatte sich ins Zimmer geschlichen, nur von den Lichterketten am Kopfteil ihres Bettes ging ein Schein aus.

»Verdammt.« Sie rappelte sich auf. Wie spät war es? Um welche Uhrzeit wollte Mimi zu Besuch kommen? Glücklicherweise hatte Maggie offengelassen, wann und ob sie überhaupt zu den beiden anderen dazustoßen würde. Und ein Gutes hatte ihre Verspätung wenigstens: Sie hatte nicht mehr genug Zeit, um sich weiterhin den Kopf wegen ihrer Kleiderwahl zu zerbrechen. Sie zog einfach die erstbesten Kleidungsstücke aus dem Wust um sie herum und schleppte sie mit ins Bad, wo sie kurz unter die Dusche sprang. Am Ende sah die senfgelbe Grobcordlatzhose, unter der sie einen gestreiften Patchwork-Strick-Pulli in Bordeaux, Ocker, Gelb und Schwarz kombinierte, gar nicht so schlecht aus. Die Farben ließen das Karottenrot ihrer Haare strahlen, und der Gürtel verlieh ihrer Figur Taille. Kurz überlegte sie, etwas Make-up aufzutragen, entschied sich dann aber dagegen. So wie ihre Hände zitterten, würde sie sich mit dem Eyeliner bloß die Augen ausstechen. Fehlten nur noch die Schuhe und es konnte losgehen. Für den kurzen Weg von ihrer Haustür zur der von Vincent genügten die Schaffellstiefeletten. Eine Sekunde lang genoss sie ganz bewusst das weiche Gefühl des Innenfutters an ihren Füßen, dann machte sie sich auf den Weg. Schon vor Stunden hatte sie sich in einem Korb im Wintergarten die Dinge zurechtgelegt, die sie mit zu Vincent nehmen wollte. Belegexemplare von einigen Charakterkarten, die sie in den vergangenen Jahren illustriert hatte, einen signierten Flyer sowie eine Blechdose mit selbst gebackenen Gingernut-Keksen. Das Rezept stammte aus der Region, und Maggie kannte kein Gebäck, das sich besser eignete, um in Tee, Kaffee oder Milch getunkt zu werden.

Im Garten hatte in den letzten zehn Tagen, seit Vincent und sie mit der Umgestaltung begonnen hatten, ihr neues Dekokonzept vorzeigbare Ausmaße angenommen. Der Flamboyant-Baum mit seinen roten Blüten überstrahlte selbst im Dämmerlicht des späten Nachmittags alles. Doch auch die Santa Lucia, die schwedische Lichtbringerin, war ein echter Hingucker geworden. Maggies Steampunkelemente und die eher traditionellen Weihnachtsdarstellungen aus den verschiedenen Ländern ergänzten sich zu einem wunderbaren Ganzen.

Aus Vincents Wohnzimmer floss goldenes Licht in den Garten. Durch das Fensterglas sah sie ihn und seine Freundin am Esstisch sitzen. Sie hatten ihre Nasen in irgendwelchen Unterlagen vergraben, Vincent tippte mit einem Stift auf die Papiere. Mimi nickte eifrig, trug etwas in die entsprechende Zeile ein. Die beiden sahen so perfekt zusammen aus. Nicht wie ein Liebespaar perfekt, sondern wie zwei Menschen, die einander verstanden, weil sie dieselbe Sprache sprachen.

Maggies Schritte stockten, das Zittern in ihren Händen weitete sich auf die Arme aus. Die Blechdose in ihrem Picknickkorb schlug gegen den Korbrand. Sie könnte umdrehen und zurück in ihre eigenen vier Wände flüchten. In die Sicherheit ihres Zuhauses, wo niemand sie bewerten und beobachten würde. Vincent und Mimi brauchten sie nicht.

Umkehren oder weitergehen? Letztens war sie im Supermarkt gewesen, ein Abend mit Freunden sollte ein Klacks sein. Aber die Angst scherte sich nicht um Logik, sie wisperte ihr zu, dass es schwerer war, gerade weil Vincent sie kannte. Nähe riss Mauern ein – auch Schutzmauern –, und ohne Mauern war sie verletzlich.

Gefangen in einem Labyrinth aus Befürchtungen hätte sie beinahe aufgegeben. Doch da blickte Vincent von seinen Unterlagen auf. Als könnte er ihre Nähe spüren, fand sein Blick ihren. Pure Wärme lag darin und ein Lächeln, das kurz darauf auch seine Mundwinkel erreichte.

Da bist du ja, sagte dieser Blick. *Wie schön, dich zu sehen.*

Und auf einmal war die Angst verschwunden.

Danke, sagte sie wortlos zurück, nur mit ihren Augen. *Danke, dass du da bist und auf mich gewartet hast.*

Sie nickte zur Haustür, Vincent sagte etwas zu Mimi, und im nächsten Moment drang ein heller, quietschender Schrei in den Garten. Vincent lächelte, deutete mit der Hand in Richtung Haustür. Auf der Schwelle trafen sie sich: Maggie, Vincent und Mimi.

»Hey, du.« Vincents Stimme klang so warm, wie es sein Blick gewesen war. Er nahm ihr den Korb ab und drückte ihr zur Begrüßung einen kurzen Kuss auf die Lippen.

Mimi unterbrach ihn. »Oh Gott! Ohgottohgottohgott, bist du wirklich MysticCanvas? Ich bin ein riesen Fan von dir! Vincent hat gesagt, dass er dich kennt. Ich hab ihm nicht geglaubt, ich meine, ich wollte ihm glauben, aber konnte nicht, aber jetzt bist du wirklich da und ohgottohgottohgott, ich bin so nervös und mache mich gerade total zum Affen. Bitte sag, dass ich mich nicht zum Affen mache. Wenn ich aufgeregt bin, dann rede ich zu viel und alle sagen, ich sei der absolute Weirdo, aber ich weiß nicht, wie ich anders sein soll, und bei dir will ich nicht, dass du glaubst, dass ich seltsam bin. Ich hab den halben Tag damit verbracht, mir Klamotten für dieses Treffen rauszusuchen, ist das nicht verrückt? Dabei meinte Vincent, er weiß gar nicht, ob du wirklich kommen kannst, und außerdem geht es ja eher um die Bewerbungen für die Stipendien und …«

»Willst du Maggie nicht erst einmal reinkommen lassen?«

»Oh.« Die Teenagerin klappte den Mund zu. Aus dem Kragen ihrer Bluse schoss ihr Röte in die Wangen. »Das tut mir leid, ich …« Kopfschüttelnd hob sie die Hand und machte mit den Fingern eine Geste vor den Lippen, als wollte sie sich den Mund verschließen.

Eine gewaltige Welle Zärtlichkeit überrollte Maggie. Mimi war so jung. Siebzehn, vielleicht achtzehn Jahre alt, und sie strotzte vor Energie. Hätte Maggie sie auf der Straße getroffen, hätte sie geschworen, Mimi mit den coolen Jeans und dem engen, bauchfreien Top hätte keine Sorge auf der Welt, würde sich niemals unsicher oder ängstlich fühlen. Doch hier stand sie, vor Maggie, und gab ihre Unsicherheit zu. Sie täuschte nicht vor, selbstsicherer zu sein, als sie war, spielte keine Rolle, sondern legte Maggie all ihre Hoffnungen und Ängste vor die Füße, auf dass sie bei ihr gut aufgehoben waren, und zum ersten Mal seit Langem überlegte Maggie nicht lange, was sie tun sollte. Sie machte einfach, was ihr in den Sinn kam, und schloss Mimi in den Arm.

Ab da wurde alles leichter. Zu dritt gingen sie ins Haus. Vincent brühte Tee auf, gemeinsam verspeisten sie Maggies Kekse. Es rührte sie, dass Vincent sich in Vorbereitung auf dieses Treffen eine ganze Auswahl verschiedener Kräutertees zugelegt hatte.

Trotz Mittagsschlaf und Kleiderchaos hatte Maggie den Besuch genau richtig getimt. Mit den Anträgen für Mimis Stipendium waren die junge Frau und Vincent beinah fertig. Jetzt stand dem gemütlichen Teil des Nachmittags nichts mehr im Wege.

Natürlich war Mimi ihre Gartendeko nicht entgangen. »Wie ihr den Garten geschmückt habt, ist der totale Hammer! Es sieht aus wie ein Märchentraum. Als würde das Luftschiff eine Reise unternehmen, und die einzelnen Dekoelemente sind die Stopps.«

»Genau das war der Plan.« Vincent zwinkerte Maggie zu. »Wobei die Anerkennung Maggie zusteht. Sie ist die Künstlerin von uns. Mein Beitrag bestand im Leiterhalten und Werkzeuganreichen.«

»Was man nicht unterschätzen darf.« Auf dem Sofa rutschte Maggie näher an ihn heran und legte den Kopf an seine Schulter. Wie gut es sich anfühlte, Anerkennung zu erfahren! Vincent schien es so leicht zu fallen, Liebe und Respekt zu verschenken. Er legte ihr einen Arm um die Schultern. Unter ihren Haaren malte er mit der Fingerspitze zarte Muster auf ihren Nacken.

»Awww, schaut euch beide an. Ihr seid so süß!« Aufgeregt klatschte Mimi in die Hände. »Aber um auf den Garten zurückzukommen: Seid ihr denn jetzt fertig, oder sollen noch weitere Stationen dazukommen?«

Maggie wiegte den Kopf hin und her. »Wenigstens England sollten wir noch berücksichtigen. Oder noch besser: Yorkshire! Schließlich ist das, wo wir sind. Bisher ist mir nur noch nichts eingefallen, was so richtig zu der Gegend hier passt.«

»Meinen Vorschlag, einen kläffenden Yorkshireterrier aus Draht und Trockengräsern zu basteln, hat sie seltsamerweise abgelehnt.«

Spielerisch stupste Maggie Vincent in die Seite. »Nur weil ich dir erzählt habe, dass ich mal Floristin war, muss man nicht alles aus Blumen und Gräsern binden.«

Mimi horchte auf. »Du warst mal Floristin? Und dann hast du einfach damit aufgehört und was anderes angefangen? Hat es dir plötzlich keinen Spaß mehr gemacht, oder wie? Ich kann mir nicht vorstellen, irgendwann einmal die Freude an Kunst zu verlieren, dafür sitzt das viel zu tief in mir drinnen. Ich hab gedacht, das sei bei allen Künstlerinnen und Künstlern so.«

Wenn es nur so einfach wäre. Mimis unschuldig gestellten Fragen versetzten Maggie einen Stich. Erinnerungen holten sie ein. Hinten am Gaumen schmeckte sie Galle. Sie löste sich aus Vincents Umarmung, griff nach der Teetasse auf dem Sofatisch, überlegte es sich auf halbem Weg anders. Am Ende siegte die Unruhe. Mit einem Ruck stand sie auf.

»Noch jemand was aus der Küche?«

»Maggie.« Vincent machte Anstalten, ihr zu folgen, doch mit einer Geste wehrte sie ihn ab. Sie wollte keine Fragen beantworten, nicht zu den Gründen, warum sie ihren alten Beruf aufgegeben hatte und nicht zu ihrer übertriebenen Reaktion. Statt in die Küche floh sie ins Gästebad und ließ eiskaltes Wasser über die Innenflächen ihrer Handgelenke rieseln. Ihr Herz raste. Der Nachmittag hatte so gut begonnen, aber natürlich hatte sie mal wieder alles kaputt gemacht.

Sie schloss die Augen, sagte »Nein« zu sich selbst. Die negativen Gedanken, die sich immer dann in ihrem Kopf drehten, wenn sie unter Stress stand, entsprachen nicht der Wahrheit, sondern kamen von ihrer Angst. Sie musste nicht darauf hören. Sie konnte der Panik den Mittelfinger zeigen und ihr ein deutliches »Fuck you« hinterherrufen. Das hier war ihr Leben, ihre Chance auf einen Nachmittag voll Glück, und es lag an ihr, nach diesem Glück zu greifen. Wenn es nur nicht so schwer wäre. Wenn es nur nicht so viel Kraft kosten würde. Als würde das kühle Nass nicht nur die bösen Gedanken wegspülen, sondern auch ihre Energie, fühlte sie sich mit jeder Sekunde erschöpfter. Sie drehte das Wasser ab und wischte sich mit den nassen Händen durchs Gesicht.

Zurück im Wohnzimmer erwartete sie das Schlimmste: fragende Blicke, aufmunternde Worte. Sie nahm auf einem der beiden Sessel gegenüber von Vincent Platz, anstatt sich zu ihm auf das Sofa zu setzen. Mimi und Vincent waren über ein iPad gebeugt und schienen vollkommen in das vertieft, was sie dort lasen. Erst als sie sich räusperte, sahen sie auf.

»Ich hatte einen Vorschlag«, begann Mimi. »Für die Darstellung der englischen Weihnacht in eurem Garten.« Sie sah Maggie an, wiegte den Kopf hin und her. In ihren Augen erkannte Maggie kein Urteil. Mit der Erleichterung kam noch mehr Müdigkeit.

Mimi sprach weiter. »Also eigentlich ist es kein echter Vorschlag, eher ein Gedanke, wie ihr auf eine Idee kommen könntet, wenn das irgendwie Sinn ergibt.«

»Am zweiten Sonntag im Dezember gibt es einen rollenden Weihnachtsmarkt«, nahm Vincent den Gesprächsfaden auf. Auch er kommentierte ihre Flucht nicht. In seiner Miene spiegelte sich nichts als Abenteuerlust und Zuneigung. »Dafür bringt die Bahngesellschaft einen Originalzug aus dem neunzehnten Jahrhundert für einen Tag zurück auf die Schiene. Im Inneren gibt es Verkaufsstände und so. Die ganze Route dauert über fünf Stunden und führt von Leeds über York und Whispering Heights ein Stück durch die Dales bis hinunter nach Huddersfield, wo man einen Abstecher zu den römischen Ruinen machen kann, die womöglich die Reste von Camelot sind, und wieder zurück nach Leeds. Bei dem Trip bekommt man quasi das Beste von Yorkshire auf dem Silbertablett serviert. Brontë-Romantik, Industrialisierungs-Nostalgie und jede Menge Mystik. Und das Ganze garniert mit Weihnachtsdeko. Klingt spannend, oder? Und ziemlich inspirierend.«

»Camelot? Wie das Camelot von König Artus?«

Vincent nickte. »Ich wusste das bis gerade auch nicht. Ich habe immer gedacht, König Artus sei entweder eine

Fiktion, oder die Ursprünge der Legende lägen in Cornwall oder Wales.«

»So haben wir es auch in der Schule gelernt.« Maggie gähnte. Normalerweise wäre sie für so ein Gespräch Feuer und Flamme. Aber ihre inneren Batterien waren so gut wie leer, da war es nicht einfach, sich zu konzentrieren.

»Ja, ich auch«, stimmte Vincent zu. »Aber dieser Historiker, Simon Keegan, hat jahrelang zu dem Thema geforscht. Er ist das Ganze von einem linguistischen Standpunkt aus angegangen und hat herausgefunden, dass die ehemalige römische Festung in der Nähe von Huddersfield Camulodum genannt wurde, weil sie dem keltischen Kriegsgott Camulos geweiht war.«

»Und das soll irgendwas beweisen?«

Vincent schüttelte den Kopf. »Bis vor Kurzem ist man davon ausgegangen, dass dieses Fort eine recht unbedeutende Festungsanlage war. Neuere Grabungen lassen aber darauf schließen, dass es in Wahrheit eine prächtige Burg gewesen sein muss. Allein das Amphitheater hatte Platz für mehr als 2.000 Besucher, und zeitlich passen die Funde exakt in die Zeit, zu der Artus gelebt haben sollte.«

»König Artus war also ein Mann aus Yorkshire.« Mimi strahlte. »Ein echter Nordengländer. Wenn das mal nichts ist, was du für deine Weihnachtsreise benutzen kannst!«

Erwartungsvoll sahen beide sie an. Wie gerne hätte Maggie ihre Begeisterung geteilt. Unter dem Schleier aus Erschöpfung wusste sie, dass das, was Vincent ihr gerade erzählt hatte, zu anderen Zeiten ihre Kreativität zum Singen gebracht hätte. Doch alles, woran sie in diesem Moment denken konnte, war ihr Bett.

Sie zwang sich zu einem Lächeln. »Ich muss ins Bett. Von dem, was ihr mir da erzählt habt, ist höchstens ein Drittel bei mir angekommen. Tut mir leid.«

»Ins Bett?« Mimis Blick schweifte zum iPad-Display. »Aber es ist gerade mal kurz nach acht.«

»Ich …« Sie hatte keine Ahnung, wie sie den Satz zu Ende bringen sollte.

Zum Glück sprang Vincent ein. »Acht Uhr ist spät genug. Sicher fragen sich deine Eltern, wo du den ganzen Nachmittag verbracht hast.«

»Ach die.« Mimi machte eine wegwerfende Handbewegung. »Solange ich gute Noten nach Hause bringe, interessiert die nicht, was ich mache. Außerdem habe ich ihnen gesagt, dass ich mich mit Freunden zum Lernen verabredet habe. Dann fragen sie nicht nach.«

»Ich weiß nicht, was ich davon halte, dass du deine Eltern anlügst.« Vincent erhob sich. Geschickt navigierte er Mimi zur Haustür. Maggie schob sich an ihnen vorbei. Sie war zu müde für eine richtige Verabschiedung, zu erschöpft, um zu funktionieren, wie ein soziales Wesen funktionieren sollte. Sie konnte nur hoffen, dass Mimi ihr verzieh.

Während Mimi und Vincent am Gartentor ins Gespräch vertieft waren, schlüpfte sie in ihr eigenes Haus.

»Aber zu dem rollenden Weihnachtsmarkt kommst du doch mit, oder?«, rief Mimi ihr nach.

Maggie antwortete nicht. Der vertraute Duft ihres Heims hieß sie willkommen. Sie trat sich die Stiefeletten von den Füßen, machte nicht einmal Licht im Flur. Ihr Weg führte sie direkt ins Schlafzimmer. Die Kleidungsstücke, die von ihrer Suche am Vormittag noch immer auf dem Bett lagen, wischte sie auf den Boden. Die Hose, der Pulli und die Socken, die sie trug, landeten auf demselben Haufen. Mehr zog sie nicht aus. In Unterhemd und Unterhose kroch sie unter die Bettdecke, schloss die Augen. So musste sie wenigstens nicht das Chaos um sie herum betrachten. Alles, was sie tun wollte, war schlafen. Mit jedem Atemzug driftete sie mehr davon, fiel in einen erschöpften Schlaf. Durch den Schleier der Bewusstlosigkeit hörte sie, wie sich die Haustür öffnete, hörte Schritte auf der Treppe, das Knarzen der Schlafzimmertür. Wie seltsam die Angst war, wie irrational ihre Panik. Ein Fremder betrat ihr Haus, und sie spürte keinerlei Furcht, nur Erleichterung und Trägheit.

Ein Arm schob sich unter ihren Nacken, in ihrem Rücken senkte sich die Matratze. Da war er wieder, der Duft nach Leder, Vanille und Tannennadeln. Tief atmete sie ein. Die Traurigkeit war ein Pianissimo in Moll.

»Geht es dir besser?« Vincents Atem streichelte ihr Ohr, ihren Hals. Sie schmiegte sich enger in seine Umarmung. Worte fand sie keine, hoffte, ihr Körper war beredt genug. *Danke, dass du hier bist, bei mir. Danke, dass du versuchst, die Einsamkeit zu vertreiben.* Ob sie so viel Güte verdiente? Wohl kaum. Annehmen würde sie sie dennoch. Weil sie gierig war und es so, so leid, allein zu sein.

»Es tut mir leid.« Tränen sammelten sich in ihren Augenwinkeln, brannten auf ihrer Netzhaut und liefen über. »Es tut mir so leid.«

»Psst«, machte er, tupfte Küsse auf ihre Schläfen, hielt sie fest. »Entschuldige dich nie für die, die du bist.«

8

Er war mit Fragen in Maggies Haus gekommen, und, wenn er ehrlich war, auch einer gewissen Portion Irritation im Bauch. Der Nachmittag war so gut verlaufen. Den ganzen Tag über, Himmel, seit seiner Einladung an sie, hatte er sich darauf eingestellt, dass sie nicht erscheinen würde. Maggie hatte deutlich gemacht, wie schwer es ihr fiel, auf fremde Menschen zuzugehen. Mimi war ihm in den vergangenen Wochen zu einer Freundin geworden. Dasselbe galt für den Rest der Zugclique. In ihrer Gruppe spielte Alter keine Rolle, ebenso wenig wie ihre unterschiedlichen Lebensentwürfe. Tag für Tag teilten sie einen kleinen Abschnitt ihrer Leben miteinander, und das war alles, was zählte. Auch Maggie und Mimi hatten sich großartig verstanden. Der Altersunterschied hatte keine Rolle gespielt. Beide Frauen sprachen die Sprache der Kunst, Vincent hatte sich zurücklehnen und genießen können. All die Sorgen, die er sich gemacht hatte, schienen unbegründet. Doch plötzlich war Maggies Stimmung gekippt, und er wusste nicht einmal, warum. Wenn er verstanden hätte, was der Grund für Maggies plötzlichen Rückzug gewesen war, hätte er sich entschuldigen können. Dann hätte er sicherstellen können, denselben Fehler nicht ein zweites

Mal zu begehen, aber ihr Umschwung war so unvermittelt gekommen.

War es da verwunderlich, dass er Antworten wollte? Nachdem Mimi nach Hause gegangen war und er das Geschirr aus dem Wohnzimmer in die Küche geräumt hatte, war er noch einmal zu Maggie gegangen. Die Haustür hatte er mit mehr Wucht als nötig aufgestoßen, auf der Treppe nach oben immer zwei Stufen auf einmal genommen.

Dann hatte er in ihrem Schlafzimmer gestanden. Zum allerersten Mal. Und hatte sie gesehen. Selbst im Schlaf war ihr die Erschöpfung anzusehen. So müde sah sie aus, so klein und verletzlich in einem Zimmer, in dem vor nicht allzu langer Zeit ein Kampf stattgefunden hatte. Nichts anderes konnte ein solches Ausmaß an Durcheinander verursachen, und auf einmal hatte ihn das schlechte Gewissen gepackt. Was war er für ein arroganter Gockel! Dachte er wirklich, ein paar nett gemeinte Worte konnten aus dem Weg schaffen, was Maggie seit Jahrzehnten quälte? Glaubte er tatsächlich, er würde mir nichts, dir nichts heilen können, was Ärzte, Therapeuten und vor allem Maggie selbst jeden Tag aufs Neue bekämpfen mussten? Die Scham war so groß, dass er am liebsten geflohen wäre. Es gab nur eine Sache, die er mehr wollte, als vor seiner eigenen Dummheit davonzulaufen, und das war, ihr beizustehen. Also stieg er zu ihr ins Bett, nahm sie in den Arm und sagte ihr auf die beste Art, die er konnte, wie viel es ihm bedeutete, dass sie ihm erlaubte, für sie da zu sein. Auch dann, wenn sie es kaum bemerkte.

Er erwachte von spielenden Küssen auf seinem Bauch, vom Kitzeln listiger Locken an seinen Oberschenkeln. Ein Zischen erfuhr ihm. War das ein Traum? Die Lippen küssten sich weiter, immer weiter südwärts. Während der Schlaf seinen Geist noch nicht losgelassen hatte, war sein Körper bereits wach, stemmte sich den Küssen entgegen, verlangte nach mehr. Er blinzelte die Augen auf. Vor dem Fenster graute der Tag. Noch hatte die Sonne nicht die Kraft, die Nacht zu vertreiben, noch war der nächste Tag nicht mehr als ein Versprechen. Die Möbel um ihn herum waren ihm fremd, das Chaos auf dem Fußboden ebenso, doch die Zunge, die feuchte Kreise unter seinen Bauchnabel malte, machte es ihm schwer, einen klaren Gedanken zu fassen. Wann hatte sich zuletzt etwas derart gut angefühlt? Es war lange her. So lange. One-Night-Stands waren nicht sein Ding, seine letzte Beziehung lag Jahre zurück, und auch mit Maggie war er noch nicht so weit gegangen. Er wollte sie auf keinen Fall überfordern, indem er sie zu etwas drängte, wozu sie nicht bereit war. Es hatte sie so viel Vertrauen gekostet, ihre Unerfahrenheit zuzugeben, natürlich passte er sich ihrer Geschwindigkeit an. Bisher waren sie beide mit Knutschereien auf dem Sofa und vorsichtig erforschenden Händen unter Stoff zufrieden gewesen. Gestern hatte sie noch so unglücklich gewirkt, und jetzt … Seine Augen flogen auf, er rückte von ihr ab.

»Maggie«, stöhnte er. »Nicht.« Und dann, als sie noch immer nicht reagierte, sondern sich stattdessen noch verzweifelter an ihn drückte: »Maggie, nicht! Nicht, hör auf.« Er schlug die Bettdecke zur Seite, rutschte auf die freie Seite der Matratze. Endlich gab sie nach. Alle Farbe verließ ihr Gesicht, ihre Augen waren groß vor Schreck. Sie setzte sich auf.

»Was …?«

»Ich will das nicht.« Er streckte die Hand nach ihr aus. Jetzt war sie es, die vor ihm zurückwich.

»Es …« Sie schluckte, Tränen sammelten sich in ihren Augenwinkeln. Hektisch blinzelte sie, schob die Beine über die Bettkante und drehte ihm den Rücken zu. »Ich wollte dir nur was Gutes tun.«

»Und das würde mir auch gefallen, wirklich. Ein anderes Mal, wenn …« Er fuhr sich mit der Zunge über die trockenen Lippen. Das hier war wichtig. Wichtiger als ein kurzer Genuss, so wichtig, dass womöglich seine ganze Zukunft mit Maggie davon abhing, jetzt die richtigen Worte zu finden. »… wenn du es nicht machst, um etwas wiedergutzumachen, sondern weil du es wirklich willst. Es ist … Es fühlt sich fast an wie eine Beleidigung, dass du meinst, du musst etwas wiedergutmachen, nur weil Mimis Besuch holprig verlaufen ist.«

»Wer sagt, dass ich etwas …« Sie unterbrach sich selbst, ihre Schultern fielen nach vorne. Maggie war eine bemerkenswerte Frau: immer sie selbst und absolut ehrlich. Offenbar brachte sie es selbst in dieser Situation nichts übers Herz, ihn anzulügen.

Er rutschte zu ihr, küsste ihre nackte Schulter. Ihr ganzer Körper war angespannt, unter der Haut versteckte sich ein Zittern. Er schlang die Arme um sie, nahm sie mit, als er sich auf den Rücken fallen ließ. Nach und nach wich die Anspannung aus ihr. Sie legte den Kopf auf seine Brust, schmiegte sich an ihn. Weil er wusste, wie sehr sie es liebte, hielt er den Kopf so, dass sein Atem über ihr Gesicht fächelte. Erst als er sicher war, dass sie bereit dafür war, fragte er: »Willst du mir sagen, was gestern los war?«

»Ich war müde. Ich hab dir gesagt, dass es mir schwerfällt, unter Leuten zu sein. Irgendwann geht mir immer die Energie aus, und dann kann ich nicht mehr.« Sie hob den Kopf, sah ihm beinah flehend in die Augen. »Ich dachte, das hätte ich dir gesagt. Ich war mir eigentlich sicher.«

»Das hast du.« Mit sanftem Druck navigierte er ihren Kopf zurück auf seine Brust. »Das meine ich aber nicht. Was an Mimis Frage hat dich so getroffen?«

»Es fällt mir nicht leicht, darüber zu sprechen.«

»Du musst auch nicht.«

»Ich will«, versicherte sie. »Es ist nur schwer.«

»Nimm dir alle Zeit der Welt.« Er atmete durch. Hier ging es um Maggie, nicht um ihn. Trotzdem war es ihm wichtig, dass sie ihm vertraute. Er mochte diese Frau, mochte sie so verdammt gern, und ein Teil von ihm hatte große Angst, verletzt zu werden, weil er sich mehr von dieser Beziehung versprach, als er bereit war zuzugeben. Er wusste, wie es sich anfühlte, mehr zu lieben, als zurückgeliebt zu werden, und auch wenn es zu früh war, um von Liebe zu sprechen, war das, was er für sie empfand, groß und wichtig und bedeutungsvoll.

Erst als sie anfing zu erzählen, atmete er auf.

»Ich habe dir gesagt, dass mir Menschen Angst machen, das war im Grunde schon immer so. Ich kann mich nicht an eine Zeit erinnern, in der ich die Blicke anderer auf mir nicht gehasst habe. Wenn man immer kleiner ist, als alle anderen, noch dazu mit diesen Haaren«, sie zwirbelte eine ihrer Locken zwischen den Fingern, »ist es für andere leicht, sich lustig zu machen. Schon in der Grundschule haben sie mich Gnom genannt oder Zwerg, ein paar ganz

Kreative haben sich sogar einen Reim ausgedacht, um mich zu ärgern. Willst du ihn hören?«

Er wollte es nicht, doch er ahnte, dass sie es aussprechen musste, also widersprach er nicht.

Mit verzerrter Stimme fuhr sie fort. »*In einer Ecke, klein und krumm, der Goblin lacht, so dumm, dumm, dumm.* Kreativ, nicht wahr?«

»Maggie ...« Sie brachte ihn mit einem Kopfschütteln zum Schweigen.

»Das Ding war, je mehr sie sich über mich lustig gemacht haben, desto ungeschickter wurde ich. Ich stotterte, wenn ich im Unterricht aufgerufen wurde, verhaspelte mich beim Sprechen, stolperte über meine eigenen Füße. Je mehr ich dazugehören wollte, desto größer wurde die Kluft zwischen mir und den anderen. Ich will mir gar nicht ausmalen, was passiert wäre, wenn ich meine beste Freundin Grace nicht gehabt hätte. Vielleicht hast du sie schon mal hier gesehen. Sie ist eine der wenigen, die mich regelmäßig besuchen kommt. Grace ist echt eine Wucht. Weil es Menschen wie sie gibt, habe ich nie aufgehört, an das Gute im Leben zu glauben. Trotz allem.«

»Kinder können grausam sein.«

»Nicht nur Kinder. Aber mit denen hat es angefangen. Zu der Zeit habe ich meine Liebe für Fantasy entdeckt. Wenn ich von Frodo, Sam und Arwen las, von Narnia oder Oz, dann konnte ich mir vorstellen, selbst Teil einer Geschichte zu sein, wo die Schwächsten über sich hinauswachsen und die Underdogs am Ende die Helden sind. Ich habe angefangen zu zeichnen und gemerkt, dass ich dafür ein gewisses Talent habe. Damals habe ich aber noch keinen Weg vor mir gesehen, wie ich dieses Talent nutzen könnte.«

Oh, Maggie. Wie gut, dass er sie im Arm hielt. Wie gut, dass er sie spüren und halten konnte. Schon jetzt brach ihre Geschichte ihm das Herz.

»Wie alt warst du da?«

Sie zuckte mit den Schultern. »Zwölf, dreizehn vielleicht? Das Mobbing wurde mit der Zeit nicht besser. Für mich war die Schule ein Ort des absoluten Grauens. Meinen Eltern hat es nicht gefallen, aber sobald ich nicht mehr schulpflichtig war, bin ich abgegangen.«

»Das war mit achtzehn?«

Sie schüttelte den Kopf. »Sechzehn. Ein paar Jahre lang bin ich dann ziemlich orientierungslos durchs Leben geschlittert. Meine Eltern wollten, dass ich auf ein Berufskolleg gehe, aber ich habe mich geweigert. Ich habe gedroht, mich vor den Zug zu werfen, wenn sie mich nach draußen zwingen. An dem Punkt haben sie sich dann professionelle Hilfe geholt. In Filmen oder so ist das dann der Wendepunkt, der Moment, an dem der oder die arme Irre das Schlimmste überwunden hat. Aber so einfach ist es nicht. War es zumindest nicht bei mir. Meine erste Therapeutin hat nicht gut zu mir gepasst, die zweite ist schwanger geworden, ehe wir ein Vertrauensverhältnis aufbauen konnten. Weil die Therapien nicht geholfen haben, habe ich mich noch mehr wie eine Versagerin gefühlt. Meine Eltern hat mein ewiges Stubenhocken nur genervt.«

»Aber irgendwann wurde es besser?« So musste es doch gewesen sein! Die Maggie, die er kannte, war eine Kämpferin, sie sprühte vor Ideen und Kreativität.

Sie zuckte mit den Schultern. »Mam und Dad wussten nicht mehr weiter mit mir und haben mich in eine Klinik gebracht.«

»Sie haben dich einweisen lassen?« Ein junges Mädchen, wie Maggie es damals gewesen war? Der Schock in seiner Stimme ließ sich nicht verbergen.

»Es war das Beste, was sie hätten machen können. Die Zeit in der Klinik war wie ein Reset für meinen Kopf. Die Ärzte haben mich medikamentös eingestellt, ich habe mich wieder an Routinen gewöhnt und begriffen, dass nur ich selbst mein Leben zum Besseren ändern kann. Weil ich noch minderjährig war, hat die Klinik auch Kontakt zu den Behörden aufgenommen, sodass meine Eltern und ich, als ich nach einem halben Jahr nach Hause kam, Unterstützung hatten.«

»Du warst ein halbes Jahr in der Klinik? Das muss dir damals doch wie eine Ewigkeit vorgekommen sein.«

Sie lachte ein wenig. »Na ja, Wunder brauchen ihre Zeit.«

»Und das war der Klinikaufenthalt für dich? Ein Wunder?«

Sie schüttelte den Kopf. »Nicht wirklich. Aber es war ein Anfang. Social Services hat den Kontakt zu meiner jetzigen Therapeutin hergestellt, gemeinsam haben wir herausgefunden, welcher Job mir Freude bereiten könnte, so sind wir auf Floristik gekommen. Und mit der Hilfe des Amtes habe ich sogar eine Ausbildungsstelle gefunden.«

Endlich näherten sie sich dem Kern der Geschichte. »Hat dir der Beruf Spaß gemacht?«

»Beim ersten Laden war es nicht ideal. Der Besitzer mochte mich nicht, zumindest kam es bei mir so an. Er hat mich ›Kleine‹ genannt und war oft ungeduldig und eher so vom Typ ›Wer was nicht schafft, der will nicht‹. Vor allem Kundenkontakt fiel mir schwer, und je mehr Druck er auf mich ausgeübt hat, desto mehr Fehler habe ich gemacht. Ich hatte jeden Tag vor der Arbeit Bauchweh. Meine Mutter hat mich zum Arzt geschleift, der hat mich krankgeschrieben. Irgendwann hatte ich zu viele Fehltage.« Sie seufzte.

»Und dein Arbeitgeber hat dir gekündigt?«

»Der Kandidat hat hundert Punkte.«

»Kein Wunder, dass es schlechte Erinnerungen geweckt hat, als Mimi dich gestern auf den Job angesprochen hat.«

»Das war doch nicht deswegen.« Wieder lachte sie und diesmal schwang tatsächlich so etwas wie Heiterkeit mit. »Den Ausbildungsplatz zu verlieren war noch lange nicht der Tiefpunkt. Das war nur ein weiterer Beweis dafür, dass alle, die mich je dumm und dämlich genannt hatten, recht haben. So hat sich das für mich angefühlt. Der Kreislauf ging von vorne los. Depression, Therapie, Monate in absoluter Dunkelheit, ehe ich bereit war, einen Funken Licht zu sehen. In einem Blumenladen nicht weit von meinem Elternhaus hat meine Mutter dann ein Schild gesehen, dass die Besitzerin eine Aushilfe sucht, und Claire, meine Therapeutin, hat mich so weit gebracht, mich vorzustellen. Es war das Beste, was ich bis dahin gemacht habe. Zwischen der Besitzerin und mir hat es sofort geklickt. Carol, so hieß sie, hat verstanden, dass ich Zeit brauche und mein Talent nicht im Umgang mit Kunden liegt, sondern im Umgang mit Pflanzen. Nach und nach hat sie mir die ganze Arbeit hinter den Kulissen überlassen, das Binden der Sträuße und

Gestecke, den Einkauf der Blumen. Es war eine tolle Zeit, und wenn ich doch mal verkaufen musste, hat sie mir den Rücken gestärkt, und ich habe mich sicher gefühlt.«

»Das klingt, als hättest du nicht nur einen Beruf, sondern auch eine Berufung gefunden.«

»Das dachte ich auch …« Ihr Tonfall machte ihm die Kehle eng, schaudernd schloss er die Augen. Ob er bereit war, die ganze Geschichte zu hören? Schon was sie ihm bisher erzählt hatte, war fast mehr, als er ertragen konnte. Dabei musste er nur zuhören. Sie hatte das alles erlebt.

»Was ist passiert?«

»Ein paar Jahre lang ging alles gut. Dann ist Carol krank geworden und für einige Wochen ausgefallen. Ich musste den Laden allein schmeißen, und das hieß auch, verkaufen. Solange ich Carol als Rückendeckung dabei hatte, hat es sich anders angefühlt. Zuerst habe ich mich auch allein durchgewurschtelt. Ich war so stolz. Hundemüde und vollkommen überspannt, weil ich jeden einzelnen Tag über meine Grenzen gegangen bin, aber auch stolz. Doch dann kam der verdammte Valentinstag.«

»Das ist einer der trubeligsten Tage in der Branche, nehme ich an.«

»Das kannst du laut sagen! Es war verrückt. Ständig hat das Windspiel über der Tür gebimmelt, die Kunden haben sich die Klinke in die Hand gegeben, und alle hatten es eilig.«

»Freundlichkeit und Eile sind natürliche Fressfeinde, fürchte ich.« Was geschehen war, lag in der Vergangenheit. Er konnte nichts mehr daran ändern. Trotzdem zog er sie näher an sich, wollte sie vor allem Schlechten auf der Welt beschützen.

»Am Nachmittag kam dieser Typ in den Laden, dem ich nichts recht machen konnte. Allein sein Auftreten hat mich eingeschüchtert. Anthrazitfarbener Designeranzug, top gestylte Haare, eisblaue Augen. Der hätte ohne Weiteres das Titelmodell für so eine Boss-Romanze abgeben können.«

»Eine Boss-Romanze?« Er drückte sie ein wenig von sich, sah sie mit erhobener Augenbraue an. »Literatur ist mein Fachgebiet, aber von dem Genre habe ich noch nichts gehört?«

»Echt nicht? Dann hast du jetzt dein neues Forschungsgebiet.« Sie zwinkerte ihm zu, wurde aber sofort wieder ernst. »Wie dem auch sei, dieser Kerl war schrecklich ungeduldig. Seine Körpersprache hat mich eingeschüchtert, und wie es immer dann ist, wenn man es am wenigsten gebrauchen kann, habe ich vor lauter Nervosität dumme Fehler gemacht. Ich habe die Rosen falsch abgezählt, hab ihm zweimal vorgeschlagen, Schleierkraut in den Strauß zu binden, obwohl er schon beim ersten Mal gesagt hatte, er will nur Rot und Grün, keine weiteren Farben. Weil ich immer nervöser wurde, habe ich nicht deutlich gesprochen, er hat mich angefahren, klarer zu reden, und dann sind mir auch noch ein paar Wassertropfen auf seinen Anzug gekommen. Da hatte er dann genug und ist total aus der Haut gefahren. Er hat sich vor mir aufgebaut und mich angeschrien und beschimpft. Ich war wie gelähmt. Ich bin nicht groß, viele Menschen wirken auf mich wie Riesen und es macht schwach, immer zu allen aufsehen zu müssen. Ich konnte nicht an ihm vorbei. Ich hatte ja die Blumen im Arm und er war so groß, und er hat diese Größe ausgenutzt, um mich immer weiter zu bedrängen. Der Laden war voll, und natürlich sind die anderen Kunden auf das Spektakel aufmerksam geworden. Niemand hat was gesagt, aber alle haben gestarrt und geflüstert und tadelnd mit der Zunge geschnalzt. Es war fürchterlich!« Ihre Stimme überschlug sich, an seiner Brust spürte er ihr Herz rasen.

»Wie lange ist das jetzt her?«

»Ungefähr fünf Jahre.«

Fünf Jahre und noch immer hielt sie das, was an jenem Tag passiert war, fest im Griff.

»Du musst nicht mehr weiter erzählen. Ich höre dir gerne zu, aber dass du mir diese Geschichte zu Ende erzählst, ist keine Bedingung, okay?«

»Okay.« Sie nickte. »Aber ich will. Jetzt wo ich angefangen habe, will ich es zu Ende bringen, und eigentlich ist auch schon fast alles gesagt. Der Kunde hat mich angeschrien, ich habe Panik bekommen und ihm vor Angst vor die Füße gekotzt. Ende der Geschichte.« Sie ratterte die Ereignisse herunter, als wollte sie sie so schnell wie möglich abhandeln.

»Maggie, das tut mir so leid.«

»Mir auch. Es war der schlimmste Moment meines Lebens. Es war schrecklich peinlich. Alle haben es gesehen. Kaum war alles aus mir raus, bin ich weggerannt. Ich habe nicht mal den Laden zugesperrt, sondern bin einfach nur davongelaufen und nie mehr wiedergekommen. Eine ganze Weile hat Carol versucht, mich zurückzuholen, aber ich konnte nicht mehr zurück in den Laden. So sehr ich die Arbeit mit den Blumen geliebt habe, nach diesem Vorfall war mir schmerzlich klar, dass ich nicht für das Dienstleistungsgewerbe gemacht bin.«

»Aber du hast einen anderen Weg gefunden, Maggie. Schau dir an, wo du jetzt bist! Sich nach so einem Tiefschlag aufzurappeln, kostet irre viel Kraft. Ich bewundere dich. Ehrlich. Ich glaube, ich habe noch nie eine so starke Frau kennengelernt wie dich.«

»So würde ich es jetzt nicht nennen.« Sie zuckte mit den Schultern. »Ich hatte Glück. Glück, dass mir Claire geholfen hat, nicht wieder komplett abzustürzen. Glück, dass zu der Zeit Buchillustrationen und Charakterkarten und so bei Autorinnen und Autoren gerade voll in Mode kamen und ich so die Möglichkeit bekommen habe, mit meiner Zeichnerei Geld zu verdienen. Glück, dass meine Großtante mir dieses Haus hinterlassen hat, sodass ich endlich ausziehen konnte, um mir ein eigenes Leben aufzubauen. Es ist vielleicht nicht perfekt, aber es ist meins, und ich kämpfe jeden Tag darum, dass die Angst und die Dunkelheit nicht gewinnen. Mehr kann ich nicht tun.«

»Mehr musst du auch nicht tun.« Er rückte ein wenig von ihr ab, arrangierte sie so in seinem Arm, dass er ihr in die Augen sehen konnte. »Danke«, sagte er dann. »Danke, dass du mir das erzählt hast.«

»Gern geschehen.« Ihr Lächeln war schwach aber ehrlich und so, so süß, und weil Worte nicht genug waren, küsste er sie und sie küsste ihn zurück, und obwohl die Welt noch immer dieselbe war, obwohl es draußen vor der Tür noch immer Menschen gab, die rücksichtslos waren, machtgierig und gemein, war bei ihnen, in diesem Bett, in diesem Zimmer in dem Haus, das in einem Garten stand, in dem ein Luftschiff auf eine Weihnachtsreise um die Welt ging, alles genau so, wie es sein sollte.

9

Haare gekämmt: check. Fleckenfreie Kleidung an: check. Rucksack, Portemonnaie, saubere Schuhe: check, check, check. Ein letztes Mal betrachtete sich Maggie im Spiegel.

»Du schaffst das«, sagte sie sich laut vor, und tatsächlich fühlte es sich nicht an wie eine Lüge. Die größte Überraschung war für sie, dass sie sich wirklich auf den Ausflug mit Vincent freute. Seit Mimi ihr bei ihrem Besuch vor knapp zwei Wochen von dem rollenden Weihnachtsmarkt erzählt hatte, hatte sie sich im Internet schlaugemacht, und alles, was sie gelesen hatte, hatte ihr gefallen. Die Mühe des Museumsvereins, der mit der Aktion Geld für den Erhalt alter Lokomotiven sammelte. Yorkshire war das Mutterland der Dampfeisenbahn. Hier, wo die industrielle Revolution ihren Anfang genommen hatte, brauchten Fabrikbesitzer Kohle für die Produktion, und die bekamen sie über die Schiene. Doch nicht nur die wirtschaftliche Rolle Yorkshires faszinierte Maggie. Hier, im Norden der Insel, traf eindrucksvolle Natur auf Kunst und Geschichte, und all das vereinte der rollende Weihnachtsmarkt.

Gerade griff sie nach dem Schal, da klopfte es an der Tür.

»Ist offen«, rief sie.

Vincent öffnete die Tür einen Spalt und steckte den Kopf herein. »Bereit?«

»Ja.« Ein letztes Mal überprüfte sie, ob sie ihren Haustürschlüssel eingesteckt hatte, dann trat sie zu ihm ins Freie. Es war ein sonnigkalter Wintertag. In der Nacht hatte es Frost gegeben. Alle Büsche und Bäume, alle Installationen im Garten waren mit einer feinen Tauschicht überzogen. Wie durch einen Filter fiel die Morgensonne auf das Land. Während im Tal Schatten herrschten, verwirbelte über den Wipfeln der Bäume im Wald der Himmel in einem Farbenspiel aus Violett, Blau, Gelb und Orange. Sie schob ihre Hand in Vincents. Seine Finger waren wie immer eiskalt. Hand in Hand gingen sie zum Bahnhof. »Warum trägst du eigentlich nie Handschuhe? Und ist dieser Mantel nicht viel zu dünn?« Sie musterte ihn von oben bis unten. Obwohl es Samstag war, trug er die gleiche Kleidung, mit der sie ihn sonst zur Arbeit gehen sah. Kamelhaarfarbener Mantel über braunen Wollhosen, cremefarbenes Hemd und ein Pullover aus flaschengrüner Wolle. Nur auf die Krawatte hatte er heute verzichtet. Sie selbst trug mehrere Schichten Wollwalk und Fleece übereinander. Das hatte den Vorteil, dass sie eine Schicht nach der anderen ausziehen konnte, wenn es im Museumszug zu warm wurde, aber auch nicht frieren musste, wenn sie an den Haltestellen herumliefen.

»Es ist der einzige Mantel, den ich besitze. Und was die Handschuhe angeht?« Er führte ihre verschränkten Finger an sein Gesicht. »Musst du mich einfach warm halten.« Wie um zu zeigen, was er meinte, hauchte er warme Atemluft auf ihre Hände. Maggie lachte, legte auch ihre freie Hand über seine und rieb seine Finger, bis die Haut glühte.

»So besser?« Spielerisch stupste sie ihn in die Seite.

»Viel besser.« Sie lachten zusammen und gingen so dicht nebeneinander, dass sie sich berührten. Die vielen Schichten Kleidung hinderten Maggie daran, seine Körperwärme zu spüren, aber seine Nähe genügte, um sie von innen zu wärmen. Leben erwachte in den Häusern rechts und links der Straße. In den erleuchteten Fenstern bereiteten Menschen ihr Frühstück zu, hier las ein Mann an einem runden Tisch Zeitung, dort saßen Kinder mit staunenden Mündern vor dem Fernseher. Am meisten erstaunte sie, wie viele Gärten weihnachtlich geschmückt waren. Offenbar war sie nicht die Einzige, die den Lichterzauberwettbewerb ernst nahm. Jetzt, Mitte Dezember, war beinah jeder Vorgarten mit Lichtern, Schleifen und Kugeln verziert. Auch wenn sich hinter den Gartentürchen keine ganze Weihnachtswelt auftat wie im Garten von Maggie und Vincent, so verlieh die Weihnachtsdekoration ganz Whispering Heights einen festlichen Glanz. Mit Tannengrün geschmückte Kisten und ein paar Holzsterne genügten, um einen Garten zu verzaubern. Auf einem anderen Grundstück hatte jemand einen alten Gartentisch mit Moos bedeckt und ein hölzernes Vogelhäuschen daraufgestellt. Ein paar Beeren, ein paar Früchte, runde Maisenknödel statt Christbaumkugeln, und schon war ein Festtagsbuffet für die Vögel entstanden, die den Winter in der Heimat verbrachten. Immer wieder deuteten Vincent und Maggie auf Dekorationen, die ihnen ins Auge fielen. Vincent lachte über die Wichtelgruppe aus Tanne und Moos mit Bärten aus Flechten und Nasen aus roten Christbaumkugeln. Eleganter ging es ein paar Häuser weiter zu. In bronzenen Bodenvasen hatte jemand spitz zulaufende Türme aus Christbaumkugeln arrangiert, sodass das Ganze eine säulenartige Anmutung bekam. Künstliche LED-Eiszapfen warfen von oben Licht auf die Kugeln und ließen die Farben glänzen. Vom Dach eines Gartenhäuschens hing ein Mobile aus Thujenzweigen und Tannenzapfen, den Gartenzaun eines kleinen Einfamilienhauses schmückte eine Girlande aus Hanfseil, Zapfensternen und bauchigen Windlichtern mit LED-Kerzen im Inneren. Nur ein Garten in der Nachbarschaft war gänzlich ungeschmückt. Nicht ein einziges Lichtlein brachte Glanz auf das Grundstück, nicht eine einzige Schleife, Kugel oder Glocke verbreitete weihnachtliches Flair.

»Hier wohnt also der Grinch höchstpersönlich«, meinte Maggie. »So traurig, wie sein Garten aussieht, muss der Weihnachten echt hassen.«

»Wer kann Weihnachten denn bitte hassen?« Vincent machte ein entrüstetes Gesicht.

Es wäre so einfach gewesen, irgendetwas Leichtherziges darauf zu antworten. Etwas in der Richtung wie: *Na, der Weihnachtsmann. Der arme Kerl muss um diese Zeit härter arbeiten als irgendwann sonst im Jahr. So viel Stress kann einem schon die Laune verderben.* Stattdessen entschied Maggie sich für Ernsthaftigkeit.

»Jemand, der sehr einsam ist, zum Beispiel. Wenn alle von Liebe sprechen, kann es besonders hart sein, sich ausgeschlossen zu fühlen. Frag Ebenezer Scrooge. Bis den der Engel der zukünftigen Weihnacht geheilt hat, hat der auch allen mit seiner schlechten Laune die Weihnachtszeit verdorben.«

Der Druck seiner Finger um ihren verstärkte sich. »Ich weiß, was du meinst. Ich hab dir erzählt, dass ich auf La

Réunion aufgewachsen bin und mein Vater Hotelmanager war, oder?«

Sie nickte.

»Im Hotel ist Weihnachten immer Hochsaison. Meine Eltern hatten alle Hände voll zu tun.«

»Für einen kleinen Jungen blieb da wohl wenig Zeit«, mutmaßte sie, und er gab ein zustimmendes Brummen von sich.

»Es ist nicht so, dass sie mich nicht geliebt haben. Sie hatten einfach wichtigere Dinge zu tun. Ausgerechnet dann, wenn die ganze Welt von Liebe, Familie und Zugewandtheit spricht, war ich immer allen nur im Weg. Das war nicht leicht für mich.«

»Ein Wunder, dass du kein Grinch geworden bist.«

Er lachte auf. »Eher das Gegenteil. Nur ein einziges Mal ein echtes Weihnachtsfest zu erleben, war für mich schon immer eine große Sehnsucht. Bei romantischem Kerzenlicht und Weihnachtsliedern für die Menschen, die mit mir feiern, an erster Stelle zu stehen, füreinander da zu sein und sich daran zu erinnern, wie dankbar man für das Leben sein sollte, das man hat, das ist der Stoff, aus dem für mich Träume gemacht sind.« Er blieb stehen, wandte sich ihr zu. »Und genau das hast du mir geschenkt, mit deiner Fantasie und Begeisterung. Danke, Maggie. Von ganzem Herzen. Vielen, vielen Dank.«

»Ach du.« Sie boxte ihn in die Seite. »Ich mache das gern. Und außerdem ...« Sie wurde ernst. »Du hast mir auch viel gegeben. Ohne dich würde ich heute nicht hier stehen. Dafür danke ich dir.« Sie suchte seinen Blick, hielt ihn fest. Tausend Sätze flogen zwischen ihnen hin und her, tausend Emotionen, ohne dass sie ein einziges Wort sagen mussten. Es war ein verrücktes Spiel des Schicksals, ein Weihnachtswunder, wie sie es sich beide als Kinder erträumt hatten, das sie zusammengeführt hatte. Aber jetzt waren sie hier, und das war alles, was zählte. Bevor sie Gefahr lief, vor Rührung in Tränen auszubrechen, zog sie ihn weiter.

»Jetzt aber los. Es gibt noch jede Menge Vorgärten zu begutachten, und wenn wir zu lange trödeln, verpassen wir noch den Zug.«

Gesagt, getan. Sie bestaunten gerade einen mit roten Kugeln behängten Baum, als sich die Haustür des Nachbarhauses öffnete und eine etwa fünfzigjährige Frau heraustrat. Sie trug einen dicken Morgenmantel aus Frottee, zwischen den Aufschlägen blitzte ihr Pyjama hervor, und an den Füßen hatte sie Filzpantoffeln. Sie ging gerade zum Briefkasten, als sie Maggie und Vincent entdeckte.

»Oh, wen haben wir denn da?« Ihre Augen blitzten auf. »Ich wollte schon fragen, wie du dich eingelebt hast, aber ich sehe, ich hätte mir keine Sorgen machen müssen.« Ihr Blick wanderte vielsagend zu den verschränkten Händen von Maggie und Vincent. Maggies Magen verkrampfte sich wie immer, wenn Fremde sie ansprachen, aber Vincent regelte die Situation.

Er löste seine Hand aus ihrer und ging auf die Frau zu. »Beth, was für ein Zufall, dich hier zu treffen. Ich wusste nicht, dass du hier wohnst.«

»Ja, Whispering Heights ist klein.«

»Wie ich sehe, hast du auch schon fleißig für den Lichterglanzwettbeweb dekoriert.« Die Dekorationen in Beths

Garten muteten rustikal und improvisiert an. Silberglöckchen und Lichterketten, die über einen alten Holzschlitten drapiert waren, ein ebenfalls mit Lichterketten beleuchtetes, aus Palettenhölzern gesägtes Standbild einer Stadtsilhouette, dazu grasende Lichterrentiere und ein Haustürkranz aus Kastanien, Eicheln und Reisigzweigen.

»Ach, das.« Beth winkte ab. »Im Vergleich zu eurem Garten ist das gar nichts. Die ganze Nachbarschaft spricht von nichts anderem. Dieses Jahr hat Maggie Thornton sich selbst übertroffen, sagen sie. Das muss der Einfluss des Neuen sein. Ich konnte nicht glauben, dass ihr euch wirklich angefreundet habt, aber wie ich sehe, haben die Klatschweiber diesmal recht.«

»Oh, das ist alles ganz allein Maggies Werk. Ohne sie würde mein Beitrag zur Dekoration aus einer Plastikpalme und einer Federboa bestehen. Zum Glück hat Maggie mich mit ihrem unfehlbaren Geschmack gerettet.« Er zwinkerte ihr über die Schulter zu. Sie verdrehte die Augen. Sein Lob war ein bisschen dick aufgetragen, aber es war nett gemeint. Nur wenige schafften den Spagat, ihr in sozialen Interaktionen Sicherheit zu geben, ohne sie schwach erscheinen zu lassen. Für Vincent schien das kein Problem zu sein.

»Ach, ich glaube kein Wort. *Teamwork makes the dream work!*« Als wäre sie bei einer Sportveranstaltung, reckte Beth die Faust in die Luft. »Jetzt muss ich aber wieder ins Warme. Ist richtig frostig heute. Was habt ihr an so einem bitterkalten Tag denn noch vor?«

»Wir fahren mit dem rollenden Weihnachtsmarkt auf eine Stippvisite zu König Artus.«

»Das ist ja wundervoll! Das wollte ich schon immer mal machen, aber irgendwie verpasse ich den Termin dann doch jedes Jahr wieder.« Sie winkte ihnen. »Bis bald.«

»Ja, bis bald.« Vincent schob sich zurück an Maggies Seite und legte seinen Arm so um sie, dass er seine Hand in ihre Manteltasche schieben konnte. Beth ging zurück ins Haus, und sie setzten ihren Weg fort. So einfach konnte es also sein. Maggie hatte eine komplette Konversation überlebt und sich nicht ein einziges Mal fehl am Platz oder linkisch gefühlt. Vielleicht gab es tatsächlich noch echte Weihnachtswunder auf dieser Welt.

Wie ein glänzend schwarzer Tatzelwurm stand der Zug am Bahnhof. In dicken weißen Schwaden stieg der Dampf aus dem Schornstein, sammelte sich unter den gusseisernen Vordächern. Die alten Ziegelsteine der Wartehalle trugen die Spuren vergangener Jahrzehnte. Zahllose Reisen hatten hier begonnen, Romanzen ihren Anfang genommen, andere ihr Ende. Der Bahnhof von Whispering Heights hatte Tränen gesehen, Lachen gehört, unzählige Leben beobachtet. Er war wie ein Buch aus Stein und Zement. Um die Lok herum schwebte der Geruch nach Öl und Kohle, das metallische Knarren und Zischen der Maschine erfüllte die Luft und vollendete die Illusion, in ein anderes Jahrhundert gestolpert zu sein.

Vincent beschleunigte seine Schritte, an der Hand zog er Maggie mit sich. Auch wenn das bedeutete, dass sie drei Schritte machen musste, während er einen machte, passte sie sich seiner Geschwindigkeit an. Sie waren spät dran, aber nicht zu spät. Noch immer standen zahlreiche Passagiere auf dem Bahnsteig. Einige hatten sich zur Feier des Tages in historische Kostüme gekleidet. Herren in Gehröcken und Zylinderhüten, Damen in viktorianischen Kleidern mit weiten Röcken und kunstvollen Hüten. Aus einem heruntergelassenen Fenster vom Zug wehte der Duft nach Zimt und gebrannten Mandeln und mischte sich mit den weniger angenehmen Ausdünstungen der Lokomotive.

»Joy to the World« belkantierte eine Gruppe Carol Singers von unter einem Vordach, begleitet von einem Akkordeon, das einer der Sänger geschickt vor seinem fassrunden Bauch balancierte.

Sie waren einen halben Bahnsteig vom Zug entfernt, als die Lokomotive einen markerschütterten Pfiff ausstieß. Lachend hielt sich Maggie die Ohren zu.

»Wir müssen uns beeilen.«

Zusammen mit den anderen Fahrgästen stellten sie sich an, um den Zug zu betreten. Vor der geöffneten Eichentür eines Abteils stand ein älterer Herr mit mächtigem Schnurrbart und verteilte kleine Päckchen mit Lebkuchenherzen an die Kinder. Endlich waren Vincent und Maggie an der Reihe. Ein Zugbegleiter in Dienerlivree reichte ihnen galant die Hand.

»M'lady«, rollte in tiefstem Yorkshire-Akzent von seiner Zunge.

Maggie war zum Kichern zumute. Sie legte ihre Hand in die des Dieners und ließ sich über die Treppenstufe ins Innere des Zuges helfen. Vincent folgte ihr, und gemeinsam bestaunten sie die Ausstattung des rollenden Weihnachtsmarktes. Der ganze Waggon war liebevoll geschmückt: Girlanden aus Tannenzweigen, glitzernde Lichterketten und rote Schleifen zierten die Holzwände.

»Bitte weitergehen«, verlangte der Diener. »Macht Platz für die nachkommenden Gäste.«

Der Anweisung folgend traten Maggie und Vincent in den schmalen Gang des Abteils. Bänke und Tische waren entfernt worden, dafür reihten sich nun Verkaufsstände an die Wände zu beiden Seiten des Zugs. Es gab handgefertigte Weihnachtsdekorationen aus Holz und Glas, glitzernde Kugeln und filigrane Sterne fingen das Licht der Wandlaternen ein und verbreiteten eine festliche Atmosphäre. Ein älterer Handwerker mit weißem Bart und Lesebrille über den Augen erklärte von seinem Stand aus den Passanten die Herstellung seiner Stücke. Ein paar Schritte weiter bot eine Verkäuferin in weiß-blau gestreifter Spitzenschürze köstlich duftende Lebkuchen in verschiedenen Formen an – von traditionellen Herzen bis zu verzierten Sternen. Der nächste Stand präsentierte handgestrickte Schals und Wollmützen in den unterschiedlichsten Farben. Die Verkäuferin, eingehüllt in einen kuscheligen Strickpullover, erzählte den Kunden von der Liebe und Sorgfalt, die in jedes einzelne Stück geflossen waren. Ihre Familie betrieb seit Jahrhunderten Schafzucht, und die Wolle ihrer Verkaufsstücke stammte allesamt von heimischen Yorkshire-Schafen.

Je weiter sie sich vorwagten, desto drückender wurde der Platzmangel. Das war der Nachteil von einem Weihnachtsmarkt auf so begrenztem Raum: Die Menschen mussten irgendwo hin, und der Zug bot wenig Möglichkeiten zum Ausweichen. Die wachsende Enge drückte sich auf Maggies Gemüt. Schweiß sammelte sich in ihren Achselhöhlen. Sie zog ihre Jacke aus, band sie mit den Ärmeln um den Körper, doch die Begeisterung, die sie beim Betreten des Bahnsteigs empfunden hatte, erstickte im Platzmangel und der Nähe von Menschen, die sie nicht kannte. Ob das alles wirklich eine gute Idee gewesen war? Hatte sie sich mit diesem Ausflug womöglich zu viel zugemutet?

Am Ende des Abteils entdeckten sie schließlich einen Stand mit handgemachten Kerzen in allen Farben und Formen – klassische wie Kegel, Quader und Kugeln, aber auch ausgefallene wie Drachen, Rentierköpfe oder eine große Hand, die eine kleine hielt.

»Das will ich mir anschauen.« Maggie nickte zu dem Kerzenstand. Vielleicht lag es daran, dass er etwas zurückversetzt am Ende des Abteils war, vielleicht auch an der Tatsache, dass der Verkäufer im Vergleich zu seinen Kollegen schüchtern und eher introvertiert wirkte, aber im Gegensatz zu den anderen Ständen war dieser recht leer.

»In Ordnung. Ich guck so lange hier drüben bei den Weihnachtsbaumanhängern. Vielleicht finde ich noch was für den Garten.«

»Okay.«

Sie war vielleicht noch einen halben Schritt von dem Stand entfernt, da rumpelte der Zug durch eine Kurve. Um ein Haar hätte Maggie das Gleichgewicht verloren. Sie taumelte, konnte sich aber gerade noch an der Tischkante des Kerzenstandes festhalten. Dabei verrutschte das Tischtuch, und für einen Sekundenbruchteil erhaschte sie den Blick auf ein blasses Gesicht unter dem Tisch. Anstatt sich aufzurichten, als sie ihr Gleichgewicht wiedergefunden hatte, ging sie in die Hocke und hob das Tischtuch an.

»Ja, wen haben wir denn da?« Unter dem Tisch, die Knie an die Brust gezogen, den Kopf auf die Knie gelegt, saß ein kleines Mädchen. Sie mochte drei Jahre alt sein, vielleicht vier. Sie trug ein niedliches Cordkleid über geringelten Leggings, die Füße steckten in Marienkäferstiefeln, und in ihre wilden blonden Locken war ein Haarreif mit Rentiergeweih und Ohren gesteckt. Mit Kinderschminke war auf ihre Nase ein roter Punkt gemalt. Statt zu antworten, zog das Mädchen sich noch mehr in sich zurück.

Mitgefühl überspülte Maggie. Ich weiß, dachte sie. Ich weiß so gut, wie du dich fühlst.

»Ist ganz schön gruselig hier, hm? Die ganzen Menschen und die vielen Geräusche und alles.« Sie ließ sich auf alle viere fallen, krabbelte so nah an das verschreckte Mädchen heran, wie es der Tisch zuließ. Manchmal konnte es von Vorteil sein, nie größer geworden zu sein als die meisten Zehnjährigen. Zwar beobachtete das Mädchen jede ihrer Bewegungen mit Argusaugen, doch etwas von der Körperspannung fiel von ihr ab.

»Soll ich dir ein Geheimnis verraten?«

Die Kleine nickte.

»Obwohl ich erwachsen bin, machen mir fremde Menschen und Orte auch richtig doll Angst. Ich wette, dein Herz rast und du kannst an gar nichts anderes denken als daran, dass alles hier drinnen zu viel ist.«

Wieder ein schüchternes Nicken.

Maggie fuhr fort. »Aber eine Freundin hat mir einen Trick verraten, wie ich die Angst besser aushalten kann.

Wollen wir den mal zusammen versuchen?« Diesmal wartete sie nicht auf ein Nicken. Auch ihr würde die Entspannungsübung helfen. Gerade eben noch war sie kurz davor gewesen, Vincent zu bitten, den Zug am nächsten Halt zu verlassen, doch dank dieses kleinen Weihnachtsengels hatte sie nun wieder festen Boden unter den Füßen. »Zuerst musst du mir drei Dinge sagen, die du siehst. Schau genau hin und beschreibe mir die Dinge so ausführlich wie möglich.«

Die Kleine runzelte die Stirn und legte den Kopf schief. Maggie gab ihr Zeit. Ganz leise, aber mit einer hellen, klaren Stimme, sagte das Mädchen schließlich: »Deine Haare.«

Maggie lachte ein bisschen. Sie griff nach einer ihrer Locken und zwirbelte sie zwischen den Fingern. »Ja, die sind ziemlich wild. Genauso wie deine. Ich wette, es ziept ganz schlimm, wenn deine Mummy dir die Haare kämmt, nicht wahr?«

Nicken.

»Okay, jetzt das zweite. Was siehst du noch?«

»Prinzessinnenschuhe.« Ihr Zeigefinger schoss nach vorne und deutete auf eine Stelle außerhalb ihres Verstecks unter dem Kerzenstand. Maggies Blick folgte dem Fingerzeig. Die Verkäuferin am Nachbarstand mit dem viktorianischen Kleid hatte nicht bei den Röcken aufgehört. Ihre Füße steckten in rosa Seidenschuhen, die mit winzigen Schleifen verziert waren. Tatsächlich sahen sie aus wie die Schuhe einer wahrhaftigen Prinzessin.

»Und das dritte?«

Das Mädchen steckte sich einen Finger in den Mund und überlegte. »Rudolph!«, rief sie schließlich, nahm sich den

Haarreif vom Kopf und deutete mit der freien Hand auf die Hörner des Plüschgeweihs.

»Genau!« Maggie hielt ihr die Hand zum High five hin, und die Kleine schlug ein. Ihre Panik schien ebenso vergessen wie die von Maggie. Dennoch wollte Maggie kein Risiko eingehen. Noch ein paar Minuten in der Sicherheit unter der Tischplatte würden ihrer kleinen Freundin sicher guttun. Früh genug würde Maggie sie überreden müssen, das Versteck zu verlassen, um ihre Mutter zu suchen.

»Jetzt wird es schwieriger, okay? Jetzt sagst du mir drei Dinge, die du hörst. Die Regeln sind die gleichen. Du musst ganz genau hinhören und mir die Geräusche möglichst genau beschreiben.«

»Okay.« Wie Maggie ihr geraten hatte, konzentrierte sie sich ganz aufs Lauschen. Vor lauter Konzentration erschienen winzige Falten auf ihrer Stirn. Maggie tat es ihr gleich. Sie schloss die Augen, richtete ihre komplette Aufmerksamkeit auf die Geräusche, die sie umgaben. Wie aufs Stichwort kristallisierte sich ein Schrei aus der Kakophonie aus Verkaufsgesprächen und Geplauder.

»Livi!«, hörte sie eine Frauenstimme rufen. »Livi, wo bist du? Hallo, hallo? Haben Sie meine Tochter gesehen? Ich suche meine Tochter. Sie heißt Olivia und ist drei Jahre alt. Ich schwöre, ich habe nur eine Sekunde weggeschaut, und plötzlich war sie weg. Livi! Livi!« In der Stimme der armen Frau ließ sich deutlich die Furcht heraushören.

Maggie öffnete die Augen. Mit ihrem Knie stupste sie das von dem Mädchen an. »Bist du zufällig Livi?«

Die Selbstsicherheit, die die Kleine während ihres Spiels

aufgebaut hatte, verpuffte. Sie biss sich auf die Unterlippe, senkte den Blick, aber nickte.

Vor dem Tisch hörte Maggie Vincents Stimme. »Ms? Ms, kommen Sie hierher, ich glaube, ich weiß, wo Ihre Tochter ist.«

»Deine Mummy macht sich große Sorgen«, erklärte Maggie ihrer kleinen Freundin im Flüsterton. »Meinst du, du bist bereit, mit mir gemeinsam aus dem Versteck zu kommen?«

Livi schüttelte den Kopf.

Auf der anderen Seite der Tischdecke meinte Vincent: »Ihr ist wohl alles ein bisschen zu viel geworden. Sie hat sich dort unter dem Tisch verkrochen. Meine Freundin kümmert sich gerade um sie. Geben Sie ihr noch ein paar Minuten, ich wette, dann ist Livi bereit, nach draußen zu kommen.«

»Oh, vielen Dank. Sie glauben gar nicht, was für ein Stein mir vom Herzen fällt.«

»Und wenn ich mitkomme?«, raunte Maggie Livi zu. »Mein Freund Vincent ist dort draußen bei deiner Mummy, und er ist wirklich gut darin, auf Leute aufzupassen. Mir hilft er auch immer, wenn ich Angst habe.«

Zweifelsfrei wurde ihr Gespräch auf der anderen Seite der herabhängenden Tischdecke belauscht, denn Livis Mutter ergänzte: »Wenn sich meine Livi nur wieder zu mir trauen würde, würde ich Sie alle ja liebend gerne im Speisewagen zu einer Portion Waffeln mit Sahne und Schokoladensauce einladen. Aber bevor ich sie gefunden habe, kann ich da auf keinen Fall hingehen.«

Fragend hob Maggie eine Augenbraue. Sie streckte Livi die Hand hin. Für die Dauer von zwei Herzschlägen zögerte das Mädchen noch, dann legte sie ihre Hand in die von Maggie. Auf allen vieren krabbelten sie unter dem Tisch hervor. Vincent half Maggie beim Aufstehen, lachend wurde Livi von ihrer Mutter in den Arm geschlossen. Als wäre nichts gewesen, erzählte Livi von dem Spiel, das Maggie mit ihr gespielt hatte. Es musste ein echtes Zauberspiel sein, denn danach habe sie gar keine Angst mehr gehabt.

»Ich würde Sie wirklich gerne zu den versprochenen Waffeln einladen«, bekräftigte Livis Mutter nun noch einmal. »Ohne Sie beide hätte das ganz anders ausgehen können. Ich war schon drauf und dran, beim nächsten Halt auszusteigen und mit einem regulären Zug zurück nach Whispering Heights zu fahren. Ich war mir fast sicher, Livi dort verloren zu haben. Ich bin übrigens Emily«, stellte sie sich vor.

»Vincent. Und das ist Maggie.« Er legte einen Arm um Maggie, zog sie nah an sich heran. »Wir sind froh, dass wir helfen konnten.«

Emily erwiderte etwas, aber Maggie hörte nicht mehr zu. *Wir* hatte Vincent gesagt. Es gab ein *wir*. Aus Maggie und Vincent war ein *wir* geworden. Als Teil von diesem *wir* konnte sie Menschenmengen ertragen, Enge aushalten und Teil eines Lebens sein, von dem sie gemeint hatte, es bereits vor Jahren aufgegeben zu haben. Gemeinsam hatten sie Livi und Emily wieder zusammengebracht. Weil Vincent die Stellung gehalten und Emily beruhigt hatte, hatte sie sich um das Mädchen kümmern können. Ohne vorgeben zu müssen, jemand anderes zu sein, als sie in Wirklichkeit war, hatte sie mit Vincent etwas Gutes getan. Es war fast wie ein Wunder.

»Was ist jetzt mit den Waffeln?« Livi zuppelte an Emilys Mantelärmel, und die lachte.

»Du hast recht. Auf geht's zum Speisewagen. Vier Portionen Waffeln mit Sahne warten auf uns!«

Kaum hatte Livi das letzte Stückchen Waffel genossen, zuppelte sie an Emilys Jackenärmel.

»Können wir jetzt noch nach Glitzerschmuck suchen? Du hast versprochen, wir schauen im Weihnachtszug nach Glitzerschmuck!« Der Mund des Mädchens glänzte vom Fett in der Schlagsahne, und auf ihrer Nasenspitze klebte ein Klecks Schokosauce. Von dem verängstigten Kind unter dem Verkaufstisch des Kerzenstandes war nichts mehr zu sehen.

Emily lächelte entschuldigend in Vincents und Maggies Richtung. »Versprochen ist versprochen«, meinte sie mit einem Schulterzucken. »Aber du, junge Lady«, sie wandte sich an ihre Tochter, »bleibst diesmal immer an meiner Seite. Keine Abenteuer auf eigene Faust mehr, haben wir uns verstanden? Und wenn du wieder Angst bekommst, sagst du mir Bescheid!«

»Verstanden!« Grinsend streckte Livi den Daumen nach oben.

»Na dann.« Sie legte ihrer Tochter eine Hand auf den Kopf und wandte sich an Vincent und Maggie. »Noch einmal vielen Dank, dass ihr eingesprungen seid und geholfen habt, als es nötig war. Das hätten nicht viele gemacht.«

»Es war wirklich kein Umstand. Livi hat mir genauso geholfen wie ich ihr.«

»In Ordnung.« Emily lachte, als hätte Maggie einen Scherz gemacht, doch Vincent wusste es besser. Einen kurzen Augenblick, ehe Maggie das Mädchen unter dem Tisch entdeckt hatte, hatte er geglaubt, Maggie würde sich in ihrer Angst verlieren. Es war nicht lange gewesen, aber lange genug, um sich selbst Vorwürfe zu machen. Natürlich war es in einem rollenden Weihnachtsmarkt eng! Natürlich gab es keine Ausweichmöglichkeiten – ein Zug war ein stählernes Gefängnis. Und ausgerechnet dorthin hatte er Maggie geschleppt? Maggie, für die es so wichtig war, immer ein Fleckchen Sicherheit zu haben, an das sie sich zurückziehen konnte. Doch Maggie hatte diesen Ausflug gewollt, und sie selbst war es am Ende auch gewesen, die einmal mehr bewiesen hatte, wie mutig und wie gut sie darin war, sich und ihre Kräfte richtig einzuschätzen und einzusetzen. Indem sie Livi geholfen hatte, hatte sie sich selbst geholfen. Vincent war unendlich stolz auf sie.

Eine ganze Weile lang schaute Maggie Mutter und Tochter nach.

»Willst du auch gehen?«

Sie schüttelte den Kopf. »Nein, ich glaube, von dem Gedränge habe ich genug. Hier ist es doch auch ganz schön.«

Und das war es. Vor dem Zugfenster zog die winterliche Landschaft dahin, zum Greifen nah und doch so fern. Emily Brontë hatte recht. Es war stürmisch auf den moosgrünen Hügeln der Grafschaft. Hinter Bäumen mäanderte ein Flüsschen dahin. Weiße Schafe mit schwarzen Gesichtern ließen sich vom Wind das dicke Fell verwehen und knabberten am wintermüden Gras ihrer mit Feldstein-mauern voneinander getrennten Weiden. Birken, Erlen und Weiden bildeten ein Spalier am Schienenstrang.

»Möchtest du beim nächsten Halt aussteigen und mit einem regulären Zug zurückfahren?«

»Noch nicht.« Maggie lächelte, ihr Blick wirkte genauso verzaubert wie seiner. War es das, was auch die Brontë-Schwestern gesehen hatten, als sie ihre traurig-schaurigen Geschichten erfanden, diese Sehnsucht, die diese Landschaft einem ins Herz zu pflanzen vermochte?

Sie hatten gerade eine weitere Haltestelle hinter sich gelassen, da ließ ein volltöniger Bass ihn aufschrecken. »Na, das ist eine Überraschung! Professor Vincent beim rollenden Weihnachtsmarkt.«

Vincent riss sich aus seinen Betrachtungen und richtete seine Aufmerksamkeit auf den Neuankömmling. Der Fremde trug ein Weihnachtsmannkostüm, zu seinen Füßen stand ein riesiger Jutesack. Dann dämmerte es ihm, und Vincent brach in Gelächter aus.

»George! Du bist ja wirklich Santa.«

»Nur einer von vielen. Darf ich mich setzen? Wer ist deine charmante Begleitung?«

»Das ist Maggie. Maggie, darf ich dir George vorstellen? Er gehört zur Zugclique.«

»Freut mich, dich kennenzulernen. Vincent hat schon eine Menge von dir erzählt.« Die kurze Auszeit schien Maggie gutgetan zu haben. Nichts an ihrem Verhalten deutete auf den Stress hin, den sie vorhin empfunden hatte.

Mit einem Seufzen setzte sich George zu ihnen. »Ihr macht es richtig und betrachtet den Wahnsinn im Zug mit ein bisschen Abstand. Habt ihr Joan schon gesehen? Die ist mit ihrer Enkelin hier.«

»Joan ist auch da?«

»Und Mimi ebenfalls. Sie meinte, sie hätte Ahmed gern auch Bescheid gesagt, aber sie hatte keine Nummer von ihm. Das müssen wir am Montag unbedingt nachholen. Heutzutage ist es doch wirklich keine große Sache mehr, Kontaktinformationen auszutauschen. Ihr jungen Leute bekommt das doch schon hin, indem ihr nur eure Telefone aneinanderhaltet.«

Der Kellner kam und unterbrach Georges Monolog. Er bestellte einen Tee, Maggie deutete mit einer Geste zu ihrem leeren Teller an, dass sie nichts brauchte.

»Für mich nur ein Wasser«, meinte Vincent, und George nutzte die Gelegenheit, um etwas in sein Handy zu tippen.

»So, das ist auch erledigt. Joan und Mimi müssen jeden Moment da sein, aber jetzt erzählt: Plant ihr, bei einem der Stopps auszusteigen, oder macht ihr die ganze Runde mit?«

»Haben wir noch nicht entschieden.« Maggie warf Vincent einen fragenden Blick zu. Er fing ihn auf, und eine Reihe unendlicher Möglichkeiten flog in der Verbindung ihrer Blicke zwischen ihnen hin und her. Sie könnten gehen oder bleiben, sie könnten weiter mit George plaudern oder sich aus dem Gespräch zurückziehen, sie könnten in den anderen Zugabteilen die Stände ansehen und nach Weihnachtsgeschenken suchen. Er lächelte sie an, legte alles, was er für sie empfand, in dieses Lächeln. »Ich richte mich nach dir.«

»Okay.«

Die Wahrheit war nämlich die: Es war ihm egal. Solange er mit Maggie zusammen sein konnte, war die Zeit ein Genuss.

George trank seinen Tee, dann machte er sich wieder auf den Weg. Pro Streckenabschnitt musste er in jedem Abteil mindestens einmal als Santa auftreten.

Es dauerte nicht lange, dann trat Joan zu ihnen an den Tisch. Ihre Enkel führten aufgeregt die Geschenke vor, die sie ihrer Grammy hatten abschwatzen können. Auch zu Joans Enkelkindern hatte Maggie sofort einen Draht. Sie plauderten ein wenig, verabschiedeten sich jedoch wieder, als Mimi mit ihren Eltern den Speisewagen betrat. Hinter dem Rücken ihrer Eltern winkte sie ihnen zu. Vincent wollte die Geste erwidern, doch Mimi schüttelte hektisch den Kopf und deutete mit dem Kopf zu ihren Eltern.

»Was, meinst du, hat das zu bedeuten?«, fragte er Maggie leise.

»Teenager.« Sie hob die Schultern. »Wer soll aus denen schlau werden? Aber was immer der Grund ist, ich bin mir ziemlich sicher, es liegt nicht daran, dass sie dich nicht mag. Wie viel der ganzen Zugclique deine Freundschaft wert ist, ist heute ja wohl mehr als klar geworden.«

»Meinst du?«

Sie nickte, und in seinem Bauch breitete sich wohlige Wärme aus. Als er nach Yorkshire gekommen war, hatte er sich einen neuen Anfang gewünscht. Neue Freunde. Ein neues Zuhause. Es sah so aus, als könnten einige Wünsche tatsächlich in Erfüllung gehen.

10

Im Halbschlaf trieb Maggie dahin. Es war ein schöner Tag gewesen. Ein sehr schöner Tag. Vielleicht der schönste, den sie seit Jahren erlebt hatte. Wobei das schwer zu sagen war. Seit Vincent sich geduldig und freundlich in ihr Leben geschlichen hatte, jagte ein Tag, den sie für einen der schönsten, besten, aufregendsten ihres Lebens hielt, den nächsten. Der Besuch des rollenden Weihnachtsmarktes war auf jeden Fall etwas Besonderes gewesen. Nicht nur, weil sie den Mut gehabt hatte, sich Dingen zu stellen, denen sie jahrelang ausgewichen war. Sondern auch so. Die Atmosphäre, die Vielfalt der zum Verkauf angebotenen Stücke! Die ganze Nachbildung eines viktorianischen Traums und die Menschen, denen sie begegnet war, war fantastisch gewesen. Die Selbstverständlichkeit, mit der sie aufgenommen worden war – all das hatte den Tag zu einer Erfahrung gemacht, die sie nicht missen wollte und die sie Vincent verdankte. Vincent, der ihr Sicherheit gab und sie gleichzeitig beflügelte. Vincent, in den sie sich jeden Tag ein bisschen mehr verliebte.

Sie rollte sich auf die Seite, tastete nach seinem Körper. Sie wollte ihm nah sein. So nah sich zwei Menschen sein konnten. Stück für Stück, Kuss für Kuss, Zärtlichkeit für

Zärtlichkeit näherten sie sich in den vier Wochen seit ihrem ersten Kuss dem letzten Schritt an. Auch in dieser Beziehung ging er auf sie ein und gab ihr die Zeit, die sie brauchte. Diese Art von Nähe mit ihm zuzulassen, fiel ihr nicht leicht. Es war ihr zur zweiten Natur geworden, Mauern zwischen sich und den Menschen, die die Macht hatten, sie mit ihren Worten zu verletzen, zu errichten. Jede Art von Körperlichkeit war ihr neu, doch mit Vincent wollte sie die Mauern einreißen. Nur so konnte sie ihm nah sein. Nur so konnte sie erleben, was es bedeutete, sich ganz und gar auf einen anderen Menschen einzulassen. Vielleicht war jetzt der richtige Zeitpunkt? Mitten in der Nacht, ohne Plan, ohne Erwartung. Sie rückte näher zur Bettmitte, schob ihren Arm weiter auf Vincents Seite.

Die Matratze war leer, sie war allein im Bett.

Verwirrt öffnete sie die Augen. Vor dem Schlafengehen hatten sie die Läden geschlossen, das Zimmer war stockdunkel. Nur unter der Tür drang ein dünner Lichtfaden in den Raum. Sie blinzelte, setzte sich auf. Wo war Vincent? Wie spät war es überhaupt? Die Antwort auf die zweite Frage konnte ihr das Handy geben. Sie wollte das Gerät vom Nachttisch nehmen, als sie die Musik hörte. Dieselbe Musik, die im Schlaf ihre Träume begleitet hatte. Sehnsuchtsvolle Pianoklänge, die in ihrem Körper Verlangen geschürt hatten.

Sie stand auf, tastete sich auf blanken Füßen bis zur Schlafzimmertür vor. Nachdem sie von ihrem Ausflug zurückgekommen waren, hatten sie sich entschieden, die Nacht bei ihm zu verbringen. So konnte er morgens vor der Arbeit noch ein paar wertvolle Minuten länger im Bett bleiben, anstatt in aller Herrgottsfrühe von ihrem Haus zu seinem zu eilen, wo seine Garderobe und die Unterlagen für die Uni auf ihn warteten. Vorsichtig öffnete sie die Tür. Sie wollte ihn nicht stören, den Fluss der Töne und Klänge, die er dem Klavier entlockte, nicht unterbrechen. Sie kannte das Stück nicht, aber etwas an der Art, wie die Melodie floss, riss an ihrer Seele. In dem Lied lag Melancholie, aber auch eine zarte Schönheit. Je näher sie kam, desto kraftvoller wurde auch die Musik, sie entwickelte sich zu einem leidenschaftlichen Crescendo, ehe sie einen wieder losließ, sacht verabschiedete und gleichzeitig auffing.

Vincent sah nicht auf, als sie das Zimmer betrat, und doch meinte sie, in seiner Haltung eine winzige Änderung wahrzunehmen. Da war ein kaum sichtbares Straffen seiner Schultern, ein kleiner Ruck seines Körpers. Über die Tasten gebeugt saß er im Licht einer einzelnen Lampe auf der Klavierbank. Die Haare fielen ihm ins Gesicht, sein ganzer Körper wiegte sich mit der Musik. Immer weiter ging das Stück, trieb über Höhen und versank in Tälern.

Sie trat an ihn heran, legte ihm eine Hand auf die Schulter. Unter dem Stoff seines Schlafanzugoberteils spürte sie das Spiel seiner Muskeln. Noch einmal bäumte sich die Melodie auf. Die Sehnen auf der Oberseite von Vincents Handflächen traten deutlich hervor, als er in die Tasten griff. Dann wurde er zärtlicher, vorsichtiger, als würde er das Elfenbein und das Ebenholz der Tasten streicheln.

Noch lange, nachdem der letzte Ton verklungen war, ließ er die Finger ruhen. In ihren Ohren hallte die Melodie nach, und er gab ihr Zeit, Abschied zu nehmen. Von den klagenden Tönen, von der Sehnsucht und der Leidenschaft seiner Musik. Nur ihr und sein Atem füllten die Stille.

Langsam hob er schließlich den Kopf, drehte sich zu ihr um.

»Das war wunderschön.« Obwohl außer ihnen beiden niemand da war, der sich durch ihre Worte hätte gestört fühlen können, flüsterte sie. »Was war das?«

Lampenlicht funkelte in seinen Augen. Er sah zu ihr auf. Von ihrem Scheitel bis zum Bauch wanderte sein Blick. Wunder lag darin und Wärme.

»Ein Pianoarrangement der Filmmusik von *Jane Eyre*. Die Verfilmung aus dem Jahr 2011. Die Musik ist von Dario Marianelli. Hat es dir gefallen?« Erst als er sich an ihr sattgesehen hatte, legte er den Kopf an ihren Bauch. Sie fuhr mit den Fingern durch seine Haare. Sie waren so seidig.

»Ich kenne nicht mal das Buch. Also, ich hab es nicht gelesen.«

»Echt?« In seiner Frage schwang ein Lächeln. Er liebte es, über Literatur zu reden, und sie freute sich über das Leuchten seiner Augen.

»Echt.«

»Ich habe eine Taschenbuchausgabe hier. Wenn du willst, leihe ich sie dir.«

»Warum erzählst du mir nicht, worum es geht?«

»Das würdest du wollen?« Wieso erstaunte ihn das? Sie liebte es, seinen Erzählungen zu lauschen. Was gab es Schöneres, als an der Begeisterung eines anderen Menschen teilhaben zu dürfen?

»Und wie.«

»Also gut.« Er rutschte ein wenig von ihr ab, veränderte seinen Sitz auf dem Klavierschemel und zog sie auf seinen Schoß. »Charlotte Brontë erzählt uns in *Jane Eyre* von einer jungen Frau namens Jane. Sie wächst in prekären Verhältnissen auf und wird schon als Kind zur Waise. Sie kommt auf ein Internat, wo sie keine Liebe erfährt, und wird später Gouvernante im Haus des düsteren Mr. Rochester. Zwischen ihnen entwickelt sich eine komplizierte Liebesgeschichte, die von Konflikten und moralischen Hindernissen geprägt ist. Jane entdeckt schließlich, dass Rochester ein dunkles Geheimnis hütet, das ihre Liebe auf die Probe stellt. Aber trotz aller Widrigkeiten kämpft Jane für ihre Unabhängigkeit und Selbstachtung, und am Ende findet sie ihr Glück und ihre Erfüllung.«

Sie kuschelte sich enger in seine Umarmung, schmiegte sich an ihn. »Was gefällt dir so an den Geschichten der Brontës?«

»Willst du die ganze Liste?« Sein leises Lachen blies warmen Atem in ihren Nacken. »Ich schätze, zuerst hat mich die Melancholie in den Geschichten angesprochen. Habe ich dir erzählt, dass ich nach Yorkshire gezogen bin, weil ich ein Brontë-Fan bin?«

»Du hast es ein paar Mal erwähnt.« Sie lächelte.

»Ich verehre die Mischung aus Romantik und Realismus in ihren Geschichten. Die Figuren sind komplex – es gibt kein klares Gut oder Böse. Dazu die stürmischen Landschaften, in denen die Romane spielen. In meiner Kindheit und Jugend waren windzerzauste Höhen Sehnsuchtsorte, so wie für andere ein Palmenstrand. Es ist immer das, was wir nicht haben, was uns am meisten fasziniert.«

Wie viel ihm der Besuch des rollenden Weihnachtsmarktes bedeutet haben muss! Die Route hatte sie mitten durch das Brontë-Kernland geführt. Kein Wunder, dass er nicht schlafen konnte. Sicher ging ihm alles, was sie gesehen hatten, nicht aus dem Kopf.

»Es tut mir so leid, dass ich dich die ganze Zeit im Speisewagen festgehalten habe. Sicher wärst du viel lieber …«

Ruckartig hob er den Kopf »Es war perfekt.« Noch nie in ihrem Leben hatte sie jemanden mit mehr Überzeugung sprechen gehört. Als würde ihm die bloße Vorstellung körperliche Schmerzen bereiten, ihre Gesellschaft könnte in irgendeiner Weise nicht genug für ihn gewesen sein. »Du hast mich so beeindruckt, Maggie. Die Landschaft, der Zug, das ganze Erlebnis – klar. Aber die Hauptattraktion warst du. Wie du mit Livi umgegangen bist, dein Mut – das macht mich richtig ehrfürchtig. Für mich hat noch nie jemand etwas getan, was ihn oder sie etwas gekostet hat. Meine Eltern haben sich mit einem Kind einen gemeinsamen Wunsch erfüllt, das haben sie für sich getan, nicht für mich. Freunde in der Schule und später im Studium haben meine Gesellschaft genossen, aber ich hatte immer das Gefühl, austauschbar zu sein. Weißt du, warum ich Klavierspielen gelernt habe?«

Sie schüttelte den Kopf.

»Weil ich schon als Kind oft so verdammt einsam war. Die Musik war immer für mich da. In ihr konnte ich mich stundenlang verlieren, wenn sonst niemand für mich Zeit hatte. Meine Kinderfrau hat mich ermutigt, sie hat damals schon etwas in mir gesehen, was ich selbst manchmal kaum begreife.« Daher also die Melancholie in seinem Spiel.

Sie legte die Hände an seine Wangen und küsste ihn sacht. Seine Lippen waren so weich. Ehe sie Vincent gekannt hatte, hatte sie nicht gewusst, wie weich Lippen sein konnten.

Er unterbrach den Kuss, sah ihr tief in die Augen. »Dir ist es heute nicht leichtgefallen, dich deiner Angst und der Enge im Zug und dem allen zu stellen, aber du hast es für mich getan.«

»Ich liebe dich.« Obwohl sie sich ihre Zuneigung jeden Tag auf hundert verschiedene Arten bewiesen, hatten sie sich ihre Liebe noch nicht gestanden. Doch wie hätte sie ihre Gefühle jetzt noch zurückhalten können? Sie schwang ein Bein auf die andere Seite seiner Schenkel, küsste ihn immer wieder. Zuerst flüsterte sie ihm ihre Liebe zu, später, als er sie zurück in sein Bett getragen hatte und sie auch die letzte Hürde ihres körperlichen Zusammenseins gemeinsam überschritten, schrie sie es gegen seinen Hals, halb erstickt, halb überwältigt, aber so, so glücklich.

»Ich liebe dich«, sagte auch er, abgehakt und atemlos, während er sich in ihr bewegte. »Ich. Liebe. Dich. Ich. Liebe. Dich.« Und da begriff sie, warum man sagte, dass man sich in der Liebe verlor. Weil es wehtat. Es tat auf die beste Weise weh, einem anderen Menschen so nah zu sein. Mit jeder Faser ihres Körpers spürte sie seine Berührungen, jeder seiner Atemzüge füllte auch ihre Lungen. So wie es gute Tage gab und schlechte, waren auch seine Liebkosungen nicht alle gleich. Manche waren schroffer, manche ganz zart. Manche gruben sich tief in ihre Haut, andere strichen nur darüber hinweg. Doch solange er sie in seinen Armen hielt und sie auf diese Weise verbunden blieben, waren alle Unsicherheiten und Zweifel vergessen.

Als die ersten Strahlen der Morgendämmerung durch die Ritzen der Läden schimmerten, lagen sie sich immer noch eng umschlungen in den Armen. Unter ihrem Ohr schlug sein Herz, kräftig und gleichmäßig jetzt, und sie wusste: Genau hier bin ich richtig. Mit jedem Atemzug, den sie tat, strömte Dankbarkeit durch ihre Adern. Hier in ihren Armen lag der Mann, der ihr gezeigt hatte, dass auch sie es wert war, geliebt zu werden. Und zum ersten Mal in ihrem Leben glaubte sie, dass sie es vielleicht sogar verdiente.

Eine Woche bis zur Winterpause. Der Unicampus schwirrte vor Geschäftigkeit. Studierende hasteten zu den Vorlesungen, vor Vincents Büro bildete sich eine Schlange von Verzweifelten, die auf den letzten Drücker versuchten, ihre Note vor dem Ende des Trimesters zu verbessern. Um drei Uhr in der Nacht geschriebene E-Mails mit flehentlichen Bitten, Abgabetermine nur einen einzigen Tag zu verschieben, erreichten ihn. Am Morgen erst hatte er von seinem Rednerpult aus zwei Erstsemester gesehen, die vor Erschöpfung in unmöglichen Posen auf ihren iPads eingeschlafen waren. Eine Studentin hatte so laut geschnarcht, dass sie davon aufgewacht war. Und doch, bei aller Hektik liebte Vincent die Stimmung. Erwartungsvolle Vorfreude auf die kommenden Feiertage mischte sich unter die Betriebsamkeit, verlieh ihr etwas Besonderes, Festliches. Selbst die Tatsache, dass er sich hatte überreden lassen, den Vorsitz in einem Gremium zu übernehmen, das für ihn viel zusätzliche Arbeit bedeutete, konnte seine gute Laune nicht trüben. In acht Tagen war Weihnachten, und Maggies und sein Garten strahlte in voller Pracht. Täglich kamen Besucher vorbei, um Maggies Winterwunderwelt zu bewundern, und als Sahnehäubchen war ein Artikel, den er vor Monaten bei einem namhaften Wissenschaftsjournal eingereicht hatte, zur Veröffentlichung akzeptiert worden. Paper waren die Währung, mit der in der akademischen Welt Fortkommen und Ruhm bezahlt wurden, und dass er sich mit diesem Artikel einen Namen machen konnte, zeigte was für ein Glückspilz er war.

Leise pfeifend bahnte er sich einen Weg von der Bibliothek zu seinem Büro auf dem Campus. Nach beinah sechs Stunden über den knisternden Seiten alter, ledergebundener Folianten tat die frische Winterluft gut. Es hatte sogar ein bisschen geschneit. Gerade genug, um die Wege zu zuckern und den Matsch, der den englischen Winter sonst begleitete, zu überdecken. Lächelnd beobachtete er eine Austauschstudentin, die sich freudig quietschend im Kreis drehte. Sie hatte die Zunge herausgestreckt und versuchte so, ein paar der tanzenden Flocken zu fangen.

»Mein erster Schnee«, juchzte sie mit starkem spanischem Akzent. »Das ist mein erster Schnee!«

Ihre Freundinnen ließen sich von ihrer Begeisterung anstecken. Lachend taten sie es ihr gleich und schnappten mit den Mündern nach Schneeflocken.

Es war noch gar nicht lange her, da hatte er seinen ersten Schnee erlebt – am Tag seiner Ankunft in Yorkshire. Wie grau und trostlos ihm da alles vorgekommen war. Wie unsicher er gewesen war, ob die Entscheidung, weit weg von allem, was er kannte, nach einem neuen Anfang zu suchen, richtig gewesen war. Wie sehr sich die Dinge seither verändert hatten, und das nicht nur, weil der frische Schnee die Welt in ein Glitzerwunderland verwandelte.

Im Gebäude der Fakultät für Geisteswissenschaften angekommen, schüttelte er sich den Schnee aus den Haaren. Aus Maggies Kleiderschrank hatte er sich einen Schal geliehen. Zwar passte der von Grau nach Lila changierende Farbverlauf nicht zu seiner sonstigen Garderobe, dafür war das Rippenmuster schön klassisch. So einen Schal hätte auch sein Urgroßvater tragen können, und das Beste war: Er hielt Vincent warm und erinnerte ihn an Maggie, solange sie ihre Arme nicht selbst um seinen Hals schlingen konnte.

Immer zwei Stufen auf einmal nehmend kämpfte er sich in sein Stockwerk vor. Studierende auf dem Weg nach Hause grüßten ihn. Es war beinah fünf Uhr. Wenn er seinen gewohnten Zug zurück nach Whispering Heights erwischen wollte, blieb ihm gerade noch Zeit, im Büro seine E-Mails zu checken und den Stand seines letzten Drittmittelantrags zu überprüfen. Dann war Feierabend. Wie jeden Tag, seit Maggie und er ein Paar waren, konnte er es kaum erwarten, nach Hause zu kommen. Nach Hause – ihm wurde warm ums Herz, wenn er diese beiden Worte nur dachte. Als Sohn eines Hotelierehepaares war er in Luxus aufgewachsen. Seine Abendessen hatte er sich auf Fünf-Sterne-Buffets ganz nach Gusto zusammengestellt. Wenn er gewollt hätte, hätte er jeden Abend eine der Shows ansehen können, die sein Vater mit international renommierten Künstlern zur Unterhaltung der Gäste organisierte. Doch das alles war nichts gegen die Ruhe und Zufriedenheit, die ihn erfüllte, wenn er mit Maggie im Arm vor dem Kamin saß, denn bei all dem Luxus hatte er sich oft sehr einsam gefühlt.

Er war gerade dabei, eine letzte E-Mail zu formulieren, als die Tür zu seinem Büro ohne Anklopfen aufflog.

»He!« Er hob den Kopf. »Hier ist keine …« Mitten im Satz hielt er inne. Er brauchte eine Sekunde, um zu verarbeiten, was er sah. Die junge Frau, die im Türrahmen seines Büros stand, gehörte nicht hierher. Sosehr er sein neues Leben genoss, es war in ordentliche Schubladen aufgeteilt: Arbeit, Freizeit – und das dazwischen, wenn er seine Freunde im Zug sah. Am Wochenende, als er mit Maggie den rollenden Weihnachtsmarkt besuchte, hatten sich seine Welten vermischt, und es hatte ihm gefallen. Dennoch überrumpelte es ihn, Mimi hier zu sehen.

»Was machst du denn hier?« Und dann, weil er sich endlich an seine Manieren erinnerte und sie wirklich nicht glücklich aussah: »Komm rein, setz dich.« Ihre Augen waren rot, als hätte sie geweint, ihr Haar war zerzaust, aus dem Kragen ihres Parkas kroch fleckige Röte auf ihre Wangen. Aber am schlimmsten war ihr Blick. Ihre sonst so lebhaften Augen wirkten leer und verzweifelt. Nur dass er unter der Verzweiflung auch Wut wahrnahm, ließ ihn hoffen, dass sich die Situation noch richten ließ.

Mit einem »Uff« plumpste sie auf den Besucherstuhl. Ihren Rucksack ließ sie neben sich fallen. Unruhig kaute sie auf ihrer Unterlippe herum, während sie sich umsah.

»Ziemlich wenig Bücher, dafür, dass du ein Englisch-Prof sein willst.« Ihre Stimme zitterte.

»Englisch-Post-Doc-Student«, stellte er richtig. »Und die meisten Bücher, die ich für meine Arbeit brauche, lese ich in der Bibliothek. Das habe ich schon immer so gemacht. Weil wir alle paar Jahre umgezogen sind, haben meine Eltern darauf bestanden, so wenig persönliche Dinge wie möglich anzuhäufen. Unnötiger Besitz erschwert jeden Umzug.«

»Eltern.« Sie schnaubte verächtlich.

»Bist du deshalb hier? Hast du Krach mit deinen Eltern?«

Sie verzog das Gesicht. Meistens wirkte Mimi fast erwachsen. Sie sprach eloquent, war klug und hatte ihre Ziele klar vor Augen. Aber in diesem Moment war sie ein Kind. Ein Kind, das er am liebsten in den Arm genommen hätte, um es zu trösten und ihm zu versichern, dass alles wieder gut werden würde.

Da sie nicht bereit schien, freiwillig weitere Informationen preiszugeben, tastete er sich vorsichtig weiter vor. »Hat es etwas mit deinen Collegebewerbungen zu tun? Waren sie mit den Stipendienbewerbungen, die wir vorbereitet haben, nicht einverstanden?«

»Ich hab ihnen gar nicht gesagt, dass ich Hilfe dabei hatte. Ich dachte …« Ihre Stimme drohte zu brechen. Sie kniff kurz die Augen zu, dann fuhr sie fort. »Ich dachte, wenn sie glauben, dass ich diesen ganzen Papierkram selber erledigt habe und mich so richtig um alles gekümmert habe, kapieren sie, wie wichtig mir das alles ist, und unterschreiben einfach.« Weil Mimi noch nicht volljährig war, brauchte sie die Unterschriften ihrer Eltern, um sich für die diversen Kunststipendien zu bewerben, die er für sie ausfindig gemacht hatte. »Deshalb hab ich am Wochenende so getan, als ob ich dich nicht kenne. Ich hatte Angst, du würdest dich verplappern oder so.«

Am Wochenende? »Im Speisewagen bei dem Weihnachtsmarkt?«

Sie nickte. »Ich hoffe, Maggie war nicht sauer auf mich. Weil ich euch ignoriert habe und so. Als ich euch besucht habe, war sie so nett zu mir.«

»Maggie hat sehr feine Antennen und ein unglaublich großes Herz. Darüber, ob sie sauer sein könnte, musst du dir wirklich keine Gedanken machen. Aber noch mal zu den Anträgen für dein Stipendium: Heißt das, deine Eltern wollen nicht unterschreiben?« Fäkalausdrücke hatten in Vincents Wortschatz keinen Platz, dafür liebte er die englische Sprache viel zu sehr. Doch in diesem Moment musste er sich ehrlich zusammenreißen, um sich nicht zu einigen unschönen Umschreibungen für Maggies Eltern hinreißen zu lassen. Was dachten sie sich dabei, ihre Tochter derart auszubremsen? Wussten sie überhaupt, was für ein Geschenk ein Kind war, das Spaß am Lernen hatte? Dabei spielte es kaum eine Rolle, was man lernte. Dinge, die man im Kopf hatte, konnte einem niemand mehr wegnehmen. Sie bereicherten den Alltag, eröffneten neue Blickwinkel auf das Leben und unsere Mitmenschen.

Die oberen Schneidezähne so fest in die Unterlippe gepresst, dass sie weiße Abdrücke hinterließen, schüttelte sie den Kopf.

Er hielt es nicht mehr aus, streckte die Hand aus und legte sie ihr über den Schreibtisch hinweg auf den Unterarm. Es rührte und ehrte ihn, dass sie mit ihren Sorgen zu ihm gekommen war. »Es tut mir wirklich sehr leid. Glaubst du, dass es eine Chance gibt, dass sie ihre Meinung ändern?«

»Keine Ahnung. Am Freitag vor den Ferien ist so ne Ausstellung in meiner Schule mit ausgewählten Kunstwerken der Oberstufe. Meine Installation ist als Schlüsselwerk ausgewählt worden. Ich habe monatelang an dem Ding gearbeitet, und gestern habe ich sie zu der Ausstellung eingeladen. Vielleicht, wenn sie sich einmal Zeit für meine Kunst nehmen, sehen sie …« Sie ließ den Satz ins Leere laufen. Vincent ahnte, wieso. War Hoffnung nicht eines der trügerischsten Gefühle überhaupt? Sie konnte einen beflügeln und zu Höchstleistungen anspornen, aber auch enttäuschen. Ihrem Gesichtsausdruck nach zu urteilen, hatte Mimi schon so gut wie aufgegeben.

Davon wollte Vincent nichts wissen. »Ich bin mir sicher, sie werden von deiner Kunst begeistert sein.«

Mimi schnaubte. »Ich wette, sie werden sie nicht mal kapieren, wenn sie mittendrin stehen. Die haben kein Auge für Kunst. Für die hat nur Wert, was man unmittelbar zu Geld machen kann. Gestern, als wir uns so gestritten haben, habe ich gesagt: Wenn Kunst so überflüssig ist, dann sagt mir mal, was ein Leben, ohne Fernsehen, Kino, Bücher, Radio, Pornos, Museen oder ganz simple Produktverpackungen wäre. Da ist mein Dad voll sauer geworden und hat gemeint, ich wäre viel zu jung, um über sowas Bescheid zu wissen. Kannst du dir das vorstellen? Zu jung für was?«

»Vielleicht hättest du die Pornos in deiner Aufzählung weglassen sollen. Nur so als Idee.«

»Aber warum? Die Models, die Regieführenden, die Cutter und Tonleute und Setdesigner sind alles Künstlerinnen und Künstler, und sie sorgen für Wohlbefinden, wenn sie Menschen helfen, zu entspannen.«

»Wenn du meinst.«

»Genau das ist eines der Probleme, die Kunst immer wieder hat: Um sie zu verstehen, braucht man Kontext, und wenn man wie meine beschissenen Eltern nicht bereit ist, sich den anzueignen, dann wirkt Kunst wie eine Spielerei. Dabei ist sie so viel mehr. Sie kann so viel mehr!«

In einer ergebenen Geste hob er die Hände. »Mich musst du nicht überzeugen.«

»Ich wünschte, jemand anderer könnte ihnen meine Werke erklären. Vielleicht würden sie dann zuhören. Wenn es meine Lehrerin wäre, oder unser Direx oder so. Irgendwer, vor dem sie Respekt haben. Wenn sie nur begreifen würden, dass es für mich keine Wahl ist, mich künstlerisch auszudrücken. Ich kann nicht anders. Ein Studium würde mir nur helfen, das, was ohnehin in mir drinnen ist, besser und zielgerichteter einzusetzen.«

»Ich weiß genau, was du meinst.« Sein Handyalarm ertönte und erinnerte ihn daran, dass er jetzt aufbrechen musste, wenn er den letzten Zug nach Whispering Heights erwischen wollte. Seine übliche Verbindung hatte er längst schon verpasst. Mit einem Wisch über das Display brachte er das Gerät zum Schweigen.

Auch Mimi schwieg.

»Musst du nicht auch zum Zug?« Und dann, als klar wurde, dass sie nicht vorhatte, zu antworten: »Na, komm. Die Stimmung deiner Eltern wird sicher nicht versöhnlicher, wenn du auch noch zu spät nach Hause kommst.«

Ihr Murren konnte ebenso gut Zustimmung wie Abweisung sein, also übernahm er das Ruder, packte seine Sachen zusammen und scheuchte sie gutmütig aus seinem Büro.

Trotzdem mussten sie die letzten zweihundert Meter rennen, um den Zug noch zu erwischen.

War das die Schattenseite der Liebe? Diese Unruhe im Inneren? Die nagende Leere, die nur durch die Anwesenheit des Geliebten gefüllt werden konnte? Maggie fummelte das Handy aus der Gesäßtasche ihrer Jeans und aktivierte das Display. Seit sie die Uhrzeit zum letzten Mal überprüft hatte, waren nicht einmal zwei Minuten vergangen. Es blieb dabei: Vincent war zu spät.

Sie legte das Handy auf die Arbeitsplatte und versuchte, sich anderweitig zu beschäftigen. Im Ofen wurde die Lasagne trocken und hart. Sie könnte ein bisschen lesen, aber keine der Leseproben auf ihrem Kindle reizte sie gerade. Wenn Maggie nach einem Buch griff, dann bevorzugte sie Abenteuergeschichten über Liebesschnulzen. Von den wenigen romantischen Komödien, denen sie eine Chance gegeben hatte, hatte sie vor allem eines gelernt: Liebe machte nicht nur blind, sie machte dumm. Sie brachte Figuren dazu, Dinge zu tun, von denen jeder vernünftige Mensch ihnen abraten würde. Liebe verursachte Herzweh und Leid und raubte einem das kleine bisschen freien Willen, das man sich ohnehin so mühsam erkämpfen musste. Vielleicht war es reiner Selbstschutz, aber das Happy End schien ihr all diese Mühen nicht wert. Am allerschlimmsten fand sie die antike Idee der Kugelmenschen. Was hatte sich Platon dabei gedacht, einen Mythos ins Leben zu rufen, der besagt, dass alle Menschen ursprünglich als Kugeln mit vier Armen und vier Beinen und einem einzigen Kopf existierten? Doch weil die Götter Angst vor der Macht dieser Menschen hatten, spalteten sie sie in der Mitte. Seit der göttlichen Teilung strebten alle Menschen danach, ihre verlorene Hälfte zu finden, denn nur so konnten sie wieder zu einem Ganzen werden und das Potenzial ausschöpfen, das in ihnen schlummerte. Wie grauenvoll war die Vorstellung, nur durch einen anderen existieren zu können? Gerade für sie, die sich so schwer tat, mit anderen in Kontakt zu treten. Wollte ihr dieser verrückte Grieche tatsächlich einreden, niemals echtes Glück finden zu können, nur weil es keinen Mann in ihrem Leben gab? Sollte sie ihr Leben lang auf Erfüllung verzichten, weil ihr Dating-Apps Angst machten, und die Vorstellung, sich ins Nachtleben zu stürzen, ihr eine Gänsehaut verschaffte? Da hatte sie die Liebe lieber ganz aus ihrem Leben verbannt. Hatte sie als etwas Schlechtes abgestempelt und sich eingeredet, ohne sie besser dran zu sein.

Wie sehr sich alles innerhalb von ein paar Wochen ändern konnte. Mit Vincent in ihrem Leben konnte sie gar nicht genug von der Liebe bekommen. Sie wollte alles: das Kribbeln und Herzklopfen, das Grübeln und Sehnen. Obwohl sie nervös war, weil Vincent sich inzwischen – diesmal warf sie einen Blick auf die Küchenuhr über der Tür – um eine gute Stunde verspätet hatte und ihr überaktiver Verstand ihr tausend unschöne Möglichkeiten zuflüsterte, was der Grund dafür sein mochte, genoss ein Teil von ihr die Aufregung. Denn jeder noch so kleine Schmerz war eine Erinnerung daran, dass sie nicht mehr allein war. Dieses Weihnachten gab es jemanden in ihrem Leben, den es sich zu vermissen lohnte. Sie schob die Horrorszenarien, mit denen ihr Sorgenhirn sie quälen wollte, beiseite. Sicher, rein theoretisch war es möglich, dass ein Fahrer auf glatter Straße die Kontrolle über sein Auto verloren und Vincent mitgenommen hatte. Dass während sie das dachte, Vincent gerade im Krankenhaus um sein Leben kämpfte und sie erst von seinem Schicksal erfahren würde, wenn die Möbelpacker kamen, um sein Haus auszuräumen, weil niemand wusste, dass es sie gab. Das waren die negativen Gedankenspiralen, zu denen ihre Krankheit sie immer wieder verleitete. Die wesentlich wahrscheinlichere Erklärung für Vincents Zuspätkommen war jedoch einfach, dass er in der Arbeit bei etwas aufgehalten worden war und deshalb den Zug verpasst hatte. Ihre Sorgen verhinderten kein Unglück. Sie beschatteten nur das Glück, das sie empfinden konnte, wenn sie den Blick auf die schönen Dinge im Leben richtete.

Dem Gedanken folgend sah sie aus dem Fenster. Im Garten glitzerten und funkelten ihre Dekorationen. Schneeflocken tanzten um Santas Luftschiff, begleiteten ihn auf seiner Reise durch die Welt. Was für eine wundervolle Welt Vincent und sie da erschaffen hatten. Nur selten war Maggie wirklich zufrieden mit etwas, das sie erschuf, doch in diesem Fall fand selbst sie nichts, was sie ändern wollen würde. Auch das vermochte die Liebe. Den Blick auf die Welt um einen herum weicher zu stellen. Güte und Nachsicht verbreiten – mit sich und den Menschen um einen herum.

Sie war noch in den Anblick ihrer Winterglitzerwelt vertieft, da tauchte wie jeden Abend am Ende der Straße eine

Gestalt aus der Dunkelheit auf. Sie sah ihn erst richtig, als er in den Lichtkegel der Straßenlaterne trat. Wie immer hatte er den Kragen seines Mantels zu den Ohren geschlagen. Wie er da ging, im Laternenlicht, hätte er genauso gut ein Zeitreisender sein können: ein Gentleman aus dem letzten Jahrhundert oder ein gewitzter Halunke aus einer Straßengang der 20er-Jahre.

Er näherte sich ihrem Haus, und als er das erleuchtete Küchenfenster sah, hob er den Blick. Sie erkannte den Augenblick genau, als er sie erspähte. Seine Lippen verzogen sich zu einem Lächeln, er beschleunigte seinen Schritt. Wie immer, wenn man wartete, dehnten sich die letzten Sekunden zur Ewigkeit. Maggies Herz pochte, und schon öffnete sie die Haustür, wo er sich im Funkellicht der Weihnachtsdekoration den Schnee aus den Haaren schüttelte.

»'tschuldigung«, nuschelte er. »Ich weiß ich bin spät. Ich hab den Zug verpasst und ...«

»Komm erst mal rein. Du bist ganz nass.« An seinem Mantelärmel zog sie ihn ins Innere. Sofort beschlugen seine Brillengläser. Nur um ein Haar verpasste seine Aktentasche ihre Zehen.

»Sorry«, entschuldigte er sich wieder, und sie liebte seine Tollpatschigkeit ebenso wie sie alles andere an ihm liebte. Beim Ausziehen verheddderte er sich im Mantelärmel, weil er immer noch die Brille in der Hand hielt. Maggie half ihm und dann lachten sie und küssten einander und es war egal, dass er später kam als erwartet, dass sie Angst gehabt hatte und aufgeregt gewesen war.

Sie aßen Lasagne und teilten sich eine halbe Flasche Rotwein dazu. Maggie erzählte von der Illustration, an der sie gerade arbeitete. Selbst jetzt, so kurz vor Weihnachten, erreichten sie noch Anfragen von Leuten, die im letzten Moment Aufträge für elektronische Weihnachtskarten verteilen oder sich Maggies Dienste fürs nächste Jahr bereits im Vorfeld sichern wollten.

Später lagen sie zusammen auf dem Sofa. Wie Maggie es sich ausgemalt hatte, knisterte im Kamin ein Feuer. Aus dem Lautsprecher tröpfelten die Klänge aus Debussys *La fille aux cheveux de lin*. Vincent schob ihre Hand zwischen seine, und mit ihrer freien Hand zeichnete sie die Adern auf seinen Handflächen nach.

»Mimi war heute bei mir im Büro.«

Sie befreite sich aus seiner Umarmung und setzte sich so, dass sie ihm ins Gesicht sehen konnte.

»Hat sie schon Rückmeldung wegen ihres Stipendiums? Das ging ja schnell! Ich dachte, solche Dinge würden immer ewig …« Sie stoppte sich selbst. So, wie Vincent die Lippen zusammenkniff, erahnte sie nichts Gutes.

»Sie hat es nicht bekommen?«

Er schüttelte den Kopf. »Sie hat die Bewerbungen noch nicht einmal abgeschickt.« Und dann fasste Vincent das ganze verdammte Dilemma für sie zusammen. Maggie kapierte es einfach nicht! Sicher liebten Mimis Eltern ihre Tochter, warum taten sie ihr das dann an? Warum taten Menschen aus den richtigen Gründen so oft das Falsche?

»Es ist ja wohl klar, dass wir da was machen müssen!«, brach es aus ihr heraus, kaum dass Vincent mit seiner Schilderung zum Ende gekommen war.

»Was willst du denn tun? Wir können ihre Eltern kaum zwingen, zu sehen, was für ein Juwel ihre Tochter ist.«

»Das nicht. Aber wir können für Mimi da sein. Wenn ihre Eltern ihr schon nicht den Rücken stärken, müssen wir das tun.«

»Das haben wir doch schon gemacht. Alles, was wir damit erreicht haben, ist, Mimi Hoffnung zu machen, die ihr jetzt umso mehr wehtut.«

»Das stimmt nicht. Ich wette, deine Unterstützung bedeutet ihr alles. Sonst wäre sie kaum zu dir in die Uni gekommen.«

»Weißt du eigentlich, wie süß du bist?«

Maggie schnappte sich ein Sofakissen und schlug damit nach Vincents Kopf. Im Hintergrund wechselte die Musik von klassischer Klaviermusik zu moderneren Klängen. Er hob abwehrend die Hände, aber ihr Schlag saß. Der Kissenstoff lud seine Haare elektrisch auf. Im nächsten Moment standen sie in alle Richtungen von seinem Kopf ab. Erst jetzt erkannte sie das Lied im Hintergrund: eine akustische Coverversion von Britney Spears' *Hit Me Baby One More Time*. Sie brach in schallendes Gelächter aus. »Deine Haare!«, juchzte sie. »Das hast du davon, wenn du vom Thema ablenkst.«

Er versuchte, Schadensbegrenzung zu betreiben, und machte alles nur noch schlimmer. Die Strähnen flogen zwar nicht mehr nach oben, hingen ihm jetzt aber kreuz und quer in die Stirn.

»Wir müssen Mimi helfen. Lass uns zu dieser Ausstellung gehen.«

»Du willst ...«

»Ja, ich will.« Bevor seine Rücksichtnahme Zweifel in ihr wecken konnte, fiel sie ihm ins Wort. Es gab keinen besseren Grund, sich unter Menschen zu wagen, als sich mit einer Freundin solidarisch zu zeigen, und nach allem, was sie erreicht hatte, seit sie mit Vincent zusammen war, machte ihr der Gedanke nicht mehr so viel Angst. Claire hatte recht: Je mehr sie sich in die Außenwelt wagte, desto weniger Überwindung kostete es sie. Außerhalb der eigenen vier Wände warteten nicht nur Monster auf sie, sondern auch Wunder und Schönheit. Wie dumm wäre es, auf all das Gute zu verzichten, nur weil es manchmal schwierig war?

»Und wer weiß, vielleicht kommen ihre Eltern ja doch noch, und dann ist es nur gut, wenn ich auch da bin. Ich bin ja quasi vom Fach. Mir ist schon klar, dass ich vielleicht nicht gerade ein Vorzeigeleben führe, aber immerhin lebe ich von meiner Kunst. Ich bin der beste Beweis dafür, dass es funktionieren kann. Es ist möglich, seine Träume zu verwirklichen.« Und das größte Wunder war, dass sie selbst daran glaubte.

11

Ein ohrenbetäubendes Krachen, gefolgt von einem Klirren ließ ihn von der Arbeit hochfahren. Was zum Teufel? War der Grinch unterwegs? Hatte er seinen Unmut über die vielen funkelnden Lichter im Garten mit einem Stein durchs Küchenfenster kundgetan? Waren Mimis Eltern so wütend, weil er ihrer Tochter geholfen hatte, dass sie ihm einen Denkzettel verpassen wollten?

Er hasste, in welche Richtungen seine Gedanken abschweiften. Das hier war Whispering Heights – mit einer Kriminalitätsrate von nahezu null! Dass jemand hier randalierte, war in etwa so wahrscheinlich, wie dass man an der Supermarktkasse ein Einhorn traf. Er stand auf und tastete sich vom Arbeitszimmer ins Wohnzimmer vor. Im Vorbeigehen sah er, dass das Küchenfenster intakt war. Ebenso wie das Wohnzimmerfenster. Ein paar Schritte weiter Richtung Eingang fielen ihm dann die Scherbensplitter auf dem Fußboden auf.

Ein Blick auf seine Füße bestätigte seine Befürchtungen. Weil er in England nicht nur immer kalte Finger, sondern auch immer kalte Zehen hatte, hatte er sich angewöhnt, mehrere Paar Socken übereinander zu tragen. Erst vor ein paar Tagen hatte Maggie ihm ein selbst gestricktes Exemplar überlassen. Die waren herrlich warm, hatten jedoch den Nachteil, dass er mit ihnen nicht mehr in seine Hausschuhe passte. Am Morgen war die Entscheidung trotzdem leichtgefallen. Wegen des starken Schneefalls war es sowohl zu Ausfällen im öffentlichen Nahverkehr als auch zu Straßenchaos gekommen. Noch in der Nacht hatte er eine Nachricht von seinem Chef erhalten, dass heute alle, die es einrichten konnten, von zu Hause aus arbeiten sollten. Im Homeoffice gewannen die warmen Füße. In diesem Moment wären feste Sohlen allerdings gar nicht so schlecht.

Je näher er der Quelle des Chaos kam, desto kälter wurde es. Aus dem Windfang zog frostige Luft. Daher kam also das Glas. Zwischen Windfang und Wohnzimmer befand sich eine Zwischentür. Bisher war er immer davon ausgegangen, dass sie vor allem dazu diente, den Windfang optisch abzugrenzen, dabei hießen diese kleinen Vorräume zwischen Haustür und Wohnzimmer nicht umsonst Windfang. Genau das taten sie nämlich, wie er jetzt feststellte. Sie sorgten dafür, dass die Wärme im Haus blieb und die winterliche Kälte draußen. Seit es an dem Tag, als Mimi ihn im Büro aufgesucht hatte, wieder begonnen hatte zu schneien, hatte es kaum einen Tag gegeben, an dem der Himmel nicht pudrig weiße Flocken regnete, und so schön das Spektakel auch anzusehen war, Schnee gab es nun mal nur, wenn das Thermometer tief genug sank. Aus irgendeinem Grund war nun die Scheibe dieser Zwischentür aus dem Rahmen gefallen. Hatte der Wind zu stark an der Tür gerüttelt? Hatte Vincent womöglich vergessen, sie richtig zu schließen, als er zum letzten Mal von draußen reingekommen war?

Wie auch immer. Zuerst musste er die Scherben beseitigen. Bis er zu seinem Schuhregal kam, schob er die Glassplitter mit dem Besen vor sich her. Richtig geschützt, arbeitete er zuerst mit dem Handbesen nach und anschließend mit dem Staubsauger. Himmel, das Zeug hatte sich wirklich überallhin verteilt. Es würde ihn nicht wundern, wenn er sich in den nächsten Tagen blutige Zehen holte, weil sich ein besonders scharfer Splitter in einem seiner Schuhe verfangen hatte. Trotzdem war er irgendwann mit dem Ergebnis zufrieden. Besser würde es nicht mehr werden.

Zurück am Schreibtisch warteten ein halbes Dutzend neue E-Mails in seinem Posteingang. Homeoffice, erinnerte er sich. Auf der anderen Seite des Internets wollten alle vor den Feiertagen noch erledigen, was zu erledigen ging.

Zuerst war ihm noch warm. Das Fegen und Staubsaugen, vielleicht auch der Schock, hatten Adrenalin und Kreislauf in Schwung gebracht. Aber kaum ließ die Aufregung nach, trocknete der Schweiß unter seiner Kleidung zu einem eisigen Film. Er rieb sich die Hände warm, schob sie unter die Oberschenkel, während er neue Texte las. War es im Arbeitszimmer schon immer so kalt gewesen?

Eine Tasse heißen Tees würde reichen. Doch als der Becher vor ihm stand und sich die aufsteigenden Dampfkringel augenblicklich in eine Richtung neigten, schwante ihm Böses. Das zerbrochene Glas hatte deutlich mehr Kälte abgehalten, als er ursprünglich angenommen hatte. Es zog wie Hechtsuppe. Wenn er so weiterarbeitete, würde ihm im schlimmsten Fall bis zum Abend die Nasenspitze abfrieren. Im besten Fall käme er mit einer Erkältung davon.

Ein Infekt über die Feiertage? Das war das Letzte, was er brauchte. Ob er auf dem Speicher eine Sperrholzplatte finden würde, mit der er das Loch provisorisch stopfen konnte? Vielleicht hatte ja auch Maggie ein passendes Stück Pappe oder eine alte Filzdecke, die er über den Rahmen spannen konnte. Bei der Vorstellung, wie er sich als Handwerker betätigte, schauderte er. In neun von zehn Fällen ging etwas schief, wenn er nur seine Aktentasche abstellte. Das war noch eine Kehrseite von seinem Aufwachsen in Hotels. Wann immer in seinem Zimmer etwas kaputtgegangen war, hatte er nur den Hausmeisterservice anrufen müssen. Davon ganz abgesehen: Durfte er überhaupt selber Hand anlegen und versuchen, die Tür zu richten? Schließlich gehörte das Haus nicht ihm. Das brachte ihn auf einen Gedanken.

Er griff zum Telefon und scrollte so lange durch seine Kontakte, bis Beths Namen auf dem Display erschien. Wer könnte ihm sagen, was er am besten tun sollte, wenn nicht seine Vermieterin?

Es klingelte eine ganze Weile, ehe Beth abnahm. Als ihre Stimme am anderen Ende der Leitung ertönte, klang sie gehetzt. »Hallo?«

»Ja, ähm, hi Beth. Vincent hier. Vincent Laurent.«

»Vincent, na so was. Was gibt es denn?« Er stellte sich vor, wie sie sich die Hände an einer Kochschürze abwischte. Sicher war sie mit Weihnachtsvorbereitungen beschäftigt. Und jetzt kam auch noch er.

»Es tut mir wirklich leid, dich damit zu belästigen, aber ich habe hier ein kleines Problem.« Er schilderte den Schaden und teilte mit, dass er selbst nichts mit dem Malheur zu tun gehabt hatte. »Ich störe dich wirklich ungern damit«, versicherte er, »vor allem so kurz vor Weihnachten. Aber es zieht wirklich ganz schrecklich aus dem Windfang. Ich kann hier kaum arbeiten, weil es so kalt ist.«

»Ach, du Ärmster! Handwerker werden gerade schrecklich beschäftigt sein, so kurz vor den Feiertagen. Kannst du denn zum Arbeiten woanders hingehen?«

Er überlegte kurz. »Zu Maggie vielleicht.« Obwohl sie in den letzten Wochen so gut wie jede freie Minute miteinander verbracht hatten, behagte ihm der Gedanke nicht ganz. Sie beide brauchten auch ihren Freiraum. Außerdem musste auch Maggie in der Lage sein, in Ruhe zu arbeiten, und das Letzte, was er wollte, war, sie einzuengen.

»Das klingt doch wunderbar. Als ich euch das letzte Mal gesehen habe, saht ihr aus, als würdet ihr euch großartig verstehen.«

Er seufzte. »Ich schätze, es wird das Beste sein.«

An seinem Tonfall musste Beth merken, dass ihm die Lösung nicht zu hundert Prozent gefiel. »Ich kümmere mich drum«, versprach sie. »Ich rufe gleich bei ein paar Handwerkern an und gucke, ob ich noch jemanden vor Weihnachten auftreiben kann.«

»Danke.« Der Stein, der ihm vom Herzen rollte, ließ ihn freier atmen. »Es muss auch kein Glaser sein, ich bin mit einem Provisorium zufrieden. Die Scheibe ist komplett aus dem Rahmen gefallen. Da ragen keine scharfen Scherben raus oder so. Ein Sicherheitsrisiko ist das nicht, nur eben erbärmlich kalt.«

»Ich verstehe schon, Herzchen. Du kannst dich auf mich verlassen. Irgendeine Lösung finden wir, damit du uns nicht einfrierst. So viel Schnee hatten wir wirklich schon lange nicht mehr. Zuletzt im Jahr 2009, glaube ich. Ich sag dir, das war verrückt. Da lag tagelang der gesamte Verkehr lahm. Die Leute mussten teilweise auf die Dächer steigen, um den Schnee wegzuschaufeln, weil ihnen sonst die Decke auf den Kopf gefallen wäre. Da kommen wir mit einer kaputten Glasscheibe ja noch gut weg, oder was meinst du?«

Um ehrlich zu sein, hatte er keine spezielle Meinung dazu. »Du hast recht. Hör mal, Beth, ich muss zurück an die Arbeit. Wenn ich rüber zu Maggie gehe, nehme ich mein Handy mit. Sag mir bitte Bescheid, sobald du etwas erfahren hast. Ich kann jederzeit innerhalb von Minuten im Haus sein, wenn jemand kommt, um sich den Schaden anzuschauen.«

»Mach ich. Alles Gute, mein Lieber. Und grüß Maggie von mir. So ein nettes Mädchen ist das. Und so kreativ.« Durch die Leitung klang ein verzücktes Seufzen. »Der ganze Ort spricht von eurem Garten. Wenn das so weitergeht, wird Maggie noch richtig prominent. Der Sieg beim diesjährigen Wettbewerb ist ihr jedenfalls wieder sicher.« War das wirklich dieselbe Frau, die ihn am Tag seines Einzugs vor Maggie gewarnt hatte? Schon erstaunlich, wie schnell sich der Wind drehen konnte.

»Beth …«

»Ich weiß, ich weiß«, unterbrach sie ihn. »Du musst arbeiten. Bis bald, Vincent.«

»Bis bald.« Er beendete das Telefonat. Als Nächstes wählte er Maggies Nummer. Natürlich lud sie ihn zu sich ein. Natürlich versicherte sie ihm, dass er ihr ganz und gar nicht auf die Nerven ging und sie jede Sekunde, die sie mit ihm verbringen konnte, genoss.

Er packte seine Sachen zusammen. Von seinen Kleidern hatte er in den letzten Wochen genug in Maggies Haus gebracht, um dort für eine Weile ein Notlager beziehen zu können.

Sie erwartete ihn mit einem Kuss, lachte über seine eiskalte Nasenspitze und wärmte ihn mit einer Umarmung und einem heißen Tee. In Windeseile hatte sie ihm in ihrem Arbeitszimmer einen Arbeitsplatz freigeräumt. Zwischen Trockenblumen, Dekoutensilien und Bastelmaterialien hatte er alles, was er brauchte, um in Ruhe und effektiv zu arbeiten. Dennoch schaute er alle paar Minuten auf die Uhr. »Ich kümmere mich drum«, hatte Beth versprochen. »Du kannst dich auf mich verlassen«, hatte sie gesagt, doch sein Handy blieb still.

»Hey, alles klar bei dir?« Zum wiederholten Male steckte Maggie den Kopf ins Arbeitszimmer. Wie jedes Mal fand sie Vincent über seinen Rechner gebeugt bei der Arbeit. Das war vollkommen in Ordnung, schließlich war er genau deshalb hier. Trotzdem hätte sie schwören können, dass etwas nicht stimmte. Sie konnte zwar nicht den Finger daraufbegen, aber ihr Bauch schlug Alarm.

Da war zum einen das Starren auf den Bildschirm. Seit sie ihn beobachtete, hatte er nicht ein einziges Mal eine Taste gedrückt oder die Maus bewegt. Stattdessen saß er einfach nur auf dem Stuhl und stierte mit leerem Blick auf den Bildschirm seines Laptops. Ständig entsperrte er das Display seines Handys, überprüfte die Zeit und verzog die Lippen zu einem schmalen Strich. Wenn er das Smartphone wieder weglegte, machte er das mit mehr Schwung als nötig. Als ob der arme Apparat etwas dafür könnte, dass er Vincent nicht die Nachricht brachte, die er sich erhofft hatte.

Erst nach ein paar Sekunden wandte er jetzt den Kopf zu ihr. Er nahm die Brille ab, rieb sich über die Augen. »Ja.« Pause. Ein Seufzen. »Ja, alles klar bei mir.«

»Ich mach mir einen Tee. Willst du auch einen?«

Wieder sah er auf die Uhr. »Ich glaube nicht.«

»Du glaubst nicht?« Sie hob einen Mundwinkel.

Endlich ließ er sich zu einem Grinsen verführen. »Ich kann mich nicht konzentrieren. Müsste sich Beth nicht längst gemeldet haben?«

»Es ist ein paar Tage vor Weihnachten. Sie wird sicher Bescheid geben, sobald sie jemanden erreicht hat. Aber um diese Zeit einen Handwerker zu finden, ist bestimmt wie die Suche nach der Nadel im Heuhaufen.« Sie legte den Kopf schief, schlenderte an seine Seite. »Ist es denn so schlimm hier?« Zwischen all ihren Dekoutensilien, Trockenblumen und Werkzeugen sah er richtig verloren aus. Mit der Hüfte lehnte sie sich gegen den Tisch, stupste Vincent spielerisch mit dem Knie in den Oberschenkel.

»Überhaupt nicht.« Er nahm die Einladung an, rutschte so weit von der Tischplatte zurück, dass er sie zwischen seine Schenkel ziehen konnte, und lehnte den Kopf an ihren Bauch. Mit den Fingern strich sie ihm durch die Haare. In langsamen Streichen entwirrte sie die Strähnen. So zerzaust, wie sie waren, musste er immer wieder daran gezerrt haben. Sie massierte seine Kopfhaut, und er gab ein wohliges Stöhnen von sich.

»Was hältst du davon, wenn wir einen Spaziergang machen?«, schlug sie vor. »Ein bisschen frische Luft hilft dir vielleicht, den Kopf frei zu bekommen.«

»Können wir nicht einfach so bleiben?« Wie ein Kater lehnte er sich in ihre Berührung. »Das fühlt sich so gut an.«

»Können wir schon, aber irgendwann werden meine Finger müde.« Sie zog ihn sacht an den Haaren und hob so sein Gesicht zu ihrem. »Geh mit mir spazieren, Vincent. Bitte. Ich verspreche dir, die Arbeit läuft nicht weg.«

»Na gut.« Er hielt den Kopf weiter nach oben gerichtet. »Aber zuerst ein Kuss.«

Diesen Wunsch erfüllte sie ihm von Herzen gerne. Doch ehe aus der sachten Berührung ihrer Lippen mehr werden konnte, unterbrach sie die Zärtlichkeit. Wenn sie jetzt weitermachten, würden sie nie mehr zu ihrem Spaziergang aufbrechen. Und so wie ihr Instinkt ihr sagte, dass Vincent etwas quälte, so sagte er ihr auch, dass Bewegung und frische Luft die richtigen Heilmittel waren, um die dunklen Gewitterwolken über seinem Kopf zu vertreiben.

Anstatt sich hinter dem Gartentor nach rechts in Richtung Stadt zu wenden, wie sie es schon so viele Male zuvor getan hatten, gingen sie heute nach links in Richtung Wald. Bald schon erreichten sie die ersten Bäume. Mit den dichten Nadelwäldern, die man von kitschigen Weihnachtspostkarten kennt, hatte ein Wald in Yorkshire wenig zu tun. Hier war ein Wald eine Symphonie aus Tannen, Buchen und Eichen. Wenn der Schnee die wintersteifen Äste der

Laubbäume bedeckte und die Kronen der Tannen zu pudrigen Mützen formte, war Maggie immer besonders glücklich. Die Bäume standen dicht, der Boden war schneefrei. Trotzdem knirschte und knistere es bei jedem Schritt unter ihnen, wenn ihr Gewicht das steif gefrorene Laub traf. Die Geräusche, die sie machten, hallten gedämpft in der Stille wider. Nur gelegentlich unterbrach sie der entfernte Ruf eines Vogels. Irgendwo hinter den Bäumen neigte sich die Sonne dem Horizont zu. Der kürzeste Tag des Jahres stand unmittelbar bevor. Es war gerade einmal Nachmittag und schon krochen Schatten zwischen den Stämmen umher, versteckten sich in Senken und zwischen den Ästen. Hin und wieder fuhr ein sanfter Wind durch die Bäume und wehte den frischen Schnee von den Zweigen. Dann glitzerten die winzigen Kristalle im Licht ihrer Handy-Taschenlampen wie kostbare Diamanten.

So friedlich die Atmosphäre im Wald auch war, die Spannung, die Maggie bei Vincent zu Hause gespürt hatte, ließ auch draußen nicht nach. Sein Blick schien die Schönheit um ihn herum kaum wahrzunehmen. Er war wortkarg, seine Schritte wirkten mechanisch und der Griff um ihre Finger ein wenig zu fest.

Sie waren etwa zehn Minuten unterwegs, als sie plötzlich Kinderlachen hörten. Kurz darauf lichteten sich die Bäume. Der Pfad wurde breiter. Sie mussten einen weiten Bogen gemacht haben, denn die ersten Häuser von Whispering Heights waren näher, als Maggie erwartet hatte. Aus ihren Fenstern fiel goldenes Licht und erhellte die Landschaft. Der Weg führte schnurgerade auf einen Hügel zu. Vom Rand des Waldes zog sich der Hang bis zu den ersten

Häusern der Stadt hinunter. Dahinter durchzog der Fluss wie ein schwarz glänzender Wurm die Landschaft. Bunte Punkte kullerten den Hang hinab, und je näher sie kamen, desto deutlicher erkannte man, dass es natürlich keine Punkte waren, sondern eine Gruppe von Kindern, dick eingepackt in Schneeanzüge, mit bunten Schals und lustigen Mützen. Die meisten Kinder hatten Schlitten mitgebracht. Auf dem Hang nahmen die Gefährte ordentlich Fahrt auf. Immer wieder kippte eines der Kinder vom Schlitten und kugelte lachend weiter, bis es zum Stehen kam. Einigen der Kleinen war das ständige Hochziehen der Schlitten wohl zu anstrengend geworden. Sie hatten sich am Fuße des Hügels zu einer Schneeballschlacht versammelt. Ihre Geschosse sausten durch die Luft und malten weiße Flecken auf die bunten Schneeanzüge. Ein Dreikäsehoch baute mithilfe von zwei Erwachsenen einen riesigen Schneemann, ein Kleinkind im Buggy streckte die Zunge heraus, um die fallenden Schneeflocken zu kosten. Neben der Mutter mit dem Kinderwagen standen ein paar Erwachsene. Eine von ihnen reichte Plastikbecher herum und füllte sie mit dampfender Flüssigkeit aus einer Thermoskanne.

Unwillkürlich stahl sich ein Lächeln auf Maggies Gesicht. In ihrem Bauch flatterte Aufregung. Nicht die Aufregung, die sie normalerweise spürte, wenn sie unerwartet auf Fremde traf, sondern ein freudiges Kribbeln direkt hinter dem Bauchnabel. Wie gerne würde sie auf einen der Schlitten steigen und selbst den Hang hinunterflitzen. Wie gerne würde sie durch den Schnee rollen und lachen und vor Freude kreischen. Sie hatte sich selbst um so viel betrogen, weil sie viel zu früh für sich entschieden hatte, dass andere Menschen es nicht wert waren, sich um sie zu bemühen. Das Leben war keine Schneeballschlacht. Kein Spiel, bei dem man so tun konnte, als stünde man auf der gegnerischen Seite, aber in Wirklichkeit ging immer alles gut aus. Aber es war auch nicht durch und durch schlecht. Es gab auch Lachen und Spiel und Abenteuer.

»Meinst du, sie lassen uns auch mal fahren?« Sie löste ihre Finger aus Vincents Umklammerung. »Ich weiß gar nicht mehr, wann ich zum letzten Mal Schlitten gefahren bin. Aber es sieht nach so einer Menge Spaß aus, oder?«

Kaum hatte sie ihn losgelassen, blieb Vincent stehen. Ungeduld und Unternehmungslust zerrten an ihr, also packte sie ihn am Mantelärmel und zog ihn hinter sich her. »Was ist mit dir? Schau doch. Da liegen ein paar Schlitten unbenutzt herum, sicher lassen die uns mal.« Sie steuerte auf die Erwachsenen zu, doch Vincent sperrte sich. Schritt für Schritt wurde er langsamer, bis er schließlich stehen blieb.

Sie drehte sich zu ihm um. »Vincent!« Vielleicht hatte sie lauter gesprochen als beabsichtigt, vielleicht war es Zufall, aber in genau diesem Moment hob die Frau mit der Thermoskanne den Kopf. Ihr Blick fiel auf sie, und sie stockte mitten in der Bewegung. Auch Vincent erstarrte. Selbst durch den Stoff seines Wollmantels konnte sie spüren, wie sich seine Muskeln verkrampften.

Die Frau fing sich als Erste. Sie gab die Thermoskanne an eine ihrer Begleiterinnen und löste sich aus der Gruppe, um auf sie zuzukommen. Nun erkannte auch Maggie, wer das war.

»Beth!« Sie ließ Vincent los, um der Älteren zuzuwinken. »So ein Zufall, dich hier zu sehen.«

Statt sich von ihrem Lächeln anstecken zu lassen, verzog Beth ihr Gesicht. »Vincent!« Sie rief den Namen so laut, dass es in Maggies Ohren klingelte. »Du liebes bisschen, ich hab dich ja vollkommen vergessen! Es tut mir so leid. Es war einfach so viel los. Ich hatte mir schon die Nummern von den Handwerkern rausgesucht, aber dann hat Christine angerufen und gefragt, ob ich nicht Lust habe, mit ihr und den Kindern zum Schlittenfahren zu gehen. Christine ist meine Tochter«, schob sie erklärend hinterher. »Es schneit doch nicht oft, und für die Kinder ist die Vorweihnachtszeit immer etwas Besonderes, sie sollen diese Zeit in guter Erinnerung behalten. Da habe ich ganz vergessen, dich anzurufen.« Ein bisschen verkniffen schaute sie von Vincent zu Maggie und wieder zurück. »Aber ich sehe, ich brauche gar kein schlechtes Gewissen haben. Du sitzt nicht zu Hause rum und starrst die ganze Zeit auf dein Telefon, in der Hoffnung, dass ich mich melde.«

»Nein.« Vincents Lächeln war noch verkniffener als das von Beth. »Alles ist wunderbar. Mir geht es wunderbar. Wen stört schon ein Loch in der Haustür.«

Beth lachte. »Das würde wohl jeden stören. Aber zum Glück ist das Loch ja nicht in der Haustür, wenn ich dich richtig verstanden habe.«

»Nein. Alles bestens.« Er straffte den Rücken, wandte sich an Maggie. »Wollen wir?«

Sie nickte, und er stapfte davon, ohne sich von Beth zu verabschieden.

Was bitte schön war mit ihm los? War das derselbe Mann, der ihr mir nichts, dir nichts den Mord an der Plastikpalme verziehen hatte? Noch nie hatte sie ihn so abweisend erlebt. Wie er Beth behandelt hatte, schrammte haarscharf an Unhöflichkeit vorbei.

Maggie versuchte, geradezurücken, was geradezurücken war, und warf Beth einen entschuldigenden Blick zu, ehe sie Vincent nacheilte. Erst im Schutz der Bäume holte sie ihn ein.

»He!« Sie griff nach seinem Ellbogen, aber er entzog sich ihr. Wieder streckte sie die Hand aus, aber eine Sache, die sie daran hasste, so klein zu sein, waren ihre zu kurzen Beine. Wenn er einen Schritt machte, musste sie zwei machen, und bei jemandem, der sich nicht einholen lassen wollte, war das ein echtes Ärgernis.

»He!«, rief sie noch einmal. So laut diesmal, dass sie einen Vogel aufschreckte, der über ihren Köpfen flatternd das Weite suchte. »Vincent, was soll das? Ich bin hier nicht der Feind, okay?«

Er stapfte noch ein paar Schritte weiter, bevor ihn der Sinn ihrer Worte zu erreichen schien. Erst wurde er langsamer. Dann blieb er stehen. Seine Schultern fielen nach vorne, unter einem tiefen Atemzug senkte sich sein Rücken.

»Du hast recht.«

Schließlich holte sie ihn ein. Aber statt ganz auf ihn zuzugehen, stellte sie sich neben ihn. Nicht zu nah. Abwartend sah sie ihn an. Sie wollte ihn nicht bedrängen. Weder mit ihrer Nähe noch mit zu vielen Fragen. Ihre Taktik ging auf, denn endlich ergriff er wieder das Wort. »Sie hat es versprochen.«

»Wer? Beth?«

Er nickte. Seine Lippen bildeten einen schmalen Strich. Konnte das wirklich alles noch immer wegen des blöden Fensters sein? Sicher, die Sache war ärgerlich, aber Beth hatte doch recht: Maggie wohnte direkt nebenan, und die meiste Zeit verbrachten sie und Vincent ohnehin zusammen. Was machte es da für einen Unterschied, ob der Handwerker heute oder morgen kam? Den ganzen Tag über hatte Vincent deshalb schon schlechte Laune gehabt. Sie hatte wirklich gehofft, die kühle Winterluft würde seinen Kopf freipusten, doch das Gegenteil schien der Fall zu sein. Beth mit ihrer Tochter und den Enkeln zu sehen, die gemeinsam Spaß hatten, empfand er offensichtlich als persönliche Beleidigung.

Einmal noch, schwor sie sich. *Einmal noch strecke ich die Hand nach ihm aus. Wenn er es immer noch nicht will, dann kann ich nichts für ihn tun. Dann muss er allein in seiner schlechten Laune schmoren, bis er so weit ist.*

Mit den Fingern tastete sie nach seiner Hand. Er zog die Hand nicht zurück, verschränkte ihre Finger aber auch nicht miteinander.

»Es ist doch wirklich ein schöner Schneetag«, wagte sie einen Vorstoß. »Beth hat dein Fenster bestimmt nicht aus Böswilligkeit hinten angestellt, sondern weil sie Zeit mit ihrer Familie verbringen möchte. Das ist doch ein guter Grund, oder nicht?«

»Es gibt immer einen guten Grund. Manchmal wäre ich nur einfach auch gerne die Nummer eins.« Sein Protest hätte trotzig klingen können, wäre da nicht der tiefe Schmerz in seiner Stimme gewesen.

Sie fasste sich ein Herz, schlang ihm einen Arm um die Mitte und lehnte den Kopf an seine Schulter. »Für mich bist du die Nummer eins«, versicherte sie ihm. »Und ich genieße es sehr, sehr, sehr, dich den ganzen Tag bei mir zu haben. Mit oder ohne kaputtem Fenster. Wollen wir nach Hause gehen?«

Ein tiefer Atemzug, dann nickte er. »Ja, Maggie. Gehen wir nach Hause.«

Es war keine Aussprache, aber es war das Beste, was sie von ihm in diesem Augenblick bekommen würde. Auf dem Rückweg zum Cottage redeten sie nicht, aber es war kein unangenehmes Schweigen, denn statt aneinander vorbei schwiegen sie nun gemeinsam.

Zu Hause angekommen schürte Vincent ein Feuer im Kamin. Maggie setzte einen Tee auf. Und als sie so zusammen auf dem Sofa saßen, sie mit dem Rücken an seine Seite gelehnt, er einen Arm um ihre Schultern gelegt, da begann er endlich zu sprechen.

»So lange ich zurückdenken kann, war ich immer die Nummer zwei«, sagte er. »Vor allem an Weihnachten.«

Das Geständnis kam so unerwartet, es brauchte einen Moment, bis sie die Puzzleteile in ihrem Kopf sortierte. »Ich schätze, Weihnachten ist in einem Hotel eine ziemlich anstrengende Zeit.«

»Oh ja, das kannst du laut sagen. Und alles und jeder ist grundsätzlich wichtiger als das eigene Kind.« Die kurze Pause, die er zum Luftholen brauchte, füllte er mit einem bitteren Schnauben. »Alle anderen Kinder in der Schule haben davon erzählt, wie sie die anstehenden Ferien verbringen würden. Wie toll es sei, wenn die ganze Familie für die Feiertage zusammenkäme. Sie haben von Ausflügen erzählt und Spieleabenden mit den Eltern, und was hatte ich zu erzählen? Die Inhaltsangabe von den Büchern, die ich in den Ferien lesen wollte. Denn immer wenn ich meine Eltern gefragt habe, ob wir etwas zusammen unternehmen wollten, hatten sie gute Gründe, warum ein Gast etwas brauchte, das wichtiger war als meine Bitte. Warum sie etwas anderes organisieren mussten, was sich nicht aufschieben ließ. Warum sie einmal mehr vergessen hatten, dass sie auch noch einen verdammten Sohn hatten. Hätte es nicht Lourdes gegeben, meine Kinderfrau, hätte ich wohl geglaubt, ich sei unsichtbar.«

»Ich bin sicher, deine Eltern haben dich nicht vergessen.«

»Nein«, stimmte er zu. »Aber es fühlte sich so an.« Und dagegen konnte sie nichts sagen, denn Gefühle waren echt, auch wenn sie nicht immer hundertprozentig die Realität abbildeten. Niemand wusste das besser als sie.

12

Die junge Schreinerin, die Beth schließlich doch noch auf-
getrieben hatte, kam den ganzen Weg von York, um die
Scheibe in Vincents Windfang zu ersetzen. Er wollte gar
nicht daran denken, was für eine Unsumme Beth dafür bezahlt haben musste. Und dann auch noch der Eiligkeitszu-
schlag! Er biss die Zähne zusammen, bis es knirschte. Das
hatte er davon, sich gestern wie ein Riesenarschloch verhalten zu haben: ein schlechtes Gewissen. Wut war nicht seine
übliche Reaktion auf unerfreuliche Begebenheiten, und
wenn sie ihn erwischte, dann nicht heiß schäumend und
schnell, sondern kalt und brodelnd. Schon in der Nacht
hatte es ihm leidgetan, wie schäbig er sich Beth gegenüber
verhalten hatte. Maggies Verständnis hatte geholfen, die
Wut zu verscheuchen. Endgültig verraucht war sie dann
beim Klang des Nachrichtentons seines Handys weit vor
dem Weckerklingeln. Zu nächtlicher Stunde hatte Beth ihm
eine SMS geschickt, in der sie ihm mitteilte, dass sie eine
Schreinerin gefunden habe, die ihn vor ihren regulären Ter-
minen unterbringen könne. Er solle sich jederzeit bei ihr
melden, wenn etwas sei. Sie würde dafür sorgen, dass ihr
Handy immer griffbereit sei, und die Verspätung täte ihr
wirklich leid.

Seufzend legte er das Smartphone zur Seite. Der Zeitanzeige am oberen Bildschirmrand nach zu urteilen, musste er sich beeilen, wenn er geduscht und mit einem Morgenkaffee im Bauch vor der Schreinerin bei sich zu Hause sein wollte. Vorsichtig zog er den Arm unter Maggies Kopf hervor.

Sie murrte im Schlaf, suchte mit ihrem Körper den seinen.

»Ich muss raus«, flüsterte er.

»Aber es ist noch viel zu früh.«

»Du kannst weiterschlafen.«

Sie blinzelte die Augen auf, rieb sich mit der Hand das Gesicht. »Musst du zur Uni? Ich dachte, du könntest bis zu den Ferien von zu Hause aus arbeiten.«

»Kann ich auch.« Er schlüpfte unter der Decke hervor, tastete auf dem Fußboden nach seinen Boxershorts. Früher hatte er nie nackt geschlafen, aber seit er fast jede Nacht das Bett mit Maggie teilte, war diese kleine Schamlosigkeit zu einem heimlichen Luxus geworden. Nichts wärmte besser als ihr schlafwarmer Körper, der sich an seinen drückte. Nichts gab ihm mehr Ruhe, nichts konnte die Einsamkeit in seinem Herzen besser vertreiben. Er zog seine Boxershorts an und lächelte, als er sich zu ihr umdrehte. Sie hatte sich auf die Seite gerollt und das Gesicht im Kissen vergraben. Ihre Locken bildeten eine feuerrote Gloriole um den Kopf. Er musste sie einfach ansehen. Sie war so schön. So liebenswert, gutherzig und voller Fantasie. Eine halbe Minute, vielleicht sogar eine ganze, gönnte er sich, um ihren Anblick zu genießen, dann beugte er sich zu ihr herab und hauchte zum Abschied einen sanften Kuss auf ihre Stirn.

Maggie lächelte schläfrig.

Er zog den Rest seiner Kleidung an und schlich aus dem Zimmer. In der Küche goss er sich einen Kaffee auf und bereitete für Maggie eine Thermoskanne ihres geliebten Ingwer-Zitronenverbene-Tees zu. Nachdem der Tee lange genug gezogen hatte, entfernte er das Sieb, verschloss die Kanne, stellte einen Becher daneben und klebte einen gelben Zettel darauf.

»Für dich« schrieb er darauf. Als er neulich einer Kollegin seine handschriftlichen Notizen zu einem bisher unbekannten Brief von Rupert Wainwright an einen Mann, der sein Liebhaber gewesen sein könnte, überlassen hatte, rief sie ihn verzweifelt an und meinte, mit dieser Handschrift hätte Vincent Arzt und nicht Literaturwissenschaftler werden sollen. Da er nicht wollte, dass Maggie ebenso an seiner Handschrift verzweifelte wie die besagte Kollegin, gab er sich alle Mühe, die Buchstaben ordentlich aussehen zu lassen. Und weil ihm gerade danach war, verzierte er die Nachricht auch noch mit einem Herzchen.

In seinem eigenen Haus begrüßte ihn frostige Kälte. Entsprechend kurz fiel seine Dusche aus. Beim Anziehen war er froh, seit seiner Ankunft in mehrere Sets Thermounterwäsche investiert zu haben. Kaum war er fertig angezogen, klingelte es bereits an der Haustür und die Schreinerin war da.

Dass auch sie dieser Auftrag zu unchristlicher Zeit aus dem Bett geholt hatte, ließ sie sich nicht anmerken. Anna, wie sie laut Beths Nachricht hieß, war eine Frau mittleren Alters mit kurzen, pink gefärbten Haaren und Tattoos an beinah jeder sichtbaren Stelle ihres Körpers. Trotz des frostigen Wetters und der frühen Stunde strotzte sie vor Energie. Sie trug eine Arbeitsweste über einem karierten Hemd und hatte Werkzeugtaschen um die Hüften geschnallt. Ihre Augen funkelten voller Entschlossenheit, als sie ihn begrüßte.

»Du musst Vincent sein.« Sie streckte ihm die Hand zum Gruß hin. »Ich bin Anna. Ich gehe davon aus, dass Beth mich angekündigt hat? Nicht, dass mein Auftauchen hier dich überrascht.«

»Nein, nein, ich habe mir dir gerechnet.« Er erwiderte den Gruß. Ihr Handschlag war fest. Schwielen an ihren Fingern verrieten, dass sie es gewohnt war, mit den Händen zu arbeiten. »Ich bin wirklich froh, dass du es dir so kurzfristig einrichten konntest.«

Unternehmungslustig rieb sie sich die Hände. »Dann zeig mal, was das Problem ist.«

Sie folgte ihm in den Windfang mit dem zerbrochenen Fenster. Sorgfältig inspizierte sie den Schaden, dann begann sie mit ihrer Arbeit. Fasziniert beobachtete er, wie sie das kaputte Fenster demontierte und die Glasscherben aus dem Rahmen entfernte.

Mit etwas Verspätung erinnerte er sich an seine Manieren. »Darf ich dir in der Zwischenzeit was anbieten? Einen Kaffee vielleicht, oder lieber was Kaltes?«

»Ach, das lohnt gar nicht. So lange wird das hier nicht dauern.«

Das glaubte er ihr aufs Wort. Jeder ihrer Handgriffe saß, als sie das neue Fensterglas einpasste und sicherstellte, dass ein Malheur wie gestern nicht so schnell wieder passieren würde.

Fertig mit der Arbeit, wischte sie sich den Staub von den Händen und begutachtete zufrieden ihr Werk. »So. Damit sollte das Problem gelöst sein.«

Vincent begutachtete das makellose Ergebnis. »Ich bin dir wirklich sehr dankbar, Anna. Muss ich noch irgendwas unterschreiben oder so?«

Sie winkte ab. »Nicht nötig. Ich regle das mit Beth direkt. Sollte einer von euch noch einmal meine Dienste brauchen, weiß Beth, wie sie mich erreicht. Mein größtes Lob ist eine Weiterempfehlung.«

»Das behalte ich im Kopf.«

Er bot an, ihr die Werkzeugtasche zum Auto zu tragen, doch sie schüttelte energisch den Kopf. »So weit kommt es noch, dass ich den Kunden mein Zeug schleppen lasse. Willst du mich etwa beleidigen?«

»Ganz und gar nicht.« Er hob die Hände und trat einen Schritt zurück.

»Schon gut.« Sie zwinkerte ihm zu. »Ich seh schon, wie es ist. Ein Gentleman kann einfach nicht aus seiner Haut.«

»Soll das ein Kompliment sein?«

»Nimm es, wie du willst.« Sie schulterte ihre Tasche und öffnete die Haustür. Auf der obersten Treppenstufe drehte sie sich noch einmal zu ihm um. »Wirklich tolle Deko hast du da im Garten, übrigens. Sehr außergewöhnlich. Sieht aus wie eine Weihnachtsreise um die ganze Welt.«

Er lächelte. »Genau so ist es gemeint. Das meiste ist allerdings das Werk meiner Freundin. Sie ist großartig.«

Ihre Miene wurde weich. »Och, ich glaube, du bist auch nicht zu verachten. Beth hat jedenfalls in den höchsten

Tönen von dir geschwärmt, und das hat sie bisher noch bei keinem ihrer Mieter getan.«

»Hat sie das?«

Anna lachte. »Also fürs Bauchpinseln bin ich nicht zuständig, Mister. Ich bin nur die Frau fürs Grobe. Frohe Weihnachten, Vincent.«

»Frohe Weihnachten«, echote er, doch was sie gesagt hatte, ging ihm nicht aus dem Kopf.

Beth hatte in den höchsten Tönen von ihm geschwärmt? Und das nach dem, wie er sich gestern ihr gegenüber verhalten hatte? Sie hätte allen Grund gehabt, wütend auf ihn zu sein. Aber sie hatte nicht nur ein mittleres Wunder vollbracht und dafür gesorgt, dass der Schaden noch heute von jemandem behoben wurde, sie hatte sogar Anna gegenüber ein paar nette Worte über ihn verloren.

Er schloss die Tür hinter der Handwerkerin, lehnte sich mit dem Rücken gegen die Wand und schloss die Augen. In seinem Inneren kämpften Dankbarkeit mit seinem schlechten Gewissen. Er angelte nach dem Handy in der Hosentasche und tippte eine Nachricht an Beth, in der er sich lange und ausführlich für ihre Mühe bedankte. All das war zu wenig. Beth war eine liebevolle Frau, eine zugewandte Mutter und Großmutter, und ihm gegenüber hatte sie sich immer als freundliche Vermieterin erwiesen. Eine solche Bitterkeit wie die, die ihm die letzten vierundzwanzig Stunden das Leben vergällt hatte, schien ihr absolut fremd. Bald war Weihnachten, das Fest der Liebe, und immer hatte er geglaubt, er würde sich erst dann wie ein Teil der Festlichkeiten fühlen, wenn jemand ihn endlich so liebte, wie er es sich wünschte. Mittlerweile wusste er es besser. Das

Geheimnis wahrer Liebe bestand im genauen Gegenteil. Echte Liebe bestand nicht darin, wiedergeliebt zu werden, sondern darin, selbst zu lieben. Ohne Erwartungen. Ohne Bedingungen oder Bewertungen. Ein Herz zu besitzen, das groß genug war, um lieben zu können, war ein Geschenk in sich selbst, und weil er das Telefon schon einmal in der Hand hielt, tat er etwas, das er seit Wochen nicht mehr gemacht hatte. Er suchte aus der Liste mit seinen Kontakten die Nummer seiner Eltern und tippte den grünen Knopf.

Zuerst passierte gar nichts. Nicht einmal ein Rauschen erklang in der Leitung. Er schüttelte das Gerät ein wenig, als könnte er ihm so auf die Sprünge helfen. Lächerlich.

Im Kopf überschlug er die Zeitdifferenz. La Réunion befand sich der englischen Winterzeit vier Stunden voraus. Die meisten Hotelgäste waren um diese Zeit am Strand oder am Pool. Einige würden sich in einer der vielen Bars eine Erfrischung gönnen. Besonders beliebt waren Drinks direkt aus einer Kokosnuss mit Strohhalm und Schirmchen. Sie vereinten das Gefühl von Luxus und Exotik, genau das, was Reisende auf einer Insel mitten im Indischen Ozean zu finden hofften.

Er wollte es schon aufgeben, da erklang doch noch das Freizeichen. Kurz darauf meldete sich die Stimme seiner Mutter.

»*Bonjour. Vous êtes en ligne avec l'Hôtel Azure Rivage. Comment puis-je vous aider?*«

»*Salut, Maman.*« Die französischen Worte lösten in ihm eine ungeahnte Welle von Heimweh aus. Wie sehr vermisste er die Sonne seiner Insel! Das Gefühl von Sand unter den nackten Füßen. Mit Maggie in seinem Leben fühlte er sich so glücklich wie nie zuvor. Wie war es dann möglich, gleichzeitig so viel Sehnsucht zu empfinden?

Er musste schlucken, räusperte sich, dann fuhr er fort. »Wie geht es dir und Papa? Ich wollte mich einfach nur mal kurz melden.«

»Ach, uns geht es gut. Das Hotel ist vollkommen ausgebucht. Wir haben im Internet eine Weiterempfehlungsrate von über 98 Prozent!«

»Das freut mich sehr.«

»Für Heiligabend konnten wir ein ganz tolles Showprogramm zusammenstellen. Nicht nur für Gäste. Wir haben auf der ganzen Insel Karten verkauft.«

Er hielt die Luft an, wartete, ob sie fragen würde, was er an Weihnachten plante. Er hätte es besser wissen müssen. Durch die Leitung tönte ein Telefonklingeln.

»Oh, da klingelt es schon wieder«, sagte seine Mutter. »Ich muss Schluss machen, *chéri*, du weißt ja, wie das ist. Hier ist immer was los.«

Ja, das wusste er. »In Ordnung, *Maman*. Ich hab dich lieb. Grüß *Papa* von mir.«

»Mach ich, Schatz.«

»Frohe Weihnachten, *Maman*.«

Ein kurzes Stocken ihres Atems ließ ein Bild vor seinem inneren Auge entstehen. Wie sie die Stirn runzelte, den Kopf ein Stück zurücknahm, als wäre sie sich nicht ganz sicher, ob sie richtig gehört hatte.

»Frohe Weihnachten auch an dich, Vincent«, sagte sie schließlich, und die Worte hörten sich fremd an aus ihrem Mund. Wie eine Zeile aus einem Theaterstück, für das sie gecastet war, ohne sich beworben zu haben.

Er beendete das Gespräch, steckte das Telefon wieder ein und ging in die Küche, um sich einen Kaffee zu holen. Es tat nicht weh, stellte er fest. Die Indifferenz seiner Mutter schmerzte nicht mehr, wie sie es früher immer getan hatte. Seine Eltern hatten ihr Bestes gegeben. Vielleicht hätten sie niemals Eltern werden sollen. Vielleicht waren sie so sehr mit sich, ihren gemeinsamen Träumen und Zielen beschäftigt, dass in dieses eng geknüpfte Gefüge niemand mehr hineingepasst hatte, nicht einmal der eigene Sohn. Aber ihre Kälte kam nicht von Boshaftigkeit, sondern von Unvermögen. Das machte einen Unterschied, stellte er jetzt fest. Und von hier, von der anderen Seite der Welt, genügte es ihm tatsächlich, dass er sie liebte, um Frieden in seinem Herzen zu finden.

Er legte das Telefon weg, setzte sich ans Klavier, legte die Finger auf die Tasten. Die Musik floss aus ihm heraus, wurde zu Klang, erst zu einzelnen Tönen, dann zu einer Melodie. Er dachte nicht darüber nach, was er spielte, ließ die Noten fließen, wie sie kamen. Auf der anderen Seite der Wand war Maggie, und er hoffte, dass sie ihn hörte. Er spielte für sie, und er spielte für sich. Er spielte für seine Eltern und für alle Kinder dieser Welt, die das Gefühl kannten, sich in der eigenen Familie unverstanden zu fühlen. Er spielte für Gott und die Welt, aber vor allem für die Welt, denn trotz allem, was auf ihr schieflief, trotz Trauer und Missverständnissen und Eifersucht und all den anderen schrecklichen Dingen, die Menschen einander antaten, war diese Welt doch ein wunderbarer Ort.

Heute mal Regenwald. Aus den verschiedenen Hintergründen, die die App ihr anbot, wählte Maggie den, der ihrer Stimmung am ehesten entsprach. Ein Ritual, das sie und Claire schon vor Jahren eingeführt hatten. Manchmal hatte sie sich einen Spaß daraus gemacht und extra unpassende Hintergründe ausgesucht, manchmal sogar selbst welche entworfen und hochgeladen, um ihre Therapeutin zu schockieren. Aber die Provokationen waren immer ins Leere gelaufen. Jede Art von Kommunikation würde ihr Vertrauensverhältnis stärken und Maggie weiterbringen, betonte Claire dann immer. Sie war die Therapeutin, natürlich hatte sie recht.

Das Regenwaldbild wählte Maggie aus, weil es sie an Vincent erinnerte. Ihr Herz schlug einen Purzelbaum. Vincent, Vincent, Vincent. Immer wieder Vincent. Hoffentlich wärmte sich sein Haus jetzt mit dem reparierten Fenster schnell wieder auf.

Auf dem schwarzen Rechteck links neben ihrem Bild erschien Claires Gesicht. Lächelnd winkte die Therapeutin in die Kamera. Ihr Hintergrund bestand aus grauen Schlieren. Langweiliger ging's kaum, aber schließlich stand während der Sitzungen nicht Claire, sondern Maggie im Fokus.

Sie winkte zurück. »Nur noch ein paar Mal schlafen, dann ist Weihnachten.«

»Freust du dich darauf?« Claire hob eine perfekt gezupfte Augenbraue.

Junge, Junge. In die Falle war Maggie mit Anlauf hineingesprungen. Aber hey, wozu Zeit verschwenden? Schließlich bezahlte sie Claire, damit diese ihr half, ihre inneren Dämonen zu bekämpfen. Um den heißen Brei herumzureden, wäre reine Zeit- und Geldverschwendung. »Ja.« Zwei winzige Buchstaben, eine einzelne Silbe, und doch beinhaltete sie so viel. Seit Jahren, seit Maggie sich in ihre eigene Welt zurückgezogen hatte und wenn sie ehrlich war sogar schon viel früher, lebte sie immer nur im Augenblick. Wenn Angst die Triebfeder jedes einzelnen Tages war, ging es ums Überleben. Von einem Tag zum anderen.

Dass sie sich in diesem Jahr tatsächlich auf etwas freute, das in der Zukunft lag, war ein riesiger Schritt für sie. Das erkannte sie sogar selbst. »Wahrscheinlich werden wir nicht groß was unternehmen. Meine Eltern haben mich für Heiligabend zu sich eingeladen, aber ich habe abgesagt. Die sind immer so schrecklich gesellig, das ist nichts für mich. Wir werden wohl grillen, und am ersten Weihnachtsfeiertag ist dann die Siegerehrung für den Lichterzauberwettbewerb.« Sie zwinkerte Claire zu. »Ich bin ganz zuversichtlich, dass wir gewinnen.«

»Ist das dasselbe *wir*, mit dem du planst, Heiligabend zu verbringen?«

»Ja.« Hitze stieg ihr in die Wangen. Mit an Sicherheit grenzender Wahrscheinlichkeit war sie rot wie eine Tomate. Aber das passierte eben, wenn sie an Vincent dachte. Sie fühlte sich lebendig, beschenkt und neugierig auf jeden neuen Atemzug.

»Dann haben sich die Dinge zwischen dir und Vincent zum Positiven weiterentwickelt? Als wir zum letzten Mal über ihn gesprochen haben, hattest du Angst, dem, was sich zwischen euch entwickelt, zu vertrauen. Du willst den Teufel nicht an die Wand malen, hast du es, glaube ich, genannt.«

»Unsere Beziehung hat sich auf jeden Fall weiterentwickelt.«

Claire machte eine Notiz in dem Ordner, der zu jeder ihrer Sitzungen gehörte. Was hätte Maggie dafür gegeben, einen Blick in diesen Ordner zu werfen. Ihr halbes Leben musste sich darin befinden. Ihre Höhen und Tiefen, ihre täglichen Kämpfe, ihre Niederlagen, aber auch ihre Siege. Letztere gerieten allzu oft in Vergessenheit. Gut, dass wenigstens Claire sie dokumentierte.

»Ich glaube, mir hat geholfen, zu sehen, dass er nicht nur mir gegenüber nett und zugewandt ist, sondern dass das einfach die Art von Mensch ist, die er ist.« Kurz überlegte sie. Etwas an dieser Aussage fühlte sich nicht richtig an. Sie versuchte es erneut. »Dabei ist er nicht perfekt. Davor hatte ich anfangs auch Angst. Vor seiner Perfektion, und dass ich daneben aussehe wie ein falscher Fuffziger mit all meinen Baustellen und Einschränkungen und so.«

»An denen du hart arbeitest«, erinnerte sie Claire.

»Das auch.« In der Tat hatte sie in den letzten Wochen keinen Tag verbracht, an dem sie sich nicht selbst herausgefordert hatte. Erst heute Morgen hatte sie sich am Gartenzaun kurz mit einer Familie unterhalten, die gekommen war, um sich den Lichterzauber in ihrem und Vincents Garten anzusehen. Dem Mädchen im Kindergartenalter hatte sie erklärt, was die einzelnen Stationen bedeuteten, aber auch mit der Mutter hatte sie ein paar Sätze gewechselt. Sie hatten über nichts Großartiges gesprochen – nur über die Hektik in der Stadt und den Schnee, der sie alle so überrascht hatte –, aber Maggie war es die ganze Zeit über gelungen, Augenkontakt zu halten, und statt der Fremden nur zuzuhören, hatte sie sogar ein bisschen was von sich erzählt. Sie hatte von Vincent und ihrem Streichewettbewerb berichtet, und wie sich daraus das Konzept für ihre Gartendeko entwickelt hatte. Dabei hatte das Blut in ihren Ohren gerauscht und sie hatte die Hände in die Jackentasche stecken müssen, so sehr hatten sie gezittert. Beinah hätte die Angst, die Fremde könnte sie auslachen, sie übermannt. Gelacht hatte die andere dann tatsächlich. Aber statt bösartig hatte sich das Lachen kameradschaftlich angefühlt. Wie etwas, das sie teilten, nicht etwas, mit dem die andere auf Maggie einprügelte. All das wusste Claire bereits aus Maggies Logbüchern. Im Moment ging es um etwas anderes.

Sie nahm den Gesprächsfaden wieder auf. »Ich habe vor allem aber auch herausgefunden, dass er gar nicht perfekt ist.« Sie berichtete von der kaputten Scheibe und Vincents heftiger Reaktion darauf. »Da hat er sich echt nicht mit Ruhm bekleckert. Aber so geht es uns doch allen manchmal, oder? Und als dann der erste Frust vorbei war, hat er eingesehen, dass sein Verhalten übertrieben war. Nicht nur das, er hat sich bei Beth entschuldigt und sogar seine Eltern angerufen.«

»Ist das eine Seltenheit?«

Maggie nickte. »Ziemlich krass, wie wenig die sich um ihn kümmern. Ich meine, Vincent ist ans andere Ende der Welt gezogen, und soweit ich weiß haben seine Eltern nicht ein einziges Mal die Hand nach ihm ausgestreckt und gefragt, wie er sich eingelebt hat und so.« Ihr Blick huschte zu dem Handy neben ihr auf der Tischplatte. Eine Sprechblase zeigte eine neue Nachricht ihrer Mutter an. Obwohl sich Maggie so selten zurückmeldete, verging kaum ein Tag, an dem Mam oder Dad nicht fragten, wie es ihr ging. Wie oft fühlte sie sich an schlechten Tagen von den ewigen Textnachrichten eingeengt und kontrolliert? Wie oft glaubte sie, das sei die Art ihrer Eltern, ihr wieder und wieder unter die Nase zu reiben, wie enttäuscht sie von Maggie waren. Dass sie meinten, Maggie mache es sich selbst absichtlich schwer, wenn sie sich im Haus verkroch oder den Kontakt mit anderen mied. Ihnen fiel es doch auch nicht schwer, auf Fremde zuzugehen. Warum konnte ihre Tochter nicht genauso sein wie sie? An guten Tagen wusste Maggie, dass dem nicht so war, sondern ihre Eltern ihr auf diese Weise ihre Liebe zeigten. Aber auch das machte es nicht unbedingt einfacher, auf sie zuzugehen. Zu bewusst war sie sich häufig der Unterschiede zwischen ihren Eltern und sich, und trotzdem zeigten ihre Eltern ihr immer wieder, dass sie sich auf sie verlassen konnte.

Sie konzentrierte sich zurück auf das Gespräch mit Claire. »Aber Vincent hat den ersten Schritt gemacht und sich bei seinen Eltern gemeldet. Weil er selbst gemerkt hat, dass auch er nicht fehlerfrei ist, hat er gesagt. Und weil es nichts bringt, an Bitterkeit festzuhalten, auch wenn es manchmal schwer ist.«

Claire hob den Blick, sah genau in die Kamera. »Wir alle müssen uns immer wieder entscheiden, ob wir Brücken bauen oder niederreißen wollen, Maggie.« Eine Sekunde verging, dann noch eine, und Maggie hätte glauben können, die Verbindung sei eingefroren, wäre nicht in diesem Moment Claires Katze auf den Schreibtisch gesprungen, um zu sehen, was ihr Frauchen da machte. Claire lachte und setzte die Katze zurück auf den Boden. Der Bann war gebrochen, doch das, was sie gesagt hatte, hallte in Maggie nach.

Am Ende der Sitzung konnte sie selbst kaum glauben, welches Ziel sie Claire für die Zeit bis zu ihrem nächsten Gespräch nannte. Aber nun war es raus, Claire hatte sich ihr Ziel notiert, und Maggie konnte nicht mehr zurück.

Wobei, das stimmte nicht ganz. Sie wollte nicht zurück, das war ein Unterschied.

Ich muss es ja nicht jetzt tun, sagte sie sich. Aber dann wurde es Abend. Nach ihrer Session mit Claire war Maggie gut mit der Arbeit vorangekommen, den Feierabend hatte sie sich redlich verdient, aber trotzdem kam sie nicht zur Ruhe. Eine Weile klang Vincents Klaviermusik durch die gemeinsame Wohnzimmerwand, dann kam der Pianist persönlich durch die Tür und brachte ein paar Zutaten, aus denen sie ein Abendessen zubereiteten. Es gab Tomatensuppe mit gegrillten Käsesandwiches und zum Nachtisch Reispudding mit frischen Früchten. Das Essen war einfach, aber heimelig. Die Art von Essen, die nicht nur den Magen füllte, sondern auch das Herz wärmte. Es mit Vincent gemeinsam zu genießen, gab ihr einen Sinn von Zuhausesein, wie sie ihn nie zuvor erlebt hatte.

Es ist Zeit, flüsterte ihr eine Stimme im Hinterkopf zu, die sie mittlerweile kannte. Es war ihr mutiges Ich, das da zu ihr sprach. Die Version ihrer selbst, die sich traute, um Dinge zu bitten, die sie sich wünschte, und keine Angst hatte, das Falsche zu tun.

»Hast du noch was vor?«, fragte Vincent, als sie zusammen die Küche aufgeräumt hatten, sie ihm aber nicht ins Wohnzimmer folgte.

Sie nickte. »Ich muss noch ein Telefonat führen.«

Fragend hob er die Augenbrauen, doch sie führte ihre Aussage nicht weiter aus. Wenn es nach ihrem Anruf etwas zu erzählen gab, würde er es noch früh genug erfahren.

13

Vincent war einunddreißig Jahre alt und noch nie offiziell den Eltern einer festen Freundin vorgestellt worden. Natürlich hatte er schon Eltern von Freundinnen getroffen. Ebenso, wie er fast alle Eltern von Freunden kannte. La Réunion war so klein, dass man einander immer schon irgendwo und irgendwann begegnet war. Aber keine seiner früheren Beziehungen war ernst genug gewesen, um aus einem unverbindlichen »Ach Vincent, schön, dich wiederzusehen« ein »Vincent und ich sind jetzt ein Paar« zu machen. Er tat sein Bestes, um sich seine Nervosität nicht anmerken zu lassen, aber sosehr er sich auch bemühte, sein Knie wollte einfach nicht zur Ruhe kommen und hüpfte unruhig auf und ab. Kein Wunder, dass sie die Sitzgruppe im Zug für sich hatten. Für seine Zugclique war es nicht die richtige Zeit, und Fremde mussten glauben, er sei ein Schnellkochtopf unter zu viel Druck – drauf und dran, zu explodieren.

Federleicht legte Maggie ihre Hand auf sein wippendes Knie. »Ich bin auch nervös, okay?« Sie sah ihn an. Das Grün ihrer Augen funkelte wie Smaragde im Licht. In ihrem Blick lag Mitgefühl, ihre eigene Nervosität, aber auch eine Spur Belustigung. »Du machst es nicht besser, wenn du herumzappelst. Mein Magen fühlt sich an, als würde er sich gleich selbst essen.«

Er drehte seine Hand so, dass sich nun ihre Handflächen berührten. Die Finger verschränkte er mit ihren, drückte fest genug, um keinen Zweifel daran zu lassen, dass er hier bei ihr war. »Tut mir leid.«

»Braucht es nicht.« Ein schiefes Lächeln war besser als gar keines, zumal er wusste, wie sehr sie darum kämpfen musste. Bei Maggie ging es nicht um die ganz normale Nervosität, bevor der neue Freund die Eltern traf. Sie selbst hatte ihre Eltern seit über einem halben Jahr nicht mehr gesehen. Nicht, weil sie sich nicht nahegestanden hätten, sondern weil bis vor Kurzem jeder Ausflug in die Welt vor ihrer Haustür für Maggie ein unüberwindbares Hindernis gewesen war. Dass sie es heute wagte, um ihn und ihre Familie zusammenzubringen, bedeutete etwas. Ihr Wunsch, diesen Schritt zu gehen, war größer als ihre Angst. Noch nie in seinem Leben hatte er sich so wertgeschätzt gefühlt.

»Aber wir schaffen das, ja?«, fuhr sie fort. »Es ist nur ein Mittagessen. Mam ist fast ausgeflippt, als ich sie gestern angerufen habe. Ich wette, sie steht seit heute Morgen in der Küche, um alle meine Lieblingsspeisen zuzubereiten.« Ein Hauch Traurigkeit flog über ihre Miene. »Ich wünschte, ich hätte mir früher ein Herz gefasst und sie angerufen. Sie hat so oft die Hand nach mir ausgestreckt, aber ich habe es immer als Kontrolle empfunden, nie als Liebe.«

»Du hast dein Bestes getan. Mehr geht nicht.«

»Ich hoffe, das sehen Mam und Dad genauso.«

Das hoffte er auch.

Vom Bahnhof brachte sie ein Bus in die Außenbezirke von York. Zu Fuß ging es weiter. In der kühlen Winterluft schien Maggie trotz Nervosität zum ersten Mal richtig durchzuatmen.

In den Straßen, durch die sie ihn leitete, sah ein Haus aus wie das andere. Rote Backsteinhäuser mit weißen Fenstern und anthrazitfarbenen Dächern. Nur die wenigsten Grundstücke waren weihnachtlich dekoriert. Die einzige Abwechslung in dem Einerlei bildete eine imposante Kirche aus Sandstein. Sie kamen an einem Sportcenter vorbei und einer Offlicence, vor der ein paar Jugendliche in knalliger Joggingkleidung aus Ballonseide Kunden ansprachen, ob sie ihnen ein paar Dosen Partygetränke aus dem Laden besorgen könnten. Viele der Autos am Straßenrand sahen aus, als hielten sie nur noch Rost und guter Wille zusammen. Selbst die besseren Modelle waren keine Neuwagen, sondern Fahrzeuge, die wahrscheinlich schon durch etliche Hände gegangen waren. Die Gegend wirkte nicht heruntergekommen, aber auch nicht wohlhabend. Früher hatten hier vielleicht Fabrikarbeiter gewohnt, ehrliche, hart arbeitende Leute. Heute lebten in Vorstädten wie diesen die Industriearbeiter und Handwerker, Krankenschwestern, Nagelstylistinnen und Rettungssanitäter. In so einer Gegend musste man aus hartem Holz geschnitzt sein, um nicht unterzugehen. Sensible Pflanzen wurden entweder von Unkraut überwuchert oder zertrampelt. Kein Wunder, dass es Maggie schwer gehabt hatte, hier aufzuwachsen.

Das Haus, vor dem sie schließlich stehen blieb, unterschied sich kaum von denen rechts und links. Im Vorgarten stapelten sich Bodenfliesen unter einer Plastikplane. Der

Wind hatte die Abdeckung an einer Ecke gelöst. Ihr Rascheln erinnerte Vincent an das Rauschen der Blätter hinter ihrem Cottage in Whispering Heights, nur dass es einen boshaften Unterton zu haben schien – dasselbe Lied in f-Moll statt in G-Dur.

»Sieht aus, als würde Mam mal wieder renovieren.« Maggie nickte zu den Fliesen. »Meinen Dekofimmel habe ich eindeutig von ihr. Seit meiner Geburt hat das Haus hier ständig das Gesicht gewechselt. Angefangen hat es mit Raufasertapete, dann kamen Chrom und Glas und schwarze Möbel. Das wurde Mam bald zu seelenlos und kalt, also hat sie das Wohnzimmer in eine Wohlfühloase in Terracottatönen mit Buchenmöbeln und Klick-Laminat verwandelt. So ist es im Großen und Ganzen geblieben, nur die Küche hat sie irgendwann gelb gestrichen. Wie es ausschaut, steht jetzt wieder mal eine größere Renovierungsaktion an. Ziemlich komische Zeit dafür, oder?«

Er nickte, obwohl er ahnte, dass sie in Wahrheit gar keine Antwort von ihm erwartete.

Sie kaute auf ihrer Unterlippe herum.

»Hey«, er zog sie an sich heran, drückte ihr einen Kuss auf den Scheitel. »Alles wird gut, okay? Wir essen mit deinen Eltern zu Mittag, reden ein bisschen und gehen wieder. Wenn es dir zu viel wird, gibst du mir einfach ein Zeichen.«

»Was für ein Zeichen?«

Er grinste. »Keine Ahnung, lass uns etwas ausdenken. Wie wäre es hiermit?« Er rieb sich mit dem Zeigefinger zweimal unter, dann zweimal seitlich der Nase.

Maggie lachte. »Das sieht aus, als hättest du mitten im Winter Heuschnupfen.«

»Dann mach du einen Vorschlag.«

Sie überlegte kurz, dann berührte sie zweimal hintereinander ihre Stirn mit dem Zeigefinger und hob kurz die Augenbraue.

»Das sieht aus, als meintest du, ich sei verrückt.« Mit
gespielter Empörung stützte er die Hände in die Hüfte. Ihr
Spiel schien Maggie gutzutun. Lachend kam sie auf ihn zu
und fädelte ihre Arme in seine ein.

Mit großen Augen sah sie zu ihm auf. »Ich habe eine
bessere Idee.«

»So? Und zwar?«

»Das hier«, hauchte sie, dann stellte sie sich auf die Zehenspitzen und drückte ihre Lippen auf seine.

Würde er jemals genug von ihren Lippen bekommen?
Von ihrem Geschmack nach Erdbeerlippenpflegestift und
Liebe? Maggies Küsse waren die besten, die er jemals bekommen hatte, denn sie waren so viel mehr als flüchtige
Zärtlichkeiten. Jeden einzelnen Kuss füllte sie mit Bedeutung, legte Vincent ihr Herz damit dar und gab ihm damit
viel mehr als körperliche Nähe. So standen sie also hier. Im
Vorgarten ihrer Eltern, neben Mülltonnen und einem Flie-
senberg, und Vincent vergaß den Ort und die Zeit und den
Grund, warum sie hier waren, bis ein Räuspern erklang
und sie auseinanderfuhren.

»Wollt ihr nicht lieber reinkommen? Meinetwegen
könnt ihr drinnen weitermachen. Wenigstens ist es da nicht
so kalt.«

»Mam.« Maggie wandte sich um.

Vincent wäre am liebsten in einem Loch verschwunden.
So lernte er die Mutter seiner Freundin kennen? Seine Wan-

gen glühten, als würde sein ganzer Kopf jeden Moment explodieren, aber Maggie ließ ihm keine Zeit, in Verlegenheit zu geraten, sondern zog ihn zu der Frau, die gerade vor das Haus trat.

»Mam, das ist Vincent«, stellte sie ihn vor. »Ich hab dir von ihm erzählt. Vincent, das ist meine Mam, Natalie Thornton.«

»Ich dachte mir schon, dass er das ist, als ich euch beide durchs Küchenfenster hier draußen knutschen gesehen habe.« Ihre Augen funkelten, und sofort fühlte Vincent sich ein bisschen besser. Vor ihm stand eine ältere Version von Maggie. Natalie war etwas größer als ihre Tochter und ihr Gesicht war deutlich weniger mit Sommersprossen bedeckt, aber sie hatte die gleiche rundliche Figur und die moosgrünen Augen, die Vincent an Maggie vom ersten Tag an fasziniert hatten. Auch Natalie hatte rote Haare. Doch während Maggies Locken eher karottenrot waren, waren die von Natalie rotbraun und deutlich weniger gelockt. Sie waren etwa kinnlang geschnitten und ringelten sich locker um ihr Gesicht. Mit ausgestreckter Hand ging sie auf Vincent zu. »Schön, dich kennenzulernen, Vincent. Ich hoffe, du nimmst mir nicht übel, dass ich dich gleich zur Begrüßung ein bisschen aufgezogen habe. Aber die Vorlage war einfach zu gut.« Sie zwinkerte.

Vincent nahm den Handschlag an. »Freut mich auch, Mrs. Thornton.«

»Natalie, bitte«, korrigierte sie freundlich. »Kommt schon, lasst uns reingehen, bevor wir uns alle eine Erkältung holen.« Sie öffnete die Tür und ließ sie in das gemütliche Wohnzimmer eintreten.

So unordentlich der Vorgarten war, so einladend war das Innere des Hauses. Ein Kamin dominierte den Raum, umgeben von bequemen Sesseln und einem gemütlichen Sofa. Über dem Kamin hing ein Familienfoto, auf dem eine deutlich jüngere Natalie auf einem Sessel saß und ein winziges Baby im Arm hielt. Ein junger Mann, vermutlich Maggies Vater, stand hinter dem Sessel und blickte liebevoll auf Mutter und Kind herab. Das Bild strahlte Wärme und Liebe aus, doch außer diesem einen gab es keine weiteren Fotos von der Familie. Kein Bild von Maggie mit Zahnlücken und aufgeschlagenen Knien. Kein Bild von Maggies Einschulung, keines von ihrem Abschlussball oder den tausend kleinen Meilensteinen dazwischen. Vincents Herz zog sich zusammen, weil er den Grund dafür erahnte.

»Setzt euch doch.« Natalie deutete auf das Sofa. »Maggies Dad Mark muss auch gleich kommen. Maggie hat gesagt, dass ihr beide zum Mittagessen bleiben wollt. Ich habe gebackenen Schinken gemacht. Das ist vielleicht ein bisschen schwer für ein Mittagessen, aber ich habe mich so über Maggies Anruf gefreut, und das ist ihr Lieblingsessen.« Ihr Blick wanderte zu ihrer Tochter. »Du magst es immer noch, oder? Du bist nicht auf einmal Vegetarierin geworden?«

»Nein, Mam, alles ist gut.« Während sich Natalies Nervosität in schnellen Worten und hektischen Gesten äußerte, wurde Maggie ganz ruhig. Auf dem Sofa mit den tiefen Kissen wirkte sie unendlich klein. Natalie ging in die Küche, um nach dem Essen zu sehen.

Vincent legte einen Arm um Maggie, sie lehnte den Kopf an seine Schulter.

»Alles okay?«, fragte sie ihn flüsternd.

Er nickte, verstärkte den Griff um ihre Schultern. »Ich habe aber eher das Gefühl, dass ich dich das fragen sollte. Deine Mutter ist sehr nett. Deswegen musstest du dir also keine Sorgen machen. Was ist es dann?«

»Es ist komisch, hier zu sein. Sie tut, als wäre ich erst vor ein paar Tagen zum letzten Mal hier gewesen, nicht vor über sechs Monaten. Immer, wenn sie das macht, habe ich das Gefühl, sie denkt, wenn sie nur angestrengt genug so tut, werde ich irgendwann die Tochter, die sie sich wünschen würde. Als ob ich normal werden würde, wenn sie die Augen nur fest genug davor verschließt, dass ich es nicht bin.«

»Was heißt denn *normal*? Du bist du, Maggie, und genau so bist du richtig.« Er hätte noch mehr sagen wollen. Dass es ihre Erkrankung war, die da aus ihr sprach, dass sie nicht alles glauben sollte, was sie dachte, denn manchmal war der eigene Kopf ein grausamer Ort. Viel weniger gütig und wohlwollend als die Menschen um einen herum. Denn so aufgeregt Natalies Begrüßung auch ausgefallen war, dass sie sich aufrichtig freute, Maggie zu sehen, bezweifelte er keinen Moment. Doch er hatte keine Zeit, das alles in Worte zu fassen. Die Haustür ging auf, und ein Mann mittleren Alters kam herein.

»Sind sie schon d…« Als sein Blick auf ihn und Maggie fiel, stockte der Neuankömmling mitten im Satz. Er war groß und trug einen dicken Wollpullover. Unter einer Schiebermütze lugten graue Haare hervor. Die strich er sich zurecht, nachdem er die Mütze abgenommen hatte. Sein Gesicht machte etwas Kompliziertes. In schneller Abfolge huschten Freude und Schmerz, Furcht, Liebe und zärtliche

Entschlossenheit über seine Miene. Mit ausgebreiteten Armen ging er auf Maggie zu.

»Mein großes Mädchen«, sagte er, und da bewegten sie sich beide. Er machte einen Schritt auf sie zu, sie erhob sich vom Sofa, und schon lag sie in seinen Armen. So klein wirkte sie in der Umarmung dieses Bären eines Mannes, so schutzbedürftig und verletzlich.

Natalie kam mit dem Braten aus der Küche. »Ah, Mark! Du kommst genau richtig. Das Essen ist gerade fertig geworden. Wasch dir doch die Hände, und dann kommt alle an den Esstisch.«

Vater und Tochter trennten sich. Mark verschwand, um Natalies Kommando zu befolgen. Vincent und Maggie setzten sich an den Tisch. Er war schön gedeckt. Zwar passte das Geschirr nicht zusammen und an einigen Tellern fehlten ein paar Ecken, aber man sah, wie viel Mühe sich Natalie gegeben hatte. Gefaltete Servietten mit grinsenden Rentieren lagen auf den Tellern, in der Mitte des Tischs stand ein weihnachtliches Blumengesteck aus gemischten Zweigen, Nelken, Christbaumkugeln und weiß angesprühten Dekoäpfeln und -zapfen.

Maggie setzte sich auf einen der beiden Stühle an der Längsseite des Tisches und bedeutete Vincent, sich neben sie zu setzen. Unter der Tischplatte griff sie nach seiner Hand. Zum Schinken servierte Natalie Erbsen mit Minze, Yorkshire Pudding, Apfelmus und braune Sauce, und als sie alle Köstlichkeiten aufgetragen hatte, war auch Mark wieder da.

»Ich hoffe, ihr habt Appetit mitgebracht.« Wie selbstverständlich häufte Natalie jedem eine riesige Portion auf den

Teller. »Ich habe nie gelernt, in kleinen Mengen zu kochen. Maggie hat mir das immer übel genommen. Die hat ja immer irgendeine Diät gemacht, weil sie sich zu dick gefühlt hat. Was sagst du dazu, Vincent? Sie ist doch hübsch, genau so, wie sie ist. Ich sag ihr das immer wieder, aber mir glaubt sie ja nicht.«

Maggie schloss die Augen, ihre Nasenflügel blähten sich. Langsam aber sicher bekam Vincent eine Ahnung davon, warum Natalies schonungslose Offenheit durchaus zum Problem werden konnte. Vor allem für eine unsichere Heranwachsende.

Mark räusperte sich. »Maggie erzählt, dass du an der Uni arbeitest?«

Vincent nickte. »Ich habe das große Glück, eine Post-Doc-Stelle bekommen zu haben.«

Mit einem Happen Braten im Mund murrte Mark etwas Unverständliches. Geräuschvoll schluckte er. »Ich weiß nicht einmal, was das ist. Mein Leben lang hab ich immer nur mit den Händen gearbeitet.«

»Ach, das ist eine Forschungsposition für Doktoranden nach Abschluss ihrer Promotion. Es ist im Grunde eine Art Weiterbildung, um mehr Erfahrung in meinem Fachgebiet zu sammeln, bevor ich mich für eine dauerhafte Stelle bewerbe.«

»Vincent ist Literaturwissenschaftler«, erklärte Maggie. »Er schreibt über literarische Texte.«

»Klingt nach ziemlich viel heißer Luft. Was gibt es denn über alte Bücher noch herauszufinden?«

»Oh, eine ganze Menge.« Vincent lachte. »Es tauchen immer wieder Dokumente oder Schriften auf, die alte Texte in einen neuen Kontext setzen. Und selbst wenn es nur darum geht, bekannte Werke aus einem neuen Blickwinkel zu betrachten, kann man jede Menge aus ihnen lernen.«

Mark schien etwas erwidern zu wollen, doch Maggie kam ihm zuvor. »Vincent und ich nehmen dieses Jahr gemeinsam an dem Dekowettbewerb in Whispering Heights teil, hatte ich das schon erzählt? Ohne Vincent wäre ich nie auf die Idee für das diesjährige Konzept gekommen, und das schlägt ein wie eine Bombe.«

»Dann meinst du, du wirst wieder den ersten Preis bekommen?« Natalie rieb sich die Hände. »Das wäre ja großartig!«

»Die Chancen stehen ganz gut.« Lächelnd blickte sie zu Vincent, und der nickte.

»Zweimal waren schon Reporter von irgendwelchen Lokalzeitungen da und haben unseren Garten fotografiert. An manchen Abenden komme ich kaum nach Hause, weil so viele Autos vor dem Haus stehen, mit Leuten, die Maggies Winterwunderland bewundern.«

»*Unser* Winterwunderland«, korrigierte sie sacht.

»Ich hoffe nur, du wirst diesmal auch etwas Nützliches mit dem Preisgeld und dem ganzen Rummel der Preisverleihung anstellen. Wenn die Leute sich an dein Gesicht erinnern, findest du sicherlich leichter einen richtigen Job.«

»Ich *habe* einen richtigen Job, Mam.« Maggie legte Messer und Gabel weg und massierte sich kurz die Schläfen. Sollte das das Zeichen sein, das sie ausgemacht hatten? Das mit dem Kuss war nur ein Scherz gewesen. Er war sich nicht sicher, wollte aber auch nicht unhöflich sein.

Also ein Mittelding. Er eilte zur verbalen Rettung. »Maggie ist sogar eine richtige Koryphäe auf ihrem Gebiet. Eine Bekannte von mir, eine junge Frau, die jeden Tag mit mir in der Bahn nach York pendelt, ist ein richtiger Fan. Mimi – so heißt sie – kennt und bewundert Maggies Illustrationen schon seit einer ganzen Weile im Internet. Als die beiden sich vor ein paar Wochen kennengelernt haben, hat das in Mimi richtig was bewegt. Seither hat sie einen Plan für die Zukunft, weiß, auf welches College sie möchte und hat sich sogar für ein Stipendium beworben. Maggies Arbeit hat sie inspiriert und ihrem Leben Richtung verliehen.«

»Übermorgen gehen Vincent und ich auf eine Vernissage in ihrer Schule. Ihre Arbeit ist das Schlüsselwerk der Ausstellung.« Wie stolz Maggie klang. »Mimi macht dieses Jahr ihre A-Levels, wisst ihr, und auch ihre Lehrerinnen und Lehrer erkennen ihr Potenzial. Aber ich habe ihr geholfen, auch selbst an sich zu glauben.« Sie lächelte, beinah schüchtern. »In meinem ganzen Arbeitsleben war ich noch nie so stolz auf etwas.«

»Du gehst auf eine öffentliche Veranstaltung?« Natalies Augen wurden groß, dann füllten sie sich mit Tränen. »Wo? Wann? Maggie, das ist …« Sie suchte nach Worten.

Maggie schob mit der Gabel ein paar Erbsen über den Teller. Es schien ihre ganze Konzentration zu erfordern, die grünen Kugeln so neben dem Schinken anzuordnen, dass es aussah, als würde eine Kette das Fleisch zieren.

»Wir gehen zusammen hin«, sprang Vincent ein. *Ich pass auf sie auf,* fügte er in Gedanken hinzu und hoffte inständig, dass Natalie ganz plötzlich über Fähigkeiten in Telepathie verfügte. »Die Ausstellung ist in der Moorland West

Comprehensive School, sagt euch das was? Die ganze Zug-clique hat versprochen, zu kommen, um Mimi zu unter-stützen. Das sind die anderen aus meiner Pendlergruppe. Maggie hat sie schon kennengelernt.«

»In der Moorland West Comprehensive?« Mit einem zu lauten Klicken fiel Maggies Gabel auf den Teller. Ein paar Erbsen rollten auf die Tischplatte und wurden erst vom Blumengesteck gestoppt. In seinem Magen verwandelte sich das köstliche Essen zu einem Klumpen Beton. Auf ei-nes konnte sich Vincent immer verlassen: auf seinen Ins-tinkt. Und der schlug gerade laut genug Alarm, dass es ihm in den Ohren rauschte. Irgendwas an dem, was er gesagt hatte, hatte Maggies Angst geweckt. Ihr Gesicht verlor jede Farbe, ihre Hände zitterten, und sie biss sich so fest in die Unterlippe, dass ihre Zähne weiße Streifen hinterließen.

»Das ist der Name der Schule, den Mimi mir genannt hat.« Und dann leiser und näher an ihrem Ohr. »Ist alles okay?«

Statt zu antworten, sprang Maggie von ihrem Stuhl auf. »Ich muss auf die Toilette«, stieß sie hervor und eilte in Rich-tung Badezimmer. Ihr Abgang hinterließ eine unangenehme Stille. Für ein paar Sekunden schien die Szene wie eingefro-ren, dann war es wieder Natalie, die das Wort ergriff.

»Sie hatte schon immer einen nervösen Magen. Seid ihr fertig mit dem Essen?« Auch sie erhob sich nun, sammelte die Teller vom Tisch ein, wuselte herum wie ein Wirbel-sturm. »Sicher wird das nett mit der Ausstellung.« Ihr künstliches Lachen sagte etwas anderes. Vincent beachtete es nicht. Er blickte noch immer in die Richtung, in die Maggie verschwunden war. Sollte er ihr folgen? Konnte er irgendetwas für sie tun? Oder würde noch mehr Aufmerksamkeit alles nur schwerer für sie machen? Wenn er sich nur nicht so hilflos fühlen würde!

»Also ich muss erst mal von diesen unbequemen Stühlen aufstehen«, kündigte Mark an und erhob sich mit einem Ächzen. »Warum essen wir den Nachtisch nicht drüben bei der Couch? Sind ja nicht bei Königs hier. Ich weiß auch nicht, warum Natalie so einen Aufwasch machen musste.«

»Ich habe Lemon Pie zum Nachtisch. Oder Vanilleeis. Vincent, was meinst du? Oder lieber was Herzhaftes? Ein Stück Käse?«

»Das ist sehr nett, Natalie, aber ich bin ziemlich satt.« Vor allem konnte er sich nicht vorstellen, dass Maggie noch länger bleiben wollte. Was auch immer gerade passiert war, es hatte ihr sicher den Appetit verdorben.

Seine Ahnung bestätigte sich, als sie aus dem Bad kam. Statt sich zu ihrem Vater zu setzen, kam sie zu Vincent und griff nach seiner Hand. »Können wir gehen?«, fragte sie mit leiser, erschöpfter Stimme. Er wusste nicht, ob sie flüsterte, weil sie nur mit ihm reden wollte oder weil ihr die Kraft zu mehr fehlte.

»Natürlich.« Sacht drückte er ihre Hand.

Was sie an Energie besessen hatte, schien mit jeder noch so winzigen Bewegung aus ihr herauszusickern. Er half ihr in die Jacke, die Verabschiedung von Mark und Natalie fiel kurz aus.

Während des ganzen Wegs nach Hause sprach Maggie kein Wort. Er half ihr aus den Schuhen, aus dem Mantel, half ihr aus Jeans, Pulli und Socken, steckte die Bettdecke um ihren

Körper fest und legte sich zu ihr. Ohne sie zu berühren, sah er sie an.

»Ich bin trotzdem froh.« Er hatte nicht damit gerechnet, dass sie noch etwas sagen würde. Als er jetzt ihre Stimme hörte, kam es ihm vor wie ein kostbares Geschenk. »Dass ich zu ihnen gegangen bin. Obwohl ich es versaut habe, bin ich froh. Ich will Brücken bauen, nicht abreißen.«

»Du hast nichts versaut.«

»Ich hab sie enttäuscht.« Er konnte nicht mehr anders, musste sie berühren. Ganz vorsichtig hauchte er einen Kuss auf ihre Stirn.

»Das glaube ich nicht, Maggie. Deine Eltern lieben dich. Und ich liebe dich auch. Ich bin sehr stolz auf dich.«

Sie drehte den Kopf weg, als könnte sie es nicht ertragen, auch nur ein nettes Wort über sich zu hören. Es war ihm egal. Er würde es ihr immer wieder sagen. So lange, bis sie es selbst glaubte. Maggie Thornton war eine Kämpferin, und er war unendlich stolz auf sie.

Ihre Lider klebten an den Augäpfeln. Maggie rollte sich auf den Rücken, wischte sich über das Gesicht, versuchte noch einmal, die Augen zu öffnen. Besser. Zwar brannten ihre Augen immer noch und ihre Zunge war so trocken, dass sie wie ein Fetzen Stoff im Gaumen hing, aber wach war sie jetzt zumindest. Mehr oder weniger.

Gähnend sah sie sich um. Die andere Seite des Bettes war leer. Das hieß dann wohl, dass Vincent bereits aufgestanden war. Am liebsten hätte sie sich auf die Seite gedreht, die

Decke über den Kopf gezogen und die Welt vergessen. Mam und Dad hatten sich so gefreut, dass sie und Vincent kommen wollten. Und dann hatte sie es nur kurze Zeit ausgehalten. Die Nervosität in den Augen ihrer Mutter, der Schmerz auf der Miene ihres Vaters: Das war alles ihre Schuld. Egal, wie sehr sie sich anstrengte, nie konnte sie es richtig machen. Sie war ein schwarzes Loch, alle Freude, alle Zuversicht und Hoffnung verschlang sie mit ihrer Dunkelheit, bis nichts mehr übrig blieb als ein Nichts. War es da verwunderlich, dass sie der Welt lieber den Rücken kehrte? Wäre die Welt nicht besser dran, wenn es sie gar nicht gäbe? Was würde fehlen, ohne sie? Es gäbe ein paar bunte Bildchen weniger, aber bei der Menge an hoffnungsvollen Illustratorinnen und Illustratoren würde sich schon jemand finden, der ihren Platz einnahm. Himmel, selbst dem- oder derjenigen würde sie etwas Gutes tun. Wenn sich hinter ihr eine Tür schloss, würde sie sich für jemand anderen öffnen.

Nein! Sie wusste zu gut, wohin sie diese Art von Gedanken bringen würden. Es waren keine guten Gedanken, sie sprachen weder die Wahrheit, noch halfen sie ihr in irgendeiner Weise.

Ihr Blick fiel auf das Notizbuch auf ihrem Nachttisch. Das Tagebuch, in dem sie für Claire ihre kleinen Alltagserfolge notierte. Aufstehen, Duschen, Anziehen. Gleich drei Erfolge, die sie notieren könnte, wenn sie jetzt die richtigen Entscheidungen traf.

Während sie ihre erste Tasse Tee trank, checkte sie auf dem Smartphone ihre Nachrichten. Mam hatte ihr geschrieben. Maggies Magen verkrampfte sich, aber dann erinnerte sie sich daran, was sie selbst gestern Abend Vincent

noch gesagt hatte. Dass sie lieber Brücken bauen als abreißen wollte, und wurde belohnt.

*Liebes, ich hoffe, ihr seid gut nach Hause gekommen
und dass es dir wieder etwas besser geht. Vincent ist
sehr nett. Danke, dass wir ihn kennenlernen durften.
Lieb Dich, Mam*

Sie starrte auf den Bildschirm, bis die Buchstaben ver-
wischten, weil sich Tränen in ihren Augen sammelten. Kein
Vorwurf. Keine Enttäuschung, keine gut gemeinten Rat-
schläge, die in Wahrheit doch nichts anderes waren als ver-
schleierte Schuldzuweisungen.

Sie legte das Handy weg und schloss kurz die Augen.
Warum hatte sie nie gefragt, auf welche Schule Mimi ging?
*In einer Ecke, klein und krumm, der Goblin lacht, so dumm,
dumm, dumm.* Hier hatte alles angefangen. Die Moorland
West Comprehensive war der Ort ihrer schlimmsten De-
mütigungen gewesen, die Wurzel allen Übels. Bis heute
schmeckte sie Galle auf der Zunge, wenn sie an das Gedicht
von Hilaire Belloc dachte, das sie in der Fünften hatten auswendig lernen sollen. Damals war es mit dem Mobbing
schon so schlimm gewesen, dass Maggie kaum ein Wort
herausgebracht hatte, als Mr. Davies sie aufgerufen hatte.
Nur ein klägliches Stottern hatte sie fertiggebracht.

Die Lehrerinnen und Lehrer, die in ihr nicht mehr sahen
als eine Zeitverschwendung. Die Kinder mit ihrem grau-
samen Lachen und noch grausameren Sprüchen. All das
verband sie mit der Moorland West Comprehensive, und
jetzt hatte sie eingewilligt, dorthin zurückzukehren?

Ja, verdammt noch mal! Sie ballte die Hände zu Fäusten, straffte die Schultern. Denn an der Moorland West hatte sie auch Grace kennengelernt. Kein Ort war nur gut oder böse. Die Erinnerungen an die schlimmen Erfahrungen an der Moorland West hatten ihr schon genug geraubt, sie würde nicht zulassen, dass sie ihr auch das noch nahmen. Mimi zählte auf sie. Vincent zählte auf sie, und schließlich hatte sie noch einen ganzen Tag, um sich auf den Besuch vorzubereiten. Was war denn das Schlimmste, was passieren konnte? Dass sie ein paar ehemalige Lehrkräfte traf? Die Klassenköniginnen von damals? Oder die coolen Typen, die schon mit zehn geglaubt hatten, ihnen gehöre die Welt? Und wenn schon! Maggie konnte auf das stolz sein, was sie sich aufgebaut hatte, seit sie vor über zehn Jahren die Schule verlassen hatte. Sie war eine erfolgreiche Geschäftsfrau. Ihr Name galt etwas in der Branche. Sie wuchs jeden Tag an ihren Aufgaben, und es gab Menschen in ihrem Leben, die sie liebten. Was konnten ihr da schon ein paar Erinnerungen anhaben? Es war an der Zeit, ein neues Kapitel in ihrem Leben aufzuschlagen.

Dummerweise war das leichter gesagt als getan. Von wegen besinnliche Weihnachtszeit, bei Maggie lagen die Nerven blank. War es da ein Wunder, dass sie trotz aller guten Vorsätze ihre Unruhe nicht abschütteln konnte?

Es ist nur in deinem Kopf, sagte sie sich. *Morgen wird ein Tag wie jeder andere. Du schaffst das. Vincent wird bei dir sein. Gemeinsam geht ihr dorthin und stärkt Mimi den Rücken. Du schaffst das, denn du bist stark und mutig.*

Den Ort ihres Grauens aufzusuchen, war nur ein weiterer Schritt nach vorne.

14

Die Moorland West Comprehensive war ein riesiger Komplex für Kinder und Jugendliche jeden Alters. Vom Kindergarten bis zu den A-Levels konnten Heranwachsende hier unterrichtet werden. Die Gebäude waren ein Sammelsurium verschiedener Bauepochen. Es gab Sandsteingebäude, die womöglich noch aus der Zeit der Industrialisierung stammten, Zementklötze mit bunten Glasbausteinen aus den siebziger Jahren des letzten Jahrhunderts sowie neuartigere Häuser, denen es irgendwie gelang, die anderen Baustile miteinander zu vereinen. Wegweiser führten durch das Durcheinander, doch auf den meisten standen nur Zahlen. »Science I: Klassenzimmer 100–300« zum Beispiel, oder »Pre-Prep 001–200«.

Vincent hatte seine liebe Mühe, sich zurechtzufinden. Von Mimi wusste er, dass die Ausstellung in einer Sporthalle stattfand. Soweit er das bisher beurteilen konnte, gab es davon mindestens drei.

Die Menschen, denen er begegnete, sahen nicht aus, als wollten sie ihm helfen. In Zweier- und Dreiergruppen eilten sie über das Schulgelände. Offensichtlich hatte nicht nur der Fachbereich Kunst heute ein Event. Bunte, selbst gemalte Plakate am Wegesrand wiesen auf die unterschiedlichsten Veranstaltungen hin: eine Aufführung der Junior-Theatergruppe, ein Auftritt der Jazz-Band in der kleinen Aula oder ein Rugby-Turnier, bei dem Schüler gegen Lehrkräfte antraten.

Wie sehr er sich wünschte, Maggie wäre hier! Was für ein Glück, dass sie jeden Moment hier auftauchen würde. Sie wüsste sicher besser, wie man sich in diesem Gewimmel von Menschen und Häusern zurechtfand. Nicht, weil sie es mochte, sondern weil sie hier aufgewachsen war. Die Schulen, die er besucht hatte, waren nicht annähernd so groß und unübersichtlich gewesen. Seine Vorschule hatte aus einem einzigen Raum bestanden. Durch die stets offenen Türen war zu jeder Jahreszeit der Duft nach üppigem Grün und blühenden Blumen gedrungen. In seiner Grundschule hatte es nicht mehr als zwei Klassen gegeben – eine für die älteren und eine für die jüngeren Kinder. Und als seine Eltern ihn schließlich auf die internationale Schule geschickt hatten, war auch das eine eng geknüpfte Gemeinschaft gewesen. Jeder kannte jeden. Der Rektor begrüßte alle mit Namen, und manche Lehrer waren auch Freunde oder Verwandte der Eltern.

Das hier war anders. Zwischen den Gebäuden hing Kälte, und die kam nicht nur vom eisigen Nordwind, der eine neue Kältefront über den Norden Englands jagte. Vincent fühlte sich an seine ersten Wochen in Yorkshire erinnert, als das gesamte Land ihm wie ein großer Kühlschrank vorgekommen war. Von der Erinnerung gefangen, schob er die Hände in die Manteltaschen. Irgendwo hier musste es doch zu der blöden Turnhalle gehen. Warum hatten alle End-of-Term-Veranstaltungen Ankündigungsplakate, nur an die Künstlerinnen und Künstler hatte niemand gedacht?

Wie spät war es? Eigentlich hatte er vorgehabt, mit Maggie gemeinsam in die Stadt zu fahren, aber dann hatte ihn ein Notfallanruf seines Vorgesetzten am Vormittag in die Uni getrieben. Seither hatte er ein paar Mal mit Maggie getextet, und sie hatte ihm jedes Mal versichert, dass es für sie in Ordnung war, den Weg alleine zu meistern.

Wärme breitete sich in seinem Bauch aus. Er war so stolz auf sie. Und da war auch endlich der Wegweiser, den er die ganze Zeit gesucht hatte. »Upper School Sporthalle« stand darauf. Dort musste er hin.

Kaum hatte er das Gebäude betreten, empfing ihn der typische Geruch von pubertärem Schweiß, alten Socken und Desinfektionsmitteln, der allen Schulturnhallen auf der Welt wohl gemeinsam war. Durch einen schmalen Gang folgte er neongelben Pfeilen an der Wand zu der großen Halle.

Sofort umgab ihn das lebhafte Gemurmel der Besucher. Ein Summen lag in der Luft, eine lebendige Spannung, als würden die ausgestellten Kunstwerke selbst Kreativität ausstrahlen. Die Wände waren mit einer Vielzahl von Kunstwerken geschmückt. Farbenfrohe Gemälde, Skulpturen, Fotografien und sogar digitale Kunstwerke zogen die Aufmerksamkeit der Besucher auf sich.

In einer Ecke der Turnhalle stand eine Skulptur, die sich »Baum des Lebens« nannte. Aus recyceltem Metall, Plastik und Materialien hatte der Künstler einen riesigen Baum geschaffen. Gut fünf Meter hoch musste das Ding sein, die Krone reichte bis an die Decke. So viel Müll – so viel

Schönheit! Ohne darüber nachdenken zu müssen, verstand Vincent die Botschaft des Künstlers. Man musste sich nur der Herausforderung stellen, dann konnte aus den Trümmern einer ganzen Zivilisation neues Leben entstehen.

Eine Serie von Schwarz-Weiß-Fotografien zeigte Momente aus dem Alltag. Die morgendliche Rasur im grellen Licht einer nackten Glühbirne. Der Weg zur Schule, die Begrüßung der Freunde – Halbwüchsige in Bomberjacken und zerrissenen Jeans, die der Welt ihr Ego entgegenwerfen, um nicht in ihr unterzugehen. Überfüllte Mülleimer auf dem Schulhof, kaputte Pulte im Klassenzimmer, Kabelsalat vor einem defekten Beamer. Vincent hatte es geahnt, jetzt war er sich sicher, dass die Moorland West Comprehensive nicht zu den besser gestellten Schulen der Stadt gehörte. Hier organisierten Elternbeiräte keine Ausflüge oder Stammtische. Die Eltern der Kinder, die auf diese Schule gingen, hatten mit sich zu tun. Ihre Wünsche für den Nachwuchs waren solide. Ein sicherer Job, keine Schwangerschaft vor der Volljährigkeit, vielleicht irgendwann einmal ein eigenes kleines Haus.

Er schlenderte weiter. In der Mitte des Raumes war eine Plattform aufgebaut, auf der sich die herausragendsten Werke befanden. Einige Eltern, Lehrer und Schüler hatten sich versammelt, um die Kunstwerke genauer zu betrachten. Da war die abstrakte Darstellung eines Sonnenuntergangs über einer Stadt. Die lebendigen Farben und die gekonnte Verwendung von Licht und Schatten fesselten die Aufmerksamkeit der Betrachtenden. Vincent wusste genug über Kunst, um die Inspiration der jungen Künstlerin zu erkennen. Jeder Pinselstrich erinnerte an die späteren

Werke William Turners, dennoch war es der Malerin gelungen, ihrer Inspiration etwas Neues hinzuzufügen.

Irgendwo hier musste auch Mimis Installation sein. Hatte sie nicht erzählt, dass ihr Werk das Schlüsselwerk der ganzen Ausstellung war?

Vielleicht war es leichter, erst sie, dann das Kunstwerk zu finden. Andererseits, er wollte Mimi nicht gegenübertreten, ehe Maggie da war. In der Beziehung machte er sich nichts vor: Über seine Unterstützung an diesem für sie so wichtigen Tag würde Mimi sich freuen. Noch viel mehr bedeutete ihr allerdings Maggies Anerkennung. Sie war ihr Idol.

An den Wänden der Turnhalle suchte er eine Uhr. Schon nach halb vier. Maggie sollte seit über einer halben Stunde da sein. Er holte sein Telefon aus der Tasche, checkte Mailbox und Messager-App. Nichts. Unruhe machte sich in ihm breit. Sie würde ihn doch nicht hängen lassen, oder? Und viel wichtiger: Sie würde Mimi nicht hängen lassen. Sie wusste, wie wichtig diese Ausstellung für Mimi war.

Er tippte eine schnelle Nachricht an Maggie, als ihn eine bekannte Stimme ansprach.

»Na, hast du das Werk unserer Lieblingskünstlerin schon entdeckt?« Er fuhr herum, halb enttäuscht, dass es nicht Maggie war, und halb erleichtert, endlich ein bekanntes Gesicht in der Menge zu finden.

Nicht nur eines, sondern gleich drei. Rechts und links von Joan, der Königin der Zugclique, gingen Ahmed und Santa-George. George grinste in seinen Bart hinein, Ahmed war ein wenig blass um die Nase. In seinem Cordanzug und mit dem kleinen Sträußchen Blumen in der Hand passte er nicht zu den anderen Besuchern der Ausstellung, die eher in farbenfrohen Pullovern und Jeans aufgelaufen waren.

Vincent platzierte sich an Ahmeds Seite. Dann sahen sie eben zu zweit aus wie Zeitzeugen aus einem anderen Jahrhundert. Auch er stach mit seinem graubraunen Tweed-Jackett über einer graugrünen Weste aus der Menge heraus.

»Nein. Ich warte eigentlich noch auf Maggie.«

Joans Augen wurden groß. »Sie ist noch nicht da? Wie lange ist denn hier überhaupt noch geöffnet?«

Wieder warf er einen Blick zu der großen Uhr, doch Ahmed kam ihm zuvor. »Noch eine Stunde. Aber Mimi hatte uns doch gebeten, um spätestens vier hier zu sein. Das ist die Zeit, für die sich auch ihre Eltern angekündigt hatten.«

»Meinst du, Maggie könnte was dazwischengekommen sein?« Georges Stimme hatte etwas Sorgenvolles.

»Ich glaube nicht. Zur Sicherheit spreche ich ihr noch mal kurz eine Nachricht auf die Mailbox.« Er wandte den anderen den Rücken zu und wählte Maggies Nummer. Sofort meldete sich der Anrufbeantworter.

»Hey.« Er seufzte. »Alle warten auf dich. Meld dich, okay? Was soll ich Mimi sagen, warum du nicht da bist?« Er wandte sich wieder den anderen zu und setzte eine fröhliche Miene auf.

»Na dann, Leute, lasst uns die künftige Mimi van Gogh mal suchen.« Mal wieder war es Joan, die die Situation in die Hand nahm. »Wenn Ahmed nicht bald seine Blumen loswird, welken sie noch.«

Die Gruppe setzte sich in Bewegung. Ahmed schob sich an seine Seite. »Hätte ich keine Blumen mitbringen sollen?«, fragte er flüsternd nah an Vincents Ohr.

»Die waren eine hervorragende Idee. Bestimmt wird sich Mimi freuen.« Wenn Maggie da wäre, könnte sie ihm mit Sicherheit sagen, welche Bedeutung die Blumen hatten, die Ahmed ausgesucht hatte. Aber Maggie war nicht da. Sie ließ ihn und Mimi im Stich.

Im Gehen tippte er eine weitere Textnachricht an Maggie.

Der Platz auf der Mitte der Siegerplattform war einer digitalen Installation mit dem Titel »21 Gramm« vorbehalten. Durch einen mit blickdichtem Stoff abgehängten Eingang betrat man einen quadratischen Raum. Das Innere war in ein diffuses, rötliches Licht getaucht, das sofort eine surreale Atmosphäre erzeugte. In der Mitte befand sich eine große Leinwand, die auf allen Seiten von einem schmalen Rahmen aus gebürstetem Metall umgeben war. Darauf wechselten sich abstrakte Formen, Farben und Muster in einem endlosen Tanz der Bewegung und Veränderung ab. Die Bilder verschmolzen und verschwammen, wurden eins, um sich wieder zu trennen. Die Klänge einer Musik ohne Melodie erfüllten den Raum. Sie erinnerte Vincent an Walgesang. Darunter lag ein rhythmisches Pochen. Es war so tief, dass man es mehr auf der Haut spürte als es wirklich zu hören.

Einige Besucher standen vor dem Bildschirm, ihre Mienen waren eher ratlos.

»Was ist das?« Auch Ahmed schien überfordert. »Ich habe Bilder erwartet, oder Zeichnungen, oder Fotos.«

Vincent hatte Mühe, zu sprechen, so sehr nahm ihn die Installation gefangen. Nun bemerkte er auch, dass die Wände nicht gerade waren. Pappmaschee bildete Verschlingungen und Hügel auf ihnen. Der ganze Raum schien mit der Musik zu pulsieren, und da begriff er, was er sah.

»Es ist die Seele«, raunte er. »Das Kommen und Gehen von Licht und Schatten auf dem Bildschirm? Das ist Mimis Seele. Wir befinden uns in ihrem Körper.«

Er hatte wohl zu laut gesprochen. Einige Personen fuhren zu ihm herum. Eine von ihnen war Mimi. Sie löste sich aus der Gruppe und lief auf ihn und den Rest der Pendlergruppe zu.

»Endlich hat es jemand begriffen!« Sie fiel Vincent um den Hals. »Ich freu mich so, dass ihr gekommen seid! Jetzt sagt schon: Wie findet ihr es?«

Ahmed trat von einem Bein aufs andere. Statt zu antworten, schoss sein Arm nach vorne. Er hielt Mimi die Blumen unter die Nase, als wären sie ein Mikrofon und Mimi ein Star auf dem roten Teppich. »Die sind für dich«, rief er. »Glückwunsch zu deinem Preis.«

»Danke. Das ist aber lieb.« Mimi nahm die Blumen entgegen. Ihr Blick streifte die Gruppe. »Ist Maggie nicht da?« Im wechselnden Licht der Installation wirkten ihre Augen riesengroß. So viele Emotionen spiegelten sich auf ihrer Miene, zwei davon kristallisierten sich besonders deutlich heraus: Hoffnung und Furcht.

Er schaffte es nicht, ihr weiter in die Augen zu sehen. Das Handy in seiner Hosentasche wog hundert Tonnen. Zum Teufel noch mal, wann meldete sich Maggie endlich?

»Willst du uns nicht deinen Eltern vorstellen? Und deiner Lehrerin. Diese Installation ist einzigartig. Ich kann das Wechselspiel von Schwärze und Licht, von Freude und Enttäuschung richtig selbst fühlen. Aber ohne den Titel wäre ich nicht hinter die Bedeutung gekommen. Der Titel ist der wahre Coup.« In dem Bemühen, die Existenz der menschlichen Seele zu beweisen, hatte der amerikanische Arzt Duncan MacDougall eine Versuchsreihe an Sterbenden durchgeführt. Dabei hatte er festgestellt, dass kurz nach dem Tod alle Menschen etwa einundzwanzig Gramm an Gewicht verloren. Das, was in dieser Zeit verloren ging, war die Seele, davon war MacDougall überzeugt, und Mimi hatte die Theorie in ihrer Installation aufgegriffen.

»Da sagen Sie ja was Interessantes. Ich sehe nämlich in den ganzen Kringeln und Blitzen kein bisschen Kunst. Sind Sie dieser Professor, der unserer Kleinen den Floh ins Ohr gesetzt hat, sich für dieses Kunststipendium zu bewerben?«

Vincent wandte sich um. Neben Mimi stand jetzt ein Mann mittleren Alters, augenscheinlich ihr Vater.

Na dann, Showtime. Zum Glück neigte Vincent bei Aufregung nicht zum Schwitzen. Er reichte Mimis Vater die Hand. »Das bin ich wohl. Schön, Sie kennenzulernen. Mein Name ist Vincent Laurent, und ja, ich glaube wirklich, Sie sollten Mimi diese Möglichkeit geben. Sie hat sehr viel Talent.«

Mimis Vater schnaubte. »Weil sie einen Holzkasten auf eine Bühne stellt?«

»Weil sie die Fähigkeit hat, Gefühle greif- und sichtbar zu machen.«

»Das ist was ich immer sage, Dad«, maulte Mimi. »Kunst ist wichtig. Ich wünschte, Maggie wäre hier. Die könnte dir beweisen, wie viele Leute bereit sind, richtig viel Geld dafür zu bezahlen, wenn jemand Gefühlen ein Gesicht geben kann.« An Vincent gerichtet fragte sie: »Meinst du denn, sie kommt noch? Maggie?«

»Ich weiß nicht, Mimi.«

»Aber sie hat es versprochen.« Die unterdrückten Tränen, die Mimis Stimme beinah zum Brechen brachten, stachen ihm ins Herz. Sie hatte ja recht. Maggie hatte es versprochen, und sie hatte ihr Versprechen gebrochen. Niemand wusste besser als er, wie weh es tat, wenn immer etwas dazwischenkam. Und genau das sagte er auch, als er seine letzte Sprachnachricht auf Maggies Mailbox hinterließ.

Maggie hatte alles genau geplant. Sie wusste, wann sie aufstehen, wann ihre erste Tasse Tee trinken, wann sie duschen und wann das Haus verlassen musste, um pünktlich an der Moorland West Comprehensive zu sein. Doch schon bei Punkt zwei ihrer Planung ging alles schief.

Sie stand am Fenster in der Küche. Aus dem Becher stieg aromatischer Teedampf, ihre Füße steckten in flauschigen Schlappen, die die Kälte des Fußbodens nicht gänzlich abhalten konnten, da sah sie das Malheur. Entweder war in der Nacht ein Wirbelsturm durch ihren Garten gefegt, oder ein besonders wildes Eichhörnchen war auf der Suche nach einer versteckten Nuss zwischen ihren Dekorationen Amok gelaufen. Gut, das war jetzt ein bisschen übertrieben. Wirbelstürme gab es nicht in Yorkshire, und soweit sie wusste, neigten Eichhörnchen in der Regel nicht zu Gewaltausbrüchen. Viel wahrscheinlicher war eine verirrte Windböe oder eine streunende Katze. Doch was auch immer die Ursache

war, die Wirkung war verheerend: Mehrere Weihnachtskugeln waren zu Bruch gegangen, das eine Ende der Gar-
tentorgirlande hatte sich gelöst und flatterte jetzt im Wind.
Dekobänder lagen im Matsch, in den sich der Schnee über
die letzten Tage hinweg verwandelt hatte. Das musste sie
auf jeden Fall richten, ehe sie sich auf den Weg in die Stadt
machte. Vorher schuldete sie ihren Kunden aber zumindest
einen kurzen Blick ins E-Mail-Postfach.

Auch dort wartete eine mittlere Katastrophe auf sie. Die
Bilddateien, die sie gestern an die Druckerei übertragen
hatte, waren fehlerhaft. Blöderweise war gestern der aller-
letzte Abgabetermin gewesen, damit die Druckerei die
Charakterkarten pünktlich in der ersten Woche des neuen
Jahres ausliefern konnte. Und es ging nicht um ein paar
Kärtchen, sondern um einen Auftrag mit einer fünfstelligen
Auflagenhöhe. Wenn der Verlag, für den sie in diesem Fall
arbeitete, die Auslieferung verschieben musste, weil sie einen Fehler gemacht hatte, würde sie das im schlimmsten
Fall ihren guten Ruf in der Branche kosten. Was blieb ihr
anderes übrig, als sich ans Telefon zu hängen und Schadensbegrenzung zu betreiben? Weil so viele Mitarbeitende
bereits im Urlaub waren, dauerte es über eine Stunde, bis
sie jemanden an der Strippe hatte, der ihr weiterhelfen
konnte. Eine weitere Stunde dauerte es, den Fehler ausfindig zu machen und anschließend zu korrigieren. Jetzt lief
sie ihrem Zeitplan hinterher, und die Unruhe, die sie gestern schon den ganzen Tag über begleitet hatte, zog sich in
ihrem Magen zu einem eiskalten Klumpen zusammen.

Frische Luft half. Jedenfalls beteuerte das Claire immer.
Wie praktisch. Denn ohne das Chaos im Garten bereinigt zu

haben, würde Maggie nicht wegfahren. Kinder, Erwachsene, ganze Familien kamen zu ihrem und Vincents Garten, um sich an den Dekorationen zu erfreuen – von den Gutachtern des Wettbewerbs mal ganz abgesehen. Sie sollten nicht enttäuscht werden. Und so viel gab es ja gar nicht zu reparieren. Kein Grund zur Panik. Wenn sie sich ranhielt, hatte sie noch genug Zeit, um den Garten aufzuräumen, sich in der Badewanne aufzuwärmen und pünktlich zu Mimis Ausstellung zu kommen. Sie musste nur in die Gänge kommen.

Also los. Sie zog sich Thermounterwäsche und dicke Funktionskleidung an, schnappte sich ihr Werkzeug, schlüpfte in die gefütterten Gummistiefel und machte sich an die Arbeit.

Ein bisschen schade war es ja schon, dass der ganze Schnee in den letzten Tagen geschmolzen war. Dabei hatte Maggie eigentlich nichts gegen graue Dezembertage, an denen der Wind eiskalt war und den Regen in waagrechten Linien über die Erde trieb. Wenn die Wolken sich bauschten wie düstere Burgen und es den ganzen Tag über nicht richtig hell wurde, leuchteten die Feenlichter, Glitzerkugeln und Lampions in ihrem Garten besonders hell. Nicht nur auf frisch gefallenem Schnee brach sich das Licht der Liebe. Hoffnung leuchtete vor allem in der Dunkelheit. Deshalb liebte Maggie das Spiel von Licht und Farbe, wenn sich dicke Regentropfen in den Weihnachtskugeln spiegelten. Sie liebte die Regenbögen, die entstanden, wenn Licht auf Wasser fiel.

Um ihren Weihnachtsgarten wieder in dem Glanz erstrahlen zu lassen, den er verdiente, sammelte sie zunächst die abgerissenen Schleifen und Kugelscherbensplitter ein.

Was nicht mehr zu retten war, stopfte sie in einen mitgebrachten Müllsack. Ein Spatz flatterte herbei, setzte sich auf einen kahlen Ast und beobachtete mit schief gelegtem Kopf ihr Tun. An einigen der Dekorationsstationen hatte sie Futterstellen für die Vögel eingerichtet. Wenn sie morgens aus dem Fenster schaute und sah, wie sich die Tierchen über die Körner und Kerne freuten, lachte ihr Herz. Es war ihr, als wollten sich die kleinen Gesellen bedanken. Auch jetzt fiepste und trällerte ihr kleiner Freund, tirilierte und plusterte sich auf, als wolle er sagen: *Hey, sieh her, sieh nur, wie wohlgenährt ich bin. Wie gut es mir geht. Das habe ich dir zu verdanken. Dir und Vincent. Weil ihr auch an die kleinsten unter euch denkt und ihnen einen wunderbaren Advent beschert.*

Wenn nur die Menschen so leicht zufriedenzustellen wären wie dieser kleine Vogel. Wenn sie doch nur hierbleiben und sich auf das konzentrieren könnte, was sie gut konnte. Musste sie wirklich zurück an die Moorland West Comprehensive? Mimi hatte doch so viel Unterstützung. Brauchte sie da wirklich auch noch Maggie? Hinter diesem Gartentor warteten Prüfungen auf sie, für die sie sich nicht bereit fühlte. Oder doch?

Den Müll eingesammelt, machte sie sich daran, die Girlande rund um das Gartentor wieder zu befestigen. Das war etwas schwieriger, denn einige Kugeln hatten sich gelöst, und Maggie musste neue anbringen. Da das künstliche Tannengeflecht schon einige Wochen draußen Wind und Wetter ausgesetzt war, waren die Drähte brüchig geworden.

Und während der ganzen Zeit verhandelte sie im Stillen mit sich selbst. *Du hast es Mimi versprochen.* Und es ging ja auch gar nicht nur um das Versprechen, das sie Mimi gegeben hatte. Auch Vincent hatte sie ein Versprechen gegeben, ebenso wie sich selbst. Das war womöglich das wichtigste von allen. Ihre Welt war größer geworden in den letzten Wochen. Bunter. Lebendiger. Wollte sie das wirklich aufgeben, nur weil ihr der Ort Angst machte, an dem diese verdammte Ausstellung stattfand? Warum dachte sie über all das überhaupt immer noch nach? Die Entscheidung war längst getroffen. In spätestens eineinhalb Stunden würde sie im Zug sitzen, um in der Stadt Vincent und die Zugclique zu treffen. Sie wäre dabei, wenn sie Mimi Mut machten und das Gute, das sie Mimi tat, würde auch auf sie selbst zurückfallen. Denn einmal mehr hatte sie dann ihre Angst bezwungen. Hatte die Panik und die Erinnerungen nicht siegen lassen, sondern ihnen tapfer ins Gesicht gelacht.

Wenn doch nur dieses ständige Gefühl, beobachtet zu werden, nicht wäre. Ihre Haut kribbelte schon richtig davon. Egal, wie sehr sie sich auf die Arbeit konzentrierte, egal wie sehr sie sich bemühte, die kalte Winterluft mit jedem Atemzug ganz bewusst in ihre Lungen zu saugen, die innere Anspannung blieb. *Lauf weg!*, schrie ihr Instinkt. *Drinnen bist du sicher.*

»Au!« Sie hatte sich gepikst. Einer der losen Blütendrähte der Girlande hatte sich unter ihren Zeigefingernagel gebohrt. Sie zog den Finger zurück und steckte ihn sich in den Mund.

»Geschieht Ihnen recht!« Eine Stimme, wie sie im Film Piraten oder Rocksänger hatten.

Maggie fuhr herum. Mit diesem Unterton gehörte die Stimme ganz bestimmt niemandem, der es gut mit ihr meinte.

Im Gegenteil, sie könnte geradewegs aus ihrem Kopf stammen. Von dem Ort, wo ihre Ängste zu Hause waren.

»Jaja, da gucken Sie, was? Aber ich hab das schon so gemeint, wie ich es gesagt habe. Dieses ganze Klimbim hier! Seit Jahren ist mir das ein Dorn im Auge! Nachhaltigkeit ist Ihnen wohl ein Fremdwort? Warum an andere denken, wenn es darum geht, die eigene Person in den Mittelpunkt zu rücken, hm?«

Er redete und redete und redete. Maggie öffnete den Mund, wollte etwas erwidern. Krampfhaft versuchte sie, sich an den Namen des Mannes zu erinnern, der ihr gegenüber auf der anderen Seite des Gartenzauns stand. Hatte Beth ihn nicht erwähnt? Bei einem ihrer Spaziergänge durch Whispering Heights hatten sich Vincent und Maggie auch gewundert, warum sein Garten überhaupt nicht dekoriert war. Damals hatten sie sich noch über den Nachbarschaftsgrinch amüsiert, »Ebenezer Scrooge« hatten Vincent und sie ihn heimlich getauft. Jetzt machte er Maggie Angst. Er krümmte seine lange Nase, als hätte er etwas Fauliges gerochen: Sie.

»Mr. Snickersby.« Endlich fiel ihr der Name wieder ein. »Kann ich Ihnen irgendwie helfen?« Ihre Stimme zitterte, ein scharfes Kichern stieg ihr aus der Kehle. So klang zu Laut gewordene Nervosität.

»Helfen?« Auch Snickersby lachte. Seines klang böse und verzerrt. »Es würde mir schon helfen, wenn dieses Klimbim mir nicht jeden Abend mitten ins Schlafzimmer leuchten würde.«

»Ich kann …« Ihr Mund war zu trocken zum Sprechen, ihre Zunge zu schwer, um Worte zu formulieren. In ihren Ohren rauschte es.

»*Ich kann, ich kann.* Was können Sie? Was soll das Ge-
stotter? Machen Sie sich über mich lustig?« Er reckte die
Faust gen Himmel, drohte ihr oder Gott oder wer weiß,
wen er dort oben vermutete. Seine weißen Haare flogen
ihm ins Gesicht, seine Lippen bewegten sich. Schrie er?
Oder flüsterte er? Sie hörte kein Wort. Nichts von dem,
was er ihr an den Kopf warf, kam bei ihr an.

»Jetzt fliegt euer Müll auch noch in meinen Garten! Und
kommt mir bloß nicht mit ›Ich kann doch nichts für den
Wind‹. Wenn man schon Müll produziert und Strom ver-
schwendet, um dieses angebliche Fest der Liebe zu feiern,
das in Wahrheit nur eine Erfindung von Coca-Cola ist,
dann sollte man wenigstens Rücksicht auf seine Mitmenschen nehmen!« Noch mehr Fäusteschütteln. »Aber Rücksicht ist für Sie wohl ein Fremdwort.«

Sie wollte im Boden versinken. Sie wollte sich in eine
Ecke verkriechen und klein machen. Ganz, ganz klein. Die
Knie an den Körper ziehen, den Kopf dazwischen vergraben. Nichts hören, nichts sehen. Nicht reden müssen,
nichts erklären müssen. *In einer Ecke, klein und krumm,
der Goblin lacht, so dumm, dumm, dumm.*

Ja, sie war dumm gewesen zu glauben, dass es jemals anders sein würde. Dass sie eines Tages Teil der Welt vor ihrer
Haustür werden könnte. Sie hatte sich getäuscht. Die Menschen waren grausam. Das Leben war grausam. Egal, wie
sehr sie sich bemühte, irgendetwas zog sie immer wieder
zurück in den Sumpf aus Angst und Furcht und Ekel vor
sich selbst.

Sie konnte nicht mehr zuhören. Ihr Magen brannte.
Nicht mehr lange und der schlimmste Augenblick ihres Le-

bens würde sich wiederholen. Sie wollte dem Grinch wirklich nicht vor die Füße kotzen. Wenigstens das musste sie verhindern.

Sie ließ die Blumenschere fallen und rannte. Gerade so schaffte sie es bis ins Bad. Vor der Kloschüssel brach sie zusammen. Kurz bevor sie in den Schlaf der Erschöpfung glitt, angelte sie nach dem Telefon und wählte die einzige Nummer, die ihr in den Kopf kam.

15

Das Haus war dunkel. Das fiel Vincent auf, weil auch die Lichter der Weihnachtsdekorationen im Garten aus waren. Als er das Gartentor öffnete, stolperte er fast über eine Gartenschere auf dem Boden. Auf dem frisch gefallenen Schnee zeichneten sich mehr als ein erkennbares Paar Fußspuren ab. Die zu Resignation erstarrte Wut über Maggies Fernbleiben verwandelte sich in seinem Bauch in etwas anderes. Etwas, das er noch nicht benennen konnte.

Alles in allem war die Ausstellung für Mimi doch noch ganz gut verlaufen. Santa George hatte die Sache schließlich in die Hand genommen. Er hatte Mimis Eltern unmissverständlich zu verstehen gegeben, dass Eltern ihre Kinder unterstützen und nicht behindern sollten. Ihre Tochter würde flügge werden, das war nun mal der Lauf der Zeit. Hier und heute ging es um die Frage, wie sich die Beziehung zu ihrer Tochter gestalten würde, wenn sie und Mimi nicht mehr nur durch Abhängigkeit verbunden wären. Wollten sie in Mimis Leben dann immer noch eine Rolle spielen? Ja? Dann mussten sie ihrer Tochter beweisen, dass sie sie und ihre Wünsche ernst nahmen.

Unterstützung hatte er von Joan und Mimis Kunstlehrerin erhalten. Sie alle hatten Mimis Eltern versichert, dass ein Talent wie das von Mimi gefördert werden musste, um erblühen zu können.

Eigentlich spielte es keine Rolle, ob es am Ende wahre Einsicht oder eine Kapitulation vor der schieren Übermacht gewesen war, die Mimis Eltern umgestimmt hatte. Was zählte, war das Versprechen, dass sie Mimi künftig in ihrer Bemühung um ein Stipendium unterstützen würden. Darüber war die junge Künstlerin so glücklich gewesen, dass sie ihre Enttäuschung über Maggies Abwesenheit glatt vergessen hatte. Im Einklang mit den Farbwirbeln auf den Leinwänden ihrer Seeleninstallation glühten ihre Wangen vor Aufregung und Freude. Beim Abschied hatte sie Vincent fest umarmt, ihm ihren Dank ins Ohr geflüstert und ihm gesagt, er solle Maggie liebe Grüße und frohe Feiertage wünschen, und auf einmal war es Vincent ganz elend zumute gewesen. So einfach war es also, zu verzeihen. Mimi machte es ihm vor. Wollte er wirklich an seinem Groll festhalten?

Den ganzen Weg nach Hause über hatte er sich eine Entschuldigung zurechtgelegt. Wobei, nein, Entschuldigung war das falsche Wort, doch ein besseres fiel ihm nicht ein. Es ging nämlich nicht nur um Mimi. Ganz unabhängig davon, dass das, warum sie alle zu Mimis Schulausstellung gekommen waren, ein gutes Ende genommen hatte, blieb seine Enttäuschung. Auch er hatte sich auf Maggie gefreut. Auch er hatte sich auf sie verlassen und war enttäuscht worden, und sosehr er Mimi für ihre Gabe zum Verzeihen bewunderte, ihm selbst fiel es schwerer. Daran musste er arbeiten. Trotzdem sollte Maggie wissen, wie tief sie ihn mit ihrer Unzuverlässigkeit verletzt hatte. Hätte sie nicht wenigstens auf eine seiner Nachrichten antworten können?

Sicher, als er Maggie zum ersten Mal zu einem Treffen mit Mimi eingeladen hatte, hatte sie gesagt, sie könne für nichts garantieren, aber seither hatten sie so viel gemeinsam erlebt. Immer wieder hatte sie bewiesen, dass es ihr gelang, ihre Angst zu überwinden. Er hatte nicht damit gerechnet, dass sie ausgerechnet heute aufgab und vor ihren Problemen kapitulierte.

Und so ging es hin und her. Ihm wurde schon ganz schwindlig von den Karussellfahrten, die seine Gedanken unternahmen. Er musste Maggie sehen. So einfach war das. Ob Entschuldigung oder Anklage, er musste mit ihr reden. Er musste sie in die Arme schließen und sich und ihr versichern, dass sie diesen Stolperstein gemeinsam überwinden würden. Was spielte es für eine Rolle, wer oder was ihn ihnen in den Weg gelegt hatte? Wichtig war, dass er sie nicht zu Fall brachte.

Doch nun waren das Haus und ihr Winterwunderland zum ersten Mal seit Wochen nicht erleuchtet. Niemals würde Maggie die Weihnachtsbeleuchtung einfach so ausschalten. Außerdem waren die meisten Lichterketten mit einer Zeitschaltuhr verbunden. Normalerweise schalteten sie sich bei Einbruch der Dunkelheit von selbst ein. Nur wenn Maggie an der Dekoration arbeitete, drehte sie die Gartensicherung heraus, damit sie nicht aus Versehen einen Kurzschluss verursachte. War das passiert? Hatte sie sich verletzt und konnte deshalb nicht zu Mimis Ausstellung kommen?

Um Himmels willen, war ihr womöglich etwas Schlimmes passiert? Er blickte auf die Gartenschere in seinen Händen.

Die letzten Schritte zu ihrer Haustür rannte er. Die Tür war verschlossen, er rüttelte an der Klinke. Das Holz ratterte im Rahmen, doch das Blatt schwang nicht auf. Verdammt! Er ließ die Klinke los, hämmerte mit der Faust gegen das Holz. Verdammt, verdammt, verdammt!

»Maggie!« Als Nächstes klopfte er ans Küchenfenster. In der Dunkelheit klang sein Ruf wie der Schmerzensschrei eines sterbenden Tieres. »Maggie, bis du da drin?«

Er ließ die Hand sinken. Lauschte. Bildete mit den Händen einen Trichter, um besser durch das Fenster sehen zu können.

Nichts.

Niemand.

Nur Dunkelheit.

»Maggie, bitte! Wenn du hier bist, mach auf.«

Das hatte er davon, mal wieder nur mit dem eigenen Schmerz beschäftigt gewesen zu sein. Warum war ihm nicht sofort in den Sinn gekommen, dass es einen triftigen Grund geben musste, wenn Maggie ihn versetzte? Sie wusste, wie dünnhäutig er in Bezug auf gebrochene Versprechen war. Und jetzt war sie weg, sein Bauchgefühl sagte ihm, dass etwas Fürchterliches passiert war, und er hatte keine Chance, herauszufinden, wo sie war oder was geschehen war.

Ein Kloß in seinem Hals ließ ihn kaum atmen. Wo könnte sie sein? Denk nach, beschwor er sich. Darauf warst du immer so stolz. Dein Kopf ist dein Kapital, hast du immer gedacht, jetzt benutze ihn, verdammt noch mal, für etwas wirklich Wichtiges, statt für die Analyse von Texten, die außer ein paar Fachleuten ohnehin kaum jemanden interessieren.

In seiner Verzweiflung begann er, den Bereich vor der Haustür nach einem Ersatzschlüssel abzusuchen. Wie ein Einbrecher hob er die Fußmatte an, tastete in die Hohlräume unter den Fensterbrettern.

»He, Sie da!«

Er fuhr zusammen.

»Was machen Sie da?«

»Ich …« Mit erhobenen Händen drehte er sich um. »Ich bin kein Einbrecher, versprochen. Meine Freundin wohnt hier. Ich darf hier … *Scrooge*?« Der Name rutschte ihm über die Lippen, ehe er sich stoppen konnte. Natürlich wusste er, dass der Mann nicht wirklich so hieß. Aber Maggie und er hatten sich oft genug über ihren Nachbarn gewundert. Der Name hatte sich einfach in seinem Kopf festgesetzt.

Ebenezer stieß ein freudloses Lachen aus. »Das verdien' ich wohl. Aber eigentlich bin ich gekommen, um mich bei der jungen Frau zu entschuldigen.« Er verzog das Gesicht zu einer Grimasse. »Man könnte sagen, ich habe einen der drei Geister der Weihnacht gesehen, und jetzt plagt mich mein schlechtes Gewissen. Sie ist wohl nicht da?«

»Maggie?« Vincent seufzte. »Nein. Ich mache mir große Sorgen um sie. Sie haben nicht zufällig etwas gesehen? Einen Krankenwagen? Hubschrauber? So etwas?«

Ebenezer schüttelte den Kopf. »Als ich am frühen Nachmittag mit ihr gesprochen habe, ging es ihr noch gut. Sie hat hier irgendwas an dieser Girlande repariert. Meine Schimpftirade schien sie ziemlich getroffen zu haben, aber sonst …«

Maggie hatte also im Garten gearbeitet, daher die herausgedrehte Sicherung. Stück für Stück setzte sich in

Vincents Kopf ein Bild zusammen. Maggie, die sich von Wind und Schneeregen nicht davon abhalten ließ, ihr Weihnachtswunderland zu pflegen. Ebenezer, der auftauchte und sie wegen irgendetwas anfuhr. Arme Maggie. Ausgerechnet sie hatte seinen Zorn abbekommen.

»Was um alles in der Welt kann Maggie denn gemacht haben, um Sie zu ärgern? Sie verlässt doch kaum ihr Haus.«

»Das ist es ja!« Seine Stimme überschlug sich, dann räusperte er sich und zwang sich offensichtlich zur Ruhe. »Das ist es ja«, wiederholte er, diesmal in ruhigerem Tonfall. »Was ist mit ihren Eltern, ihrer Familie, ihren Freunden? Jedes Jahr macht sie dieses Theater um Weihnachten, mit Lichtern und Kugeln und Kunstschnee und allem Kitsch, den man sich nur denken kann. Das Fest der Liebe?« Er schnaubte. »Dass ich nicht lache. Geben einem diese Kugeln Liebe?« Er klang jetzt nicht mehr aufgebracht, sondern verzweifelt.

»Was ist mit den ganzen Lichterketten? Helfen die gegen Einsamkeit? Oder dieser Plastikweihnachtsmann?« Wenigstens erwähnte er nicht die Plastikpalme. »Nein! Wenn es ihrer Freundin wirklich um das Fest der Liebe ginge, dann würde sie fragen, wie es den Menschen geht, mit denen sie ihr Leben teilt. Ihre Nachbarn, ihre Eltern, ihre Freunde. Dieser ganze Flitterkram ist purer Egoismus. Verbraucht Strom und produziert Müll. Aber Einsamkeit im Herzen kann er nicht vertreiben. Und außerdem … heiße ich Archibald. Archibald Snickersby.«

Nichts an der Schimpftirade war lustig. Trotzdem zuckten Vincents Mundwinkel. Archibald Snickersby klang fast noch besser als Ebenezer Scrooge.

»Ja, ja, lachen Sie nur«, grummelte Archibald zurück. Er sackte sichtlich in sich zusammen. »Sie können nichts sagen, was ich nicht schon gehört habe. Meinen Eltern war nicht klar, was sie mir mit diesem Namen antun. Menschen können grausam sein, sage ich Ihnen. Und manchmal ist Angriff die einzige Art der Verteidigung. Es tut mir leid, wegen Ihrer Freundin.« Jedes Mal, wenn er die Entschuldigung aussprach, schien sie ihm schwerer über die Lippen zu kommen. Aber eines begriff Vincent jetzt. Es war nicht mangelnde Einsicht, die es Archibald so schwer machte, sondern Schmerz. Echter, unverstellter Schmerz.

»Und mir tut es leid, dass Sie sich so einsam fühlen, Archibald.«

»Drei Kinder hab ich großgezogen mit meiner Gayle. Drei stramme Jungs. Doch glauben Sie, einer von denen kommt zu Weihnachten, um mal zu sehen, wie es seinem alten Herrn geht?« Archibald schnaubte. »Nein! Die sind zu beschäftigt mit den eigenen Kindern und den Ehefrauen und Schwiegereltern und dem ganzen Theater. Man muss ja den Schein wahren. Früher, als meine Gayle noch gelebt hat, da sind sie manchmal gekommen. Aber jetzt sagen sie, es würde sie traurig machen, um diese Zeit im Jahr hier zu sein. Wo ihre Mam … Na ja, wo sie doch kurz vor Weihnachten gestorben ist.« Archibald schluckte. Mit einer ruckartigen Bewegung wischte er sich Feuchtigkeit aus den Augenwinkeln. »Als ob mich das nicht auch traurig machen würde. Und wenn ich eine Kerze anzünden will, für meine Gayle, dann sieht man sie kaum bei all dem Licht, das von diesem Garten hier ausgeht. Und wenn ich all die Kinder sehe, die am Wochenende und am Nachmittag mit ihren Eltern kommen, um sich das Spektakel anzusehen, dann denke ich an meine Enkelkinder, die das nicht sehen können. Aber das sind meine Probleme, das weiß ich. Ich hätte nicht so wütend auf ihre Freundin sein sollen.«

Vincent lächelte traurig. »Es tut mir sehr leid, dass es so schwer für Sie ist. Aber wissen Sie was? Sie hätten mit uns reden können. Richtig reden, statt schimpfen. Maggie hätte Sie sicher in ihr Herz geschlossen, denn mit Einsamkeit und Angst kennt sie sich aus. Sie macht das alles hier nicht, um anzugeben. Wenn Sie wirklich meinen, ihr geht es um Aufmerksamkeit, dann täuschen Sie sich gewaltig. Maggie schafft diese wunderbaren Weihnachtswelten, weil auch sie nach einem Ort sucht, an dem sie sich sicher fühlt. Und geliebt. Und weil es ihr Freude macht, Menschen glücklich zu machen. Auch dann, wenn es ihr schwerfällt, mit anderen zu reden.«

»Sie meinen also nicht, dass sie aus purem Trotz nicht auf meine Vorwürfe reagiert hat?«

Niedergeschlagen kniff Vincent sich in die Nasenwurzel. »Ganz sicher nicht. Bestimmt haben Sie ihr eine Heidenangst eingejagt, wenn Sie sie wirklich so angefahren haben, wie das gerade bei Ihrer Entschuldigung klang.«

»Ihr Müll ist in meinen Garten geweht.« Archibalds Miene sprach Bände. Er wusste sehr gut, wie dürftig diese Erklärung klang. »Und als ich sie damit konfrontiert habe, hat sie einfach geschwiegen. Stand da wie ein Fisch auf dem Trockenen. Und dann hat sie sich umgedreht und ist weggelaufen.« Er rieb sich den Bart. »Da ist mir klar geworden, dass ich zu weit gegangen bin.«

»Tja, Archie, da haben Sie wohl recht.« *Wo bist du, Maggie,* dachte er. *Wohin bist du geflohen, als nicht einmal mehr dein Zuhause sicher erschien?* Wäre er heute Nachmittag bei seinen Text- und Sprachnachrichten doch bloß freundlicher gewesen. Was würde er dafür geben, die Zeit zurückdrehen zu können und Maggie zu versichern, wie sehr er sie liebte, anstatt sie mit seinen Vorwürfen und seiner Kränkung zu konfrontieren. »Wir beide haben heute ziemlich großen Mist gebaut. Ich war auch gemein zu ihr.«

Archibalds Kichern klang rostig. »Wir sollten einen Klub gründen.«

»Wissen Sie was? Warum machen wir nicht genau das?« Er nickte mit dem Kinn in Richtung von Maggies verschlossener Haustür. »Es sieht so aus, als würden wir beide heute Abend unsere Entschuldigung nicht loswerden. Warum machen wir nicht das Beste daraus und Sie kommen zu mir? Ich bin kein großer Koch, aber Baked Beans auf Toast bekomme ich hin, und ein paar Fläschchen Bier habe ich auch noch im Kühlschrank.«

»Oh nein. Nein, nein. Das könnte ich nicht. Das kann ich nicht …«

»Halt den Mund, Archie.« Er zwinkerte dem Älteren zu. Mit der Höflichkeitsformel hielt er sich nicht mehr auf. »Baden wir gemeinsam in unserem Elend. Kennst du das Buch ›Zusammen ist man weniger allein‹? Ich sag dir, Anna Gavalda ist eine sehr kluge Frau.«

»Anna Gavalda? Wer soll das sein? Eine Schauspielerin?«

»Nein.« Lachend schüttelte er den Kopf. »Eine Schriftstellerin.«

Und so begann er zu erzählen. Über ein Buch, in dem es um Liebe und Einsamkeit ging. Um Familie, Hoffnung und Verlust. Und während er sprach, spürte er, dass auch Archibald jetzt nicht mehr so allein war, und er verstand, wie wichtig es war, die Hand auszustrecken und den Menschen um einen herum nicht mit Misstrauen, sondern mit Mitgefühl zu begegnen. Die meisten Menschen wollten einander nicht wehtun, und taten es dennoch.

Aber manchmal, wenn man sich Mühe gab und Glück hatte, dann belohnte einen das Schicksal mit einem neuen Freund, der nach einer ungemütlichen Nacht auf dem Sofa am nächsten Morgen an einem Heiligabend, der der traurigste in Vincents Leben zu werden versprach, noch klar genug im Kopf war, um Vincent endlich auf die richtige Spur zu führen, wo Maggie sein musste.

Es klopfte heftig, aber die Zimmertür öffnete sich nicht. Maggie zog sich das Kissen über den Kopf und presste die Lider zusammen. Jedes Mal, wenn sie das tat, flossen ein paar Tränen aus den Augenwinkeln. Woher die noch kamen, war ihr ein Rätsel. Müssten ihre körpereigenen Wasserspeicher nicht längst aufgebraucht sein? Wie viel Wasser hatte ein Mensch gespeichert? Wie viele Tränen konnte man weinen, um an seinem Unglück zu verdursten?

»Maggie, Schatz? Ich komm jetzt rein, in Ordnung?« Selbst durch die Daunen im Kissen hörte Maggie die Sorge in der Stimme ihrer Mutter. Doch darunter, daneben, war noch ein anderer Ton. Eine felsenfester Klang, der keinen

Widerspruch duldete und an dem sich selbst Trauer und Dunkelheit den Kopf stießen.

Zu mehr als einem Knurren konnte Maggie sich trotzdem nicht bringen.

Knarzend öffnete sich die Tür. Sie hörte Schritte. Unter ihrem Körper senkte sich die Matratze. Ein einziger Atemzug blieb ihr, dann zog ihre Mam ihr das Kissen vom Gesicht.

»Immer noch so schlimm?«

Maggie starrte ins Leere. Irgendwann musste sie die Augen geöffnet haben, aber jetzt erinnerte sie sich nicht mehr daran. Die Vorhänge filterten das Nachmittagslicht. Was für ein seltsamer Trost, in diesem Zimmer zu sein, wo so viele ihrer Kleinmädchenträume entstanden und wieder zerbrochen waren. Ganze Ozeane aus Tränen hatte sie hier vergossen. Warum sollte sie kämpfen, wenn das Leben doch ein ewiger Kreislauf war, der sie stets zurück an diesen Punkt brachte? Zerbrochen und geprügelt, emotional ausgelaugt, wie ein Fetzen Stoff, der so viel Unrat aufgesaugt hatte, dass er nur noch gut zum Wegwerfen war.

Mam räusperte sich. »Hör zu, ich habe mit Claire telefoniert.«

»Ich will nicht mit Claire sprechen.«

»Das habe ich ihr auch gesagt.« Diese Erschöpfung in Mams Stimme? Auch daran war Maggie Schuld. Heute war Heiligabend. Seit Jahren verbrachten Mam und Dad diesen Tag mit einigen Bekannten aus dem Pub in den Räumen der örtlichen Tafel. Dort schmückten sie die Gemeindeküche mit Papierketten und Lametta und halfen der regulären Belegschaft bei der Vorbereitung des Weihnachtsessens für Bedürftige. Mam und Dad war diese Aktion wichtig, es war ihre Art, der Gemeinschaft, in der sie lebten, etwas zurückzugeben. Bestimmt hatten sie deshalb auch den Skiurlaub abgesagt. Ihnen war es gar nicht um Maggie gegangen. Bis vor ein paar Jahren hatten sie Maggie immer wieder zum Mitmachen animiert, doch für sie war der ganze Trubel nichts. Lautes Lachen und markige Sprüche füllten während der Vorbereitungen den ganzen Saal. In Englands Norden ging es ruppig zu, selbst wenn man etwas Gutes tat, und das war nichts für Maggie. Zu viele Augen, die sich auf sie richteten und auf eine Reaktion warteten.

Und anstatt Heiligabend so zu verbringen, wie sie es sich gewünscht hatten, mussten ihre Eltern nun auf sie Rücksicht nehmen. Es gab einen Grund, warum Maggie seit Jahren Entschuldigungen vorschob, wenn Mam oder Dad sie fragten, ob sie Weihnachten nicht endlich mal wieder mit ihnen verbringen wollte. Sie wollte keine Last sein. Sie wollte Freude in das Leben anderer Menschen bringen. Liebe. Glück. So wie es ihr mit ihren Illustrationen oder dem Lichterzauber in ihrem Garten gelang. Aber nicht einmal darauf war Verlass. Ihr Nachbar, dieser Snickersby, war so wütend auf sie und ihre Installationen gewesen, so voller Zorn und Anklage.

Sie wollte sich die Decke wieder über den Kopf ziehen, aber ihre Mam hielt sie auf.

»Claire meinte, sie sei über die Feiertage nicht durchgängig erreichbar. Wenn wir uns zu große Sorgen um dich machen, sollen wir dich in die Klinik bringen.«

»Ich will nicht in die Klinik.« Sie wollte nicht zugeben, dass sie gescheitert war. Wieder einmal. »Mam, ich krieg das schon hin. Ihr müsst euch keine Sorgen machen.«

»Du hast seit fast vierundzwanzig Stunden nichts gegessen und kaum etwas getrunken.«

»Ich vergesse es einfach, wenn es mir schlecht geht.« Wenn sie Mam überzeugen wollte, dass mit ihr alles in Ordnung war, sollte sie sich wenigstens hinsetzen. Wie konnte so eine kleine Bewegung so viel Kraft kosten?

Mam hielt ihr ein Glas vor die Nase. Allein der Gedanke zu schlucken, drehte Maggie den Magen um. Doch Mam ließ nicht locker, also nahm sie das Glas und trank. Erst bei der Hälfte fiel ihr auf, dass es kein reines Wasser war, sondern irgendein isotonisches Mischgetränk.

»Immer mach ich alles schwerer für euch.« Sie brach in Tränen aus. »Ich hätte dich nicht anrufen sollen, aber ich wusste einfach nicht mehr weiter. Mir ist niemand anderer eingefallen.« Weiter kam sie nicht, denn Mam nahm sie in ihre Arme. Wie früher, als Maggie noch ein kleines Mädchen gewesen war, wiegte sie sich vor und zurück, streichelte ihr den Rücken.

»Du hast genau das Richtige getan. Dad und ich sind immer für dich da, hörst du? Immer. Zu jeder Tages- und Nachtzeit. Egal, wo wir sind. Egal, wo du bist. Wenn du uns brauchst, sind wir für dich da. Du bist unser kleines Mädchen. Egal, wie alt du wirst, daran wird sich nie etwas ändern. Du bist ein Geschenk, Maggie. Genau so, wie du bist, bist du richtig.«

Mams Versicherungen taten ihr gut, auch wenn Maggie sie nicht glauben konnte.

»Willst du mir nicht endlich erzählen, was passiert ist? Hast du dich mit Vincent gestritten? Als ihr vor ein paar Tagen gemeinsam hier wart, saht ihr so glücklich zusammen aus.«

Vincent. Maggie verzog das Gesicht. Allein den Namen zu hören, tat weh. »Vincent will mich sicher nie wieder sehen. Ihn habe ich auch enttäuscht. Genau wie euch.« Sie schniefte.

Das wollte Mam nicht hören. Auf Armlänge drückte sie Maggie von sich. »So redest du nicht von meiner Tochter, Margaret Thornton. Du bist keine Belastung. Das will ich gar nicht hören.«

»Aber …«

»Nichts aber.« Ihre Mam seufzte tief. »Weißt du was? Dad und ich – wir haben so lange versucht, zu verstehen, wie es in dir aussieht. Damit wir dir besser helfen können. Wir dachten …« Sie schluckte. »Wir dachten, wenn wir dir nur an diesen dunklen Ort in deinem Kopf folgen können, wäre es leichter, dir einen Weg ins Licht zu zeigen. Aber mit der Zeit habe ich etwas verstanden. Willst du wissen, was?«

Maggie antwortete nicht, Mam fuhr trotzdem fort. »Du bist verdammt stark, und die, die das nicht in dir sehen, sind es nicht wert, dass du dich mit ihnen befasst. Es ist mein Ernst. Du bist stark und du bist wertvoll, und jeder Mensch auf dieser Welt, den du in dein Herz lässt, kann sich glücklich schätzen, von dir geliebt zu werden. Denn das ist die andere Seite der Medaille. Das, was dir das Leben oft so schwer macht – dein Mitgefühl, deine Sensibilität und deine Güte –, ist genau das, was dich zu einem solchen

Schatz macht. Dein Kampf und deine Liebe sind dasselbe, Maggie. Gerade weil du so oft im Dunkeln stehst, leuchtet dein Licht umso heller. Wie kannst du das nicht sehen? Gerade du, die sich so gut mit dem Zauber von Licht auskennt.«

Maggie lehnte sich an die Schulter ihrer Mutter. Diesmal fühlte sich das Schweigen leichter an. Mam strich ihr das Haar aus dem Gesicht.

»Ist Vincent so ein Mensch? Sieht er, wer du wirklich bist?«

Maggie dachte nach. Sie überlegte gut, denn sie wollte die Wahrheit sagen. Aber hatte Vincent selbst nicht etwas ganz Ähnliches zu ihr gesagt, damals, als sie Mimis erster Besuch so überwältigt hatte? Hatte er ihr jemals Vorwürfe gemacht, wenn sie nach einem langen Tag keine Worte mehr gehabt hatte und seine Nähe nur schweigend genießen konnte? Hatte er je versucht, sie zu verbiegen, sie zu formen oder zu verändern?

Nein, so war Vincent nicht. Vincent besaß Güte und Nachsicht und Geduld. Sogar, dass sie es nicht zu Mimis Ausstellung geschafft hatte, hätte er ihr verziehen. Mit etwas Abstand glaubte sie fest daran. Sie hätte es ihm nur sagen müssen. Aber manchmal war Reden schwer. Vor allem, wenn es bedeutete, die eigenen Schwächen zuzugeben. Mam wartete immer noch auf eine Antwort. Maggie wollte ihr gerade eine geben, da klingelte es an der Tür.

16

Als er auf den Klingelknopf drückte, kamen die Zweifel. Welcher Teufel hatte ihn geritten, am Weihnachtsabend unangekündigt vor der Tür von Menschen zu stehen, die er bisher nur einmal im Leben getroffen hatte?

Die Frage war müßig, er kannte die Antwort. Kein Teufel, sein schlechtes Gewissen. Das, und Archibalds gutes Zureden, dass nichts einen Weihnachtstag nachhaltiger verderben konnte als ein ungeklärtes Missverständnis.

Dem hatte Vincent nichts mehr hinzufügen können, also hatte er sich ein Herz gefasst und war aufgebrochen. Jetzt konnte er nur hoffen, dass Maggie wirklich bei ihren Eltern war. Wenn nicht, stand er mit seiner Suche nicht nur wieder am Nullpunkt, sondern würde auch Natalie und Mark das Weihnachtsfest verderben. Sicher würden auch sie sich Sorgen machen, wenn er auftauchte, um zu behaupten, ihre Tochter sei wie vom Erdboden verschluckt.

Er hatte keine Zeit, es sich anders zu überlegen, denn schon hörte er Schritte hinter der Tür.

Er hielt den Atem an, wischte sich noch einmal die Haare aus der Stirn. Mehr konnte er nicht tun. Wenn man ihm die durchzechte Nacht mit Archibald ansah, musste er damit leben.

Die Tür wurde aufgestoßen. Mark stand im Rahmen. Er trug einen Weihnachtspullover mit drei tanzenden Pinguinen in Elfenkostümen auf der Brust und grinste von einem Ohr zum anderen.

Sobald er Vincent sah, verschwand sein Lächeln. »Du.« Er straffte die Schultern, was seine ohnehin schon massige Statur noch betonte. Aus dem Haus dröhnte eine rockige Version von »Jingle Bells«, und Mark verschränkte die Arme vor der Brust. Diese Oberarme! Himmel, das waren Berge. Die ganze Pose schrie: ›Was hast du mit meiner Tochter gemacht?‹, und Vincent konnte nur hoffen, dass es nicht gleich die Glöckchen in seinem Oberstübchen sein würden, die klingelten.

Er nahm die Brille ab, setzte sie wieder auf. Mark rührte nicht einen Muskel. *Hör auf, Zeit zu schinden.*

»Ja, ich. Ich …« Er holte Luft. Für Mut. »Ist Maggie da? Ich muss unbedingt mit ihr sprechen.«

»Dachte mir schon, dass du hier auftauchen würdest. Hat aber ganz schön lange gedauert. Hat dir niemand erzählt, dass Weihnachten ein Familienfest ist?«

Was? Wie? Dieser beängstigende Typ, deren Tochter Vincent wehgetan hatte, war nicht sauer, weil er hier aufgetaucht war, sondern, weil er sich *zu viel Zeit gelassen* hatte?

»Ich wusste nicht … Sir … Ich …«

Eine Sekunde lang hielt Mark das Schauspiel durch, dann erlöste er Vincent mit einem Zwinkern, trat zur Seite und stieß die Tür weiter auf. »Schon gut, Junge. Gut, dass du da bist. Komm rein.«

Dankbar nahm Vincent die Einladung an. Kaum hatte er den ersten Fuß ins Haus gesetzt, hielt Mark ihn noch mal zurück.

»Aber hey, Vince?«

»Ja?«

»Eine Sache ganz im Ernst: Wenn du jetzt hier reingehst, dann nimmst du unser Maggie-Mädchen, wie sie ist, verstanden? Wenn du nur hier bist, um sie auf deinen Weg zu bringen, dann kannst du gleich wieder verschwinden. Du passt dich ihrem Tempo an, oder gar nicht. Maggie ist nicht stur oder so, sie ist krank.« Er deutete auf Vincents Brille. »Zu dir sagt auch niemand, du musst dich ein bisschen anstrengen, dann würdest du schon besser sehen.«

Vincent hob die Hände. »Das weiß ich. Ich bin hier, weil ich einen riesen Schreck bekommen habe. Als ich gestern nach Hause gekommen bin, war Maggie verschwunden und ihr Werkzeug lag verteilt im Garten. Ich habe mir wirklich Sorgen gemacht.«

»Das brauchst du nicht.« Mark hob die Schultern. »Unsere Maggie ist eine Kämpferin. Die kommt schon wieder auf die Beine. Und zu zimperlich musst du auch nicht mit ihr sein. Keine Sonderbehandlung, verstehst du? Weder in die eine, noch in die andere Richtung.«

Vincent sollte sie einfach als die Frau behandeln, die er liebte. Das war, was Mark ihm zu verstehen gab. Nun, das sollte ihm nicht schwerfallen.

Nachdem er sich die Schuhe von den Füßen gestreift hatte, folgte er Mark ins Wohnzimmer. Auf und um den Couchtisch herum standen unzählige Kartons mit leeren Klopapierrollen. Dazwischen lagen Bastelkleber, Scheren und Klebefolien. Es war klar, was aus dem Bastelmaterial werden sollte. Über einem Ohrensessel hingen schon einige fertige Papiergirlanden. Auf dem Esstisch stand ein

Tablett mit Plätzchen, aus der Küche drang der Duft von gebratenem Fleisch und würzigem Käse.

»Wow.« Er blieb vor dem Tisch stehen und betrachtete das Chaos. »Ihr scheint ziemlich beschäftigt zu sein. Ich wollte wirklich nicht stören.«

»Ach das.« Mark winkte ab. »Wir helfen sonst immer, die Weihnachtsfeier der Tafel vorzubereiten. Als Natalie Maggie abgeholt hat, bin ich rübergefahren und habe die Arbeit mit nach Hause genommen. Was wäre Weihnachten ohne Dekoration?« Er musterte Vincent von oben bis unten. »Und ohne einen hässlichen Weihnachtspulli. Welche Größe hast du? M, L?«

»M. Aber ich brauche wirklich …« Mitten im Satz brach er ab. Mark würde sich das mit dem Weihnachtspullover ohnehin nicht ausreden lassen, da konnte sich Vincent ebenso gut die Spucke sparen.

Mark beugte sich über einen der vielen Kartons, wühlte kurz darin herum und förderte dann ein buntes Stück Stoff zutage, das sich auseinandergefaltet als Pullover entpuppte.

»Da! Das ist doch genau das Richtige für dich, oder?«

Um Himmels willen, dieser Pullover! Er war vorwiegend urig-gelb gestrickt. Auf der Brust tanzte ein muskulöses Rentier mit knallroter Nase, Sonnenbrille und Lichterkette auf dem Geweih. Oben und unten war das Bild mit schwarzen Streifen verziert, auf denen stand: *I'm sexy – and I snow it.*

Vincent wusste nicht, ob er lachen oder weinen sollte. Das musste wieder einer von Marks Scherzen sein. Doch diesmal schien es Maggies Vater bierernst zu meinen.

Er fuchtelte mit dem Pullover. »Was ist jetzt? Oder ist der Herr Professor sich zu gut für einen Weihnachtspullover?« Vincent wollte wetten, dass Mark seine Vokale absichtlich auseinanderzog, um so den Yorkshire-Akzent und den sozialen Unterschied zwischen ihnen zu betonen.

So nicht, mein Lieber, dachte er. *So einfach lasse ich mich nicht aus der Ruhe bringen.*

Er hob eine Augenbraue, lüpfte den Bund seines eigenen Pullovers und zog ihn sich in einer fließenden Bewegung über den Kopf. Mark hielt ihm den Weihnachtspullover hin, doch statt aufzuhören, machte Vincent weiter. Er fixierte Mark mit dem herausforderndsten Blick, den er drauf hatte, und begann Knopf für Knopf sein Hemd zu öffnen. Er trug ein T-Shirt drunter. Das wusste er, aber Mark nicht.

Unter seinem Bart wurde der plötzlich rot. Seine Pupillen weiteten sich. »Äääähm …«

Diesmal war es Vincent, der die Situation mit einem Zwinkern entschärfte. Er streifte sich das geöffnete Hemd ab und legte das darunterliegende T-Shirt frei.

Mark brach in bellendes Lachen aus. »Das habe ich verdient.«

»Wo ist jetzt dieser Pulli?« Er öffnete die Arme, fixierte Mark.

Dieser warf ihm den Pullover zu.

Vincent steckte noch mit dem Kopf im Stoff, als er von rechts eine Frauenstimme hörte.

»Hab ich doch richtig gehört, dass ihr hier den ganzen Spaß ohne uns haben wollt.«

Ohne uns?

Das musste Natalie sein. Er zog sich den Pullover über das Gesicht, schob sich hastig die Brille wieder auf die Nase und tatsächlich: Da stand Maggie. Einzelne Haarsträhnen fielen ihr ins Gesicht, sie hatte tiefe, violette Ringe unter den Augen und war blass wie die Wand. Sie hatte die Kapuze ihres Weihnachts-Onesie so weit wie möglich ins Gesicht gezogen. Schneemänner, tanzende Weihnachtsmänner, Zuckerstangen und Geschenke waren auf dem Kleidungsstück abgebildet. Das ganze Teil saß nicht. An den Bündchen war es ausgeleiert, über Maggies Brüsten spannte es. Gut möglich, dass das schon in der Mittelstufe Maggies Lieblingspyjama gewesen war.

Und doch war sie in diesem Augenblick die schönste Frau, die er je gesehen hatte. Denn sie war da, sah ihn an und lächelte. Es war ein trauriges Lächeln voller Wehmut. Ein Lächeln, das sagte »mir geht's nicht gut, aber schön, dass du da bist«, und gerade das machte es kostbar. Wie leicht war es, anderen die beste Seite von sich zu zeigen? Die Maggie, die jetzt nur wenige Schritte von ihm entfernt stand, war nicht erfolgreich, charmant und schlagfertig. Sie war wacklig auf den Beinen und ungeschminkt, verletzlich und so nackt, wie fehlende Kleidung sie niemals hätte sein lassen können. Was konnte er da anderes tun, als die Arme zu öffnen und sie einzuladen, die Last, die sie mit sich herumtrug, mit ihr gemeinsam zu schultern?

Sie rannte nicht die Treppe hinunter, stürzte sich nicht in seine Umarmung. Jeder Schritt kostete sie Überwindung, aber schließlich lag sie in seinen Armen, und er hielt sie fest. Ganz fest. Denn wenn sie schon Angst haben musste, sich selbst zu verlieren, dann sollte sie wenigstens wissen, dass ihm das nie passieren würde.

Er vergrub die Nase in ihre Haare. Sie schniefte, versuchte sich aus seiner Umarmung zu winden, doch er ließ sie nicht.

Natalie war ganz pragmatisch. »Wie wäre es, wenn du jetzt duschen gehst und dich fertig machst? Bis du zurück bist, machen wir hier schon mal weiter. Wenn wir zu viert mit anpacken, sind wir im Nu mit den Girlanden fertig und können sie noch ins Gemeindezentrum bringen, ehe die da für heute Schluss machen. Im Ofen sind Mac'n'Cheese. Davon könnt ihr euch nehmen, wenn ihr hungrig seid.«

»Ihr wollt doch noch ins Gemeindezentrum?« Maggies Stimme klang wacklig.

Natalie stemmte sich die Fäuste in die Hüfte. »Ich schätze, bei eurer Aussprache wollt ihr uns nicht dabeihaben. Wo sollen wir denn sonst hin? Aber hörst du mir nicht richtig zu? Zuerst Dusche, sagte ich. Hopp, hopp, damit du uns danach noch helfen kannst.«

Eine Viertelstunde später waren sie wieder vollständig. Maggie roch nach Vanilleblüten und Liebe, aber selbst der vertraute Duft weckte kein Heimweh in ihm. So wie es war, war es perfekt. Das warme Wasser in der Dusche hatte ihr wieder Farbe auf die Wangen gezaubert. Statt selbst zu basteln, konzentrierte sie sich darauf, seine Technik zu verbessern, damit die mit Folie beklebten Toilettenpapierrollenkringel alle gleichmäßig waren und die Farben nicht zu wild oder langweilig wirkten. Das grüne Glitzerhütchen auf ihrem Kopf sah richtig süß aus, fand er, und Marks Playlist schien einen schier unendlichen Vorrat an Weihnachtsliedern zu haben. Es gab keinen Luxus an diesem Heiligabend, kein Festtagsbuffet und keine Abendgarderobe, wie er es von den Heiligen Abenden im Hotel seiner Eltern kannte. Er hatte sich noch nie so reich gefühlt.

Die Aufnahme knisterte noch ein wenig, dann verstummte die Musik endgültig und im ganzen Haus herrschte Stille. Die Girlanden waren fertig, Mam und Dad waren ins Gemeindezentrum gegangen. Maggie und Vincent hatten Dads ganze Weihnachts-Playlist gehört. Über hundertzwanzig Lieder, die von der Liebe handelten. Vom Nachhausekommen, vom Ankommen. Von Wärme und Zusammensein, von Licht in der Dunkelheit, von Erwartung und Freude. Nach und nach, und ohne dass Maggie es richtig gemerkt hatte, war auch von ihr ein Stück Schwermut abgefallen. Sie würde in nächster Zeit keine Freudensprünge machen, aber das tat sie auch an ihren besten Tagen nicht, und vielleicht war das auch gar nicht nötig. Vielleicht musste das Leben nicht bunt und laut und überbordend sein und konnte trotzdem das Beste für sie sein. Vielleicht wurde Glück generell überbewertet und Zufriedenheit war das eigentliche Ziel. Das warme Gefühl im Bauch, wenn man wusste, dass es jemanden – viele Jemande – gab, die einem den Rücken stärkten, wenn man eine Schulter zum Anlehnen brauchte. Die Gemütlichkeit, wenn man sich in eine Decke kuschelte und die funkelnden Weihnachtslichter betrachtete. Das Lächeln auf dem Gesicht eines geliebten Menschen, dem man eine Freude bereitet hat. Das gemeinsame Basteln von Weihnachtsschmuck, egal wie kitschig er war. Maggie hatte all das. Ihr Leben war erfüllt, auch wenn es manchmal schwer war. Wann immer sie im Lauf des Nachmittags einen Blick auf Vincent erhaschte, sah sie keinen Groll auf seiner Miene. Er trug ihr nicht nach, dass sie ihn und Mimi versetzt hatte, und wenn es ihm gelang, ihr zu verzeihen, dann sollte sie selbst es doch auch können.

Nun denn. Irgendwie musste sie anfangen. Sie fuhr sich mit der Zunge über die Lippen.

Vincent hatte offenbar denselben Plan. Gleichzeitig begannen sie zu sprechen.

»Es tut mir leid.«

Sie fuhr herum, suchte seinen Blick. Er wirkte genauso erschrocken, wie sie sich fühlte. Beide begannen zu lachen.

»Was?«, fragte er. »Hast du nicht geglaubt, dass ich es schaffe, mich zu entschuldigen, wenn ich weiß, dass ich Mist gebaut habe?«

»Aber du hast keinen Mist gebaut. Ich bin die, die dich versetzt hat. Dich und auch Mimi.« Das Lachen verklang, ihr Herz sank, verursachte ein hohles Ziehen in ihrer Brust. »Gott, Mimi. Ich hoffe, sie war nicht zu enttäuscht? Wie lief die Ausstellung? Waren ihre Eltern überhaupt da? Haben sie endlich zugestimmt, dass sie sich auf die Stipendien bewerben darf?«

»Hey, eins nach dem anderen, okay?«

»Okay.« Sie trank einen Schluck Tee.

»Also, zuerst: Die Ausstellung war ein Erfolg. Mimis Eltern werden wohl nie verstehen, was Mimi die Kunst bedeutet, aber ich glaube, sie haben begriffen, dass sie es gar nicht verstehen müssen. Lieben bedeutet nicht, immer auf derselben Wellenlänge zu schwimmen, sondern den anderen auch dann zu unterstützen, wenn man nicht alles nachvollziehen kann. Das nennt man Vertrauen, und ohne Vertrauen ist die Liebe nichts.«

Er sprach nicht mehr nur über Mimi und ihre Eltern.

»Ich hätte dich nicht drängen und unter Druck setzen sollen, mit zu dieser Ausstellung zu kommen. Meine Text- und Sprachnachrichten waren nicht in Ordnung.«

»Ich habe sie gar nicht gelesen. Und auch nicht abgehört«, gab sie zu. »Ich hab mir schon gedacht, dass du nichts Nettes sagen würdest. Ich weiß doch, wie wichtig dir Zuverlässigkeit ist. Und ich hatte Angst ...« Sie stockte, schluckte, setzte erneut an. »Ich hatte Angst, dass du Schluss machst. Das wollte ich nicht.«

»Aber das ist es doch.« Er griff nach ihren Händen, verschränkte ihre und seine Finger zu einem perfekten Knoten. »Ich hatte keinen echten Grund, von dir enttäuscht zu sein. Das Leben dreht sich nicht immer um mich, ich hätte wissen müssen, dass es nichts mit mir zu tun hat, wenn du nicht kommen kannst.«

»Natürlich hatte es nichts mit dir zu tun!« Wie konnte er das nur glauben? Wie konnte er nur eine Sekunde lang daran zweifeln, dass sie ihm niemals absichtlich wehtun würde? »Ich ...«

Sanft legte er einen Finger auf ihre Lippen. »Ich weiß, Maggie. Archie ist am Nachmittag gekommen, um sich bei dir für seinen Ausbruch zu entschuldigen.«

»*Archie*?« Er konnte unmöglich den Nachbarschaftsgrinch meinen. Dieser Typ mit seiner notorisch schlechten Laune war doch niemals ein Archie. Ein Archibald? Vielleicht. Steif und öde und immer mit schlechter Laune. Aber bestimmt kein Archie!

»Du weißt schon, unser Nachbar, der sich immer über den Stromverbrauch der Weihnachtslichter aufregt.«

»Als ob den das was angehen würde. Blöder Kerl.«

Vincent lächelte schief. »Eigentlich ist es ganz nett. Unter der Einsamkeit, die er mit seiner miesen Laune zu verstecken versucht.«

»Und *der* ist wirklich gekommen, um sich zu entschuldigen? Ich hätte ihm beinah auf die Schuhe gekotzt, so sehr hat der mich bedrängt.«

»Wut ist seine Reaktion, wenn ihn etwas belastet. So wie es bei mir Kränkung ist.«

»Und bei mir Angst«, fügte sie nach kurzem Überlegen hinzu. Waren sie in Wahrheit wirklich alle gar nicht so unterschiedlich? Waren es nur verschiedene Gesichter derselben Suche?

Sie seufzte. »Ich wünschte nur, ich hätte die Sturmschäden im Garten beseitigen können, bevor er vorbeigekommen ist. Morgen ist Weihnachten, gerade da sollte alles perfekt sein.«

Er stand auf, zog sie mit sich vom Sofa. »Dann lass uns nach Hause fahren«, raunte er, nah an ihrem Ohr. »Es ist nie zu spät, um zu reparieren, was kaputtgegangen ist.«

Lächelnd schmiegte sie sich an ihn. Ja, dachte sie, tausendmal ja, denn das war das wahre Wunder der Liebe: Jeder neue Atemzug schenkte einem die Möglichkeit für einen neuen Anfang.

17

»Geschenke!« Maggie rüttelte an seiner Schulter. »He, du, bist du da drinnen, oder hat dich der Geist der Weihnacht entführt und das hier im Bett ist nur eine leere Hülle?«

Er rollte sich auf ihre Seite und wandte ihr lachend das Gesicht zu. »Ich bin hier.«

»Gut.« Sie drückte ihm einen Kuss auf die Lippen.

»Ich konnte mich nur nicht von dem Anblick losreißen. Hast du gesehen? Es hat noch weiter geschneit.«

»Ja.« Ihre Stimme klang leiser jetzt, weniger aufgeregt. »Weiße Weihnacht! Davon habe ich bisher immer nur geträumt.«

Nicht nur sie. Wie weit weg ihm dieser Wunsch noch letztes Jahr erschienen war. Den letzten Weihnachtstag hatte er an Lourdes Krankenbett verbracht, da hatte sie schon gewusst, dass sie bald gehen würde.

»Wein nicht zu lange um mich«, hatte sie ihn versprechen lassen. »Irgendwo dort draußen wartet die Liebe auf dich. Versprich mir, dass du sie suchst. Versprich mir, dass du sie findest. Menschen sind nicht dafür gemacht, allein zu sein. Du am wenigsten, *mon chéri*. Trag mich im Herzen mit dir, aber hänge nicht Erinnerungen nach, die sich nicht zurückbringen lassen.«

Wenige Wochen später hatte er zum ersten Mal von der Stelle in Yorkshire gelesen, und alles Weitere hatte seinen Lauf genommen. Ein Schritt nach dem anderen hatte ihn hierher geführt. Zu seiner eigenen, weißen Weihnacht.

Ehe die Erinnerungen an Lourdes ihn traurig stimmen konnten, gab er sich einen Ruck. Er hatte ein Versprechen einzuhalten, und Maggie machte es ihm leicht.

»Was ist jetzt? Hatte ich nicht gerade was von Geschenken gehört?«

»Dafür musst du aber aufstehen.« Sie legte den Kopf schief.

»Natürlich.«

Vor ein paar Tagen hatte Maggie Weihnachtsstrümpfe am Kamin aufgehängt. Noch gestern hatten sie die Päckchen mit den Geschenken, die sie füreinander besorgt hatten, dort hineingesteckt. Schon vorher hatten sie ein paar Regeln ausgemacht: Die Geschenke mussten in einen Strumpf passen und durften nicht mehr als zwanzig Pfund pro Person kosten. Ganze Nächte lang hatte sich Vincent den Kopf darüber zerbrochen, was er Maggie schenken konnte. Am Ende hatte er sich über ihre Abmachung hinweggesetzt und das Porto nicht ins Budget mit einberechnet. Sie würde es ihm nicht übelnehmen, hoffte er.

Maggie tanzte zurück ins Wohnzimmer wie ein Kind, das nicht erwarten konnte, zu sehen, was der Weihnachtsmann gebracht hatte. Er schlug die Decke zurück, zog Hausschuhe und Bademantel an und folgte ihr.

Vor dem Kamin fanden sie wieder zusammen. Die Schleifen an den Paketen glitzerten in den Feenlichtern, die überall in ihrer Wohnung indirektes Licht spendeten. Unternehmungslustig rieb sich Maggie die Hände.

»Du zuerst«, verlangte sie.

Er ging auf die Socken zu. Seine waren blau und grün mit Palmen im Hintergrund und einem Weihnachtsmann in Badehose vorne drauf. Der bärtige Geselle sah eher aus wie ein alternder Harley-Davidson-Fahrer als ein Himmelsbote, trotzdem hatte Vincent laut gelacht, als er die Socken zum ersten Mal gesehen hatte.

»Hm, welches soll ich nehmen?«

Er ließ seine Intuition sprechen und griff nach dem größeren der beiden Pakete. Es war quadratisch und etwa so groß wie seine Handfläche. Vorsichtig öffnete er die Schleife, wickelte das Geschenkpapier ab und nahm es in die Hand.

Ein Heftchen kam zum Vorschein. »Geisterjäger Genius' Geniestreich« stand auf dem Cover, und dazu eine Illustration in einem Stil, der eindeutig Maggies Handschrift trug. Das Bild zeigte einen verwirrten Professor mit dunklen Haaren und Vincents Gesichtszügen. Sein Kostüm bestand aus einer braunen Weste über einem cremefarbenen Hemd, kombiniert mit einer klassischen Anzughose und polierten Lederschuhen. Über der Weste trug er einen weitschwingenden Umhang, eine Mischung aus Superheldencape und Professoren-Robe. Auf seiner Nase saß eine runde Brille mit dickem Gestell und Gläsern wie Marmeladenglasböden, während in seinem Gürtel jede Menge magischer Werkzeuge steckten. Vier Geister umkreisten ihn, im Hintergrund sah man ein georgianisches Herrenhaus, wie es jedem Brontë-Roman Ehre gemacht hätte.

Ehrfurchtsvoll strich er über die Seite. »Was ist das?«, fragte er.

»Lies selbst.«

Das tat er. Der ganze Comic umfasste nur fünf Seiten. Das erste Bild zeigte, wie Geisterjäger Genius das Herrenhaus betrat. Unter einer riesigen Steintreppe kauerte eine rothaarige Frau. Sie hatte die Knie an den Körper gezogen, ein durchscheinendes weißes Leinenhemdchen bedeckte ihren Oberkörper. Unwillkürlich rann ein Schauder durch Vincent. Wenn dieses fadenscheinige Hemdchen der einzige Schutz vor den drei Geistern war, die sie umschwirrten, wunderte ihn der Ausdruck purer Agonie nicht, der sich auf ihrer Miene spiegelte.

Im zweiten Bild stand Geisterjäger Genuis mutig vor den Geistern und hielt ihnen ein leuchtendes Gerät entgegen. Warmes Licht ging von dem Gegenstand aus, es schien zu pulsieren, selbst auf der Zeichnung. Mit konzentriertem Blick zielte er auf die Geister. *Angst* hieß der eine, *Depression* ein zweiter und der dritte, der, der direkt über dem Kopf seines Opfers schwebte, hatte den Namen *Panik*.

Auf der dritten Seite erfasste das strahlende Licht aus dem magischen Gegenstand die drei Horrorgestalten. Mit staunenden Augen betrachtete ihr Opfer ihren Niedergang, die ersten Strahlen des Lichts berührten nun auch sie. Doch erst auf der letzten Seite wagte sie es, aufzustehen. Panik, Angst und Depression waren verschwunden, doch in einer Ecke des Schlosssaals, die man zuvor nicht richtig gesehen hatte, lauerte ein vierter Geist. *Selbstzweifel* lautete sein Name, und hinterrücks schlich er sich an Geisterjäger Genius und die Frau, die nun an seiner Seite stand, an.

Vincent blätterte um. Das konnte doch unmöglich das Ende der Geschichte sein!

»Was ist mit den beiden? So kannst du die Geschichte doch nicht enden lassen.«

»Es ist das einzige mögliche Ende.« Zärtlich streichelte sie die Wange ihres Comic-Ichs. »Nichts und niemand kann die Selbstzweifel für immer vertreiben. Aber trotzdem geht es der Protagonistin jetzt viel, viel besser, siehst du das nicht? Sie versteckt sich nicht mehr vor den Geistern, sondern steht stark und stolz an der Seite ihres Helden. Mam hat gestern etwas zu mir gesagt, das mir sehr zu denken gegeben hat. Sie hat gesagt: Mein Kampf und meine Liebe seien dasselbe, und ich glaube, eigentlich wusste ich das schon. Es sind im Grunde nur andere Worte für das, was ich in diesem Comic ausdrücken wollte.«

Er nickte, presste sich das kleine Büchlein an die Brust. »Maggie, ich weiß nicht, was ich sagen soll. Das ist wunderschön. Das schönste Geschenk, das ich je bekommen habe.«

Rührung machte ihm die Kehle eng. Er schluckte dagegen an, überlegte es sich dann aber anders. Und was, wenn er weinte? Gefühle waren da, um gefühlt zu werden. Maggie verstand das. Sie wartete, bis er so weit war.

»Du bist dran«, sagte er schließlich. »Aber Vorsicht beim Auspacken. Du darfst es nicht kippen.«

Behutsam schlug sie das Papier zurück. Der Steckling befand sich in einem schwarzen, mit Granulat gefüllten Plastiktopf. Um einen Stiel in der Mitte rankten sich die wenigen Blätter, die die Pflanze bereits hatte. Er selbst hätte nie im Leben erkannt, um was für eine Pflanze es sich handelte, aber für Maggie war es ein Kinderspiel. »Gewürzvanille!« Fast ehrfürchtig strich sie über die wächsernen Blätter.

»Ich habe sie extra aus La Réunion kommen lassen. Man sagt, dort gibt es die beste Vanille der Welt. Ich wollte dir ein Stück von mir schenken, Maggie. Ich hoffe, es gefällt dir.« Abwartend sah er ihr in die Augen.

»Ich liebe die Vanille.« Ihr Ton ließ keinen Zweifel. »Und ich liebe dich, Vincent. Ich werde auf die kleine Pflanze, die du mir anvertraut hast, aufpassen, das verspreche ich dir. Ich werde sie hegen und pflegen, und gemeinsam mit unserer Liebe wird sie wachsen.«

Der Anruf, auf den Maggie insgeheim gewartet hatte, erreichte sie am frühen Nachmittag. Sie kamen gerade aus dem Garten. Ihre weihnachtliche Lichterwelt entfaltete ihren Charme nur, wenn sie nicht völlig unter Schnee begraben war. Die richtige Menge hüllte die Ausstellungsstücke in einen winterlichen Zauber, aber zu viel davon ließ sie untergehen. Von Papa Rentier war nur noch das Geweih zu sehen, in der Höhle der norwegischen Julnissen sah es aus, als hätte es eine Lawine gegeben. Die improvisierten Flamboyant-Bäume ließen unter der Schneelast ihre Blütenblätter hängen, und der deutsche Weihnachtsbaum sah aus wie ein Zuckerkegel. Doch nichts von all dem ließ sich nicht richten, und zu zweit ging es doppelt zu schnell. Sie strichen Schnee von den Installationen, beseitigten die letzten Sturmschäden und veranstalteten eine Schneeballschlacht.

Vincent zielte zehnmal besser als sie. Das erste Geschoss traf sie an der Schulter, das zweite am Hintern. Als das dritte sie mitten an der Brust erwischte, hatte sie genug. Theatralisch hielt sie sich die Stelle, wo er sie getroffen hatte, und ließ sich rückwärts in den Schnee fallen.

»Maggie!« Vincent sprintete auf sie zu. »Hast du dir wehgetan?«

Sie schüttelte den Kopf, streckte ihm die Hand entgegen. Er wollte ihr aufhelfen, das Überraschungsmoment war auf ihrer Seite. Ein Ruck mit der Hand, und er verlor das Gleichgewicht. Fast wäre er auf sie gefallen, doch im letzten Moment verlagerte er sein Gewicht und landete im Schnee.

»Rache ist süß!« Sie kicherte, griff eine Handvoll Schnee und schleuderte sie ihm ins Gesicht.

Das ließ er nicht auf sich sitzen. Er packte sie, drehte sie herum, schon kugelten und rangelten sie durch ihren Garten wie übermütige Welpen. Der Schnee fand seinen Weg. Er kroch durch die Kleidung, stahl sich unter Jackensäume, in Stiefel und Krägen. Nicht lange und sie waren beide nass bis auf die Haut.

»Genug!«, japste Maggie. Die Nässe des geschmolzenen Schnees an ihrem Nacken und den Armen ließ sie frösteln. »Wir sind doch hier fertig, oder? Ich muss rein, sonst erfriere ich noch.«

»In Ordnung.«

Diesmal ließ sie sich wirklich von ihm aufhelfen.

Während sie ihre nassen Kleider auszogen, ließen sie sich ein Bad ein. Aus ihrem Vorrat wählte Maggie einen Zusatz mit Bratapfelduft. Wenig später saß sie zwischen Vincents Beinen, das Wasser umschmeichelte ihren Körper, und alles Böse in der Welt schien weit, weit weg zu sein.

Bevor das Wasser kalt werden konnte, stiegen sie aus der Wanne. Es war noch nicht Zeit fürs Abendessen, aber zu einem Stück Weihnachtspudding sagte Maggie nicht nein.

Sie fütterten sich gegenseitig Bissen für Bissen und Maggie erzählte, wie ihre Mam früher jedes Jahr eine Münze im Teig versteckt hatte. Wer die Münze am Weihnachtstag in seiner Portion fand, durfte sich etwas wünschen.

Mitten in ihre Erzählung platzte das Klingeln des Telefons. Ihr Herz machte einen Satz.

»Erwartest du einen Anruf?« Vincent hielt ihr das Gerät entgegen. Auf dem Display stand »Nummer unbekannt«. Dieser Anruf könnte alles Mögliche sein, sagte sie sich, und obwohl sie das schon zum vierten Mal hintereinander durchmachte, war sie genauso aufgeregt wie in den Jahren zuvor. Ihre Hände zitterten, als sie den Hörer abnahm. »Hallo?«

»Maggie, sind Sie das? Margaret Thornton?«

»Ja, das bin ich.«

»Dann herzlichen Glückwunsch und frohe Weihnachten! Ich rufe an, um Sie über den diesjährigen Gewinner des Whispering Hights Lichterzauberwettbewerbs zu informieren. Unsere Jury war sich einig: Von allen Gärten in unserer schönen Stadt ist Ihr Garten am festlichsten geschmückt.«

»Was ist?« Vincent konnte nicht hören, was die Anruferin sagte, aber er musste es erahnen, denn seine Augen wurden groß, und er flüsterte in einer Lautstärke, die seine Aufregung verriet: »Haben wir gewonnen? Ist es das? Haben wir gewonnen?«

Maggie nickte. Am anderen Ende fragte die Anruferin, ob es in Ordnung wäre, wenn sie morgen zur Siegerehrung mit einem Team des örtlichen Fernsehsenders vorbeikommen würde.

»Ja, natürlich«, bestätigte Maggie. »Ich freue mich drauf.«

Und das tat sie wirklich. Womit sie nicht gerechnet hatte, war, dass sie dieses Jahr nicht allein mit dem Fernsehteam und ein paar zufälligen Passanten ihren Sieg feiern würde.

Sie wusste nicht, wie es Vincent angestellt hatte, aber im Licht der Weihnachtsbeleuchtung in ihrem Garten tummelten sich am Morgen des Boxing Days all die Menschen, die mit und dank Vincent in ihr Leben getreten waren. Joan und George von Vincents Zugclique waren mit ihren Familien gekommen, Mimi hatte ihre Eltern mitgebracht und Ahmed seinen neuen Partner. Vincents Vermieterin Beth war da und sogar Archibald Snickersby. Vincent hatte recht gehabt: In Wahrheit war der Nachtbarschaftsgrinch gar nicht so übel. Er entschuldigte sich noch einmal persönlich bei ihr für sein Verhalten bei ihrem letzten Zusammentreffen.

Natürlich hatten es sich auch Maggies Eltern nicht nehmen lassen, zu kommen. Dad hatte einen Heidenspaß dabei, mit Grace' Ältestem Verstecken zu spielen, während Mam gar nicht genug davon bekommen konnte, Grace' jüngeren Sohn auf dem Arm zu haben. Grace genoss die Ablenkung und bediente sich großzügig am Punsch.

Jeder hatte eine Kleinigkeit mitgebracht, sodass auf einem Tisch aus Maggies Arbeitszimmer im Nu ein improvisiertes Buffet entstand. Es gab gebrannte Mandeln und Lebkuchen, Zuckerstangen und Liebesäpfel. Den Winterpunsch, der Grace so schmeckte, hatte Maggie selbst beigesteuert. Alle bewunderten ihre Installationen. Selbst Mimis Eltern kamen aus dem Staunen nicht mehr raus. Endlich begriffen sie: Künstlerinnen arbeiteten nicht nur für sich selbst. Kunst hatte die Gabe, Menschen zusammenzubringen, ihnen Freude zu bereiten und ihre Herzen zu öffnen.

Kaum hatte der Kameramann seine Kamera geschultert, die Moderatorin Position bezogen und der Regisseur »Action« gerufen, begann Frau Holle, ihre Laken auszuschütteln. Dicke, weiche Flocken fielen aus den Wolken, tanzten im nachmittäglichen Grau des Himmels.

»Miss Thornton, herzlichen Glückwunsch zum vierten Sieg in Folge beim Whispering Heights Lichterzauberwettbewerb.«

Maggie grinste. Wenn sie nicht daran dachte, dass sie heute Abend im Fernsehen zu sehen sein würde, war das alles gar nicht so übel. »Danke. Aber die Glückwünsche gebühren nicht mir allein. Das Konzept habe ich mir mit Vincent Laurent zusammen ausgedacht. Er ist mein Nachbar – und mein Freund.«

»Ohhh.« Die Moderatorin, die sich zuvor als Candy Burke vorgestellt hatte, hob eine Augenbraue. »Was für eine glückliche Fügung, dass Mr. Laurent ein genauso großer Weihnachtsfan ist wie Sie. Ist es Zufall, dass er ihr Nachbar *und* ihr Freund ist?«

Maggie lachte. »Nein, ein Zufall ist es wohl nicht. Um genau zu sein, hat uns der Lichterzauberwettbewerb zusammengebracht.«

»So?« Candy machte große Augen. »An der Geschichte müssen Sie unsere Zuschauerinnen und Zuschauer unbedingt teilhaben lassen. Für mich hört sich das an wie die perfekte Weihnachtsromanze.«

Und so begann sie zu erzählen. Die Geschichte von einem einsamen Mädchen und einem Jungen aus der Fremde, die zusammenfanden, weil ihr Wunsch, nicht mehr allein zu sein, größer war als das, was sie trennte. Sie erzählte die Geschichte einer Rivalität, die zu einer Freundschaft wurde und dann zu Liebe. Sie erzählte die Geschichte von sich und von Vincent, und Candy hatte recht: In einer imperfekten Welt war es die perfekte Weihnachtsromanze.

Nachwort

Laut der Deutschen Gesellschaft für Psychiatrie und Psychotherapie, Psychosomatik und Nervenheilkunde (DGPPN) leiden basierend auf epidemiologischen Studien jedes Jahr 27,8 % der Bevölkerung an einer psychischen Erkrankung. Dies entspricht mit 17,8 Millionen Menschen der Einwohnerzahl Nordrhein-Westfalens (vgl. »Dossier Psychische Erkrankungen in Deutschland« www.dgppn. de). Das Statistische Bundesamt informiert in der Pressemitteilung Nr. N042 vom 13.09.2023, dass psychische Erkrankungen im Jahr 2021 die häufigste Ursache für Krankenhausbehandlungen von 10- bis 17-Jährigen waren (vgl. www.destatis.de). Depressionen und Angststörungen gehören dabei zu den häufigsten Krankheitsbildern.

»Lichterzauber in Whispering Heights« habe ich für all diese mutigen, tapferen Menschen geschrieben, die Tag für Tag den Kampf mit ihrer Krankheit aufnehmen. Ihnen in ihrer gesamten Persönlichkeit gerecht zu werden, ohne ihre Schwierigkeiten zu bagatellisieren, war mir beim Schreiben das wichtigste Anliegen, denn jeder und jede Einzelne von ihnen ist so viel mehr als ihre Krankheit.

Aus diesem Grund stand mir während des Schreibprozesses eine Sensitivity Readerin zur Seite. Ihre Ängste,

Gefühle und Erfolge sind in die Konzeption von Maggies Figur mit eingeflossen. Dennoch sind die Erfahrungen Betroffener natürlich höchst individuell. Maggies Weg steht stellvertretend für eine dieser individuellen Erfahrungen.

Dass ich diese ganz besondere Weihnachtsgeschichte in die Welt tragen konnte, verdanke ich einer Reihe von beachtlichen Menschen.

Mein Dank geht an meine Agentin Anna Mechler, an das gesamte Team der Verlagsgruppe HarperCollins, meine Familie, meine Freunde und Kolleginnen, aber natürlich auch an alle, die meine Geschichten lesen. Ihr seid der Grund, warum ich das Privileg genießen darf, den besten Beruf der Welt auszuüben. Ohne euch ginge es nicht.